Kristine
Bilkau

Eine Liebe, in Gedanken

Luchterhand Literaturverlag

Wenn Ihnen danach ist, einen ganzen Tag lang ins Wasser zu spucken, um Kringel zu machen, wird die Frau, die Sie liebt, den ganzen Tag an Ihrer Seite bleiben, ohne etwas zu sagen, und Ihnen dabei zusehen, wie Sie Wasserkringel machen; (...) Sie haben hinzugefügt, ich würde das nicht fertigbringen. Das muß ich wohl oder übel zugeben. Ich würde erst einmal versuchen zu schlafen oder selbst irgend etwas zu tun; wenn das nicht ginge, könnte ich es mir nicht verkneifen, Ihnen zu sagen, daß Sie ein Dummkopf sind und daß Sie mich lieber küssen sollen. Dann würde ich mich neben Sie setzen und auch Wasserkringel machen, um dasselbe zu tun wie Sie, und ich würde das Spiel der größten und der kleinsten Kringel erfinden.

Hätten Sie es denn ausgehalten, an meiner Seite zu bleiben und mir dabei zuzusehen, wie ich Wasserkringel mache?

Marcelle Sauvageot: Fast ganz die Deine

»Wer hat mich gefunden? Wie sah ich aus?«

Meine Mutter sitzt vor mir auf der Küchenbank, sie bestreicht sich ein Stück Baguette mit zerschmolzenem Camembert, sie sitzt, wie immer, wenn sie uns besuchte, auf dieser alten Holzbank, die Florian und ich, als Studenten, vor über zwanzig Jahren auf einer Reise durch Polen gekauft hatten, sie nippt an ihrem Darjeeling und will alles über ihren eigenen Tod wissen.

»War mein Anblick eine Zumutung für dich?«, fragt sie. »Ich hätte dich gern beschützt«, sagt sie und klingt wie früher, wenn sie etwas von mir hatte fernhalten wollen; Nachrichten mit grausamen Bildern im Fernsehen, die ich nicht hätte sehen sollen, eine Todesgeschichte aus der Nachbarschaft, von der ich nichts hätte hören sollen.

Eine Zumutung war ihr Anblick nicht. Sie wirkte schmaler als sonst, vor allem das. Sie lag im Bett, auf dem Rücken, zugedeckt bis zu den Schultern, das Gesicht leicht dem Fenster zugewandt, die Augen geschlossen, die Lippen geschlossen, mit einer Spur von Anspannung. Ich sah auch den Hauch eines Lächelns, ein wenig ironisch, wie ich es von ihr kannte.

Die Situation hat dich nicht entblößt. Du bist gut davongekommen. Das würde ich ihr sagen.

»Und? Was machen wir denn jetzt?«

Sie klingt nicht betrübt, sondern auf trotzige Art belustigt. Als könnte sie ihren Tod mit einem »Och, nöö«, wie ich es oft von ihr gehört hatte, auf später verschieben, rückgängig machen oder wieder vergessen, wie ein schnell behobenes Problem. Ich war zwölf oder dreizehn Jahre alt, einige Tage vor Weihnachten, meine Mutter hatte ihr restliches Geld für Geschenke und Lebensmittel für die Festtage abgehoben, dann stahl ihr jemand das Portemonnaie, sie war für diesen Monat pleite, ich sah ihr an, wie enttäuscht und erstaunt sie war, dass ihr das jemand hatte antun können, dann lächelte sie, *Och, nöö*. Sie rief Freunde an, lieh sich etwas Geld, und es ging weiter.

»Ich hatte meine Haare am Mittag gewaschen. Immerhin das. Waren sie in Ordnung? Oder sah ich bemitleidenswert aus?«

Auch als es ihr miserabel ging, sie kaum eine Treppe mehr schaffte, überhaupt ihre Wohnung nur noch selten verließ, um sich selbst nicht damit zu konfrontieren, wie schwach ihr Herz war, kümmerte sie sich um ihre Frisur. Ihr akkurat geschnittenes, ohrläppchenkurzes Haar, ein Leben lang kaum verändert, dunkelbraun, dann dunkelbraun gefärbt, alle acht Wochen kam ein Friseur zu ihr nach Hause.

Ich hatte gedacht, sie wäre unverwundbar.

Doch dann saß ich an ihrem Bett, betrachtete ihr leicht gebräuntes, dahinter eindeutig blasses Gesicht, und zupfte an den Seiten ihr Haar zurecht, so, wie sie es gemocht hätte.

»Weißt du, was frappierend ist?« Sie benutzte gern das Wort *frappierend.* »Ich habe gedacht, ich würde nicht sterben. Ja, sicher, ich habe es gespürt, aber ich habe es trotzdem nicht für möglich halten wollen. Und dann passiert es. Ist das nicht erstaunlich?« Sie sagt das, als hätte sie eine interessante Dokumentation gesehen oder einen aufschlussreichen Artikel gelesen und würde dazu gern meine Meinung hören.

Mich hat ihr Tod überrascht. Sie war keine schwache, alternde Frau, trotz ihrer Herzschwäche. Eine verschleppte Grippe vor einigen Jahren, beschädigtes Herzgewebe, *porös*, wie der Chirurg sagte. Zwei künstliche Klappen, Rhythmusstörungen, Vorhofflimmern, Blutverdünner. Dann Diabetes und Nierenschwäche. Ich stellte ihr ein Heimfahrrad ins Schlafzimmer. Sie benutzte es, um ihre Jacketts und Kleider darauf abzulegen. Über dem Lenker hingen, hauchdünn und schwarz, ihre Strumpfhosen.

Das schwache Herz ließ sich gut verdrängen. Wenn sie am Tisch saß, Tee nachschenkte, wenn sie erzählte, was sie gerade las oder welchen Film sie gesehen hatte, konnten wir es vergessen. Doch sie konnte keine zehn Treppenstufen mehr steigen, ohne mich schwer atmend und vorwurfsvoll anzublicken.

Unser letztes Telefonat, Ende Januar, Sonntag, um die Mittagszeit. Ich wollte sie am Nachmittag besuchen, wir hatten uns seit Wochen nicht gesehen, hatten Verabredungen verschoben, es hatte an mir gelegen. Kurz bevor ich losfahren wollte, rief sie an, sie müsse absagen, ihr sei schrecklich übel. Ob ich einen Notarzt rufen solle, fragte ich. Nein, sagte sie streng, bloß nicht, sie wolle nur etwas schlafen. Ihr war schon oft übel gewesen, manchmal, wenn sie aufgewühlt oder erschöpft gewesen war. Am Abend erreichte ich sie nicht, ich beschloss, sie in Ruhe zu lassen. Sie starb in den frühen Morgenstunden, wahrscheinlich im Schlaf, sagte die Ärztin und erwähnte, Übelkeit sei ein Symptom für einen stummen Infarkt.

»Du hattest recht, wir hätten einen Notarzt rufen sollen. Es ist meine Schuld, nicht deine, fang gar nicht erst an, dir Vorwürfe zu machen.

Am Ende habe ich ihre Hand berührt. Ich wollte wissen, ob ihre Hand sich anders anfühlte als sonst. Sie war wie immer: weich, kein bisschen alt.

Und ihre Füße habe ich mir angesehen, zum Abschied.

»Och, nöö, meine hässlichen Füße.«

Sie hatte ihre Füße nie gemocht, sie wirkten immer ein wenig geschwollen, zierliche Schuhe, Sandalen mit dünnen Riemen oder schmale Pumps passten meiner Mutter nicht, im Sommer und im Winter lief sie in bequemen Ballerinaschuhen herum. »Meine Pfannkuchenfüße«, hatte sie oft gesagt. Sie lag im Bikini auf der Liege im Garten und sonnte sich, die Augen geschlossen, das Gesicht entspannt, und ich kletterte zwischen ihren Beinen herum, ihre Füße gehörten mir, ihr ganzer Körper gehörte mir, alles an ihr war schön. Ich habe ihr nichts von dieser Kindheitserinnerung erzählt, ich habe einfach nicht daran gedacht, es zu tun. Dabei hätte sie sicher gern davon gewusst.

Wie war dein letzter Abend, deine letzte Nacht?

Warst du lange wach, wie so oft? Hattest du Angst, hast du dich einsam gefühlt? Oder hast du wirklich, wie wir alle glauben möchten, tief geschlafen, während der frühen Morgenstunden?

Ich wünschte, sie könnte mir davon erzählen. Doch Stille, meine Mutter, dort, auf der Küchenbank, und ich, wir haben diese letzten Stunden nicht in unserem Repertoire.

An einem Abend, auf dem Heimweg von einem Termin im Museum, stieg ich einige Stationen eher aus dem Bus. Ich fuhr oft durch diese Straße, die Buslinie führte wie eine Hauptader durch die Stadt, vorbei an der Staatsbibliothek, der Universität. Ich stellte mich etwas abseits der Leute und schaute zum Haus gegenüber, oben, in einem Zimmer neben einem kleinen Erker, brannte Licht. Als meine Mutter und ich, da studierte ich noch und wohnte nicht weit von hier, ins Kino gehen wollten, hatte sie auf die Häuserreihe gegenüber gezeigt und gesagt:

»Da hatte ich mal ein Zimmer, siebzig Mark im Monat. Bei einer energischen Frau, die manchmal Zigarillos rauchte und hier in einem Tabakladen arbeitete. Ich war so alt wie du jetzt.«

Ich hatte nicht gefragt: Wo meinst du? Wo genau? Ich hatte nur genickt, aha, in einem dieser Häuser, wie schön, wir müssen uns beeilen, der Film fängt gleich an.

Inzwischen hatte ich die Bündel ihrer alten Briefe durchgesehen und dabei die Adresse entdeckt. *Antonia Weber c/o Konrad*, es war die Hausnummer 97. *V. Stock, links.*

Wo? Wo genau war dein Zimmer?

Ich sah hoch zu dem Fenster neben dem kleinen Erker und stellte mir vor, es wäre ihres gewesen. Ich behielt das Fenster im Blick, sah so lange hin, bis das Zimmer wirklich ihr gehörte, Antonia Weber, bis die Zeit wieder die ihre war, Mitte der Sechzigerjahre. Solange ich das Fenster nicht aus den Augen ließ, wohnte die junge Frau da oben, die Zweiundzwanzigjährige mit den kurzen, dunklen Haaren, den schlanken Armen, den dichten, geschwungenen Augenbrauen, der dauerhaften leichten Bräune eines Mädchens, das an der See aufgewachsen war, der schmalen Taille einer Frau, die sich von Dosenmandarinen mit Joghurt und Pumpernickel mit etwas Käse ernährte, weil sie ihr Geld lieber für Schallplatten und Zeitungen ausgab, für kurze Kleider und Verzugsgebühren in der Bibliothek der Universität, an der sie nicht studierte, aber wo sie sich manchmal herumtrieb, als würde sie dazugehören. Sie war dort oben in dem Zimmer, ich konnte ihre Zuversicht spüren, ihre Vorfreude auf diesen Abend, auf den nächsten Tag, auf die kommenden Wochen und Monate, auf alles, was nun endlich geschehen würde, nun, da sie einen Job, ein eigenes Zimmer, ein Leben in dieser Stadt hatte. Ich konnte ihre Erwartungen spüren.

Sie schlüpft aus den Schuhen und legt Musik auf. Nat King Coles weiche Stimme und das gleichmäßige Knistern der Kratzer, denn sie behandelt ihre Schallplatten mit Ungeduld.

Sie trägt ein Kleid in Zitronengelb, kurz, mit weißem Kragen, ihre Schritte rascheln leise auf dem Teppich, während sie durch das Zimmer geht, zum Regal, zum Sofa, immer wieder in die Nähe des Fensters, um zu sehen, ob der Mann noch dort unten wartet. Sie hat ihm in der Straßenbahn, auf dem Weg von der Arbeit nach Hause, den Kopf verdreht; den Kopf verdreht, so würde sie es einer Freundin erzählen. So hat sie es mir erzählt. Anfangs beobachtete er sie zaghaft, als wollte er nicht erwischt werden beim Hinsehen. Sie erwischte ihn doch, lächelte ihn direkt an, um dann kurz darauf scheinbar gelassen aus dem Fenster zu blicken, was sie aber nicht lange durchhielt. Sie mochte sein Gesicht, eine hohe Stirn wie die von Camus, und auch so feine Lippen wie er, dunkle Haare. Mit seinen schmalen Schultern sah er aus wie jemand, der als Junge nicht der Schnellste, Stärkste oder Lauteste gewesen war, und der das auch gar nicht vorgehabt hatte.

An der Haltestelle vor ihrem Haus stieg sie aus, mit ihr noch ein paar andere Leute, und dahinter er; das sah sie aus dem Augenwinkel, während sie an der Ampel warten musste. Langsam ging sie auf die andere Straßenseite und blickte wie zufällig über die Schulter zurück; er folgte ihr immer noch, in höflichem Abstand. Vor der Tür klappte sie ihre Handtasche auf und suchte nach dem Schlüssel. Nachdem sie ihn gefunden hatte, tat sie weiter so, als würde sie suchen, dabei wartete sie neugierig darauf, was nun passieren würde.

»Verzeihen Sie«, sagte der Mann, sie drehte sich zu ihm um, »wahrscheinlich haben Sie ohnehin keine Zeit, sicher haben Sie Besseres vor, aber ich möchte trotzdem gern fragen, ob ich Sie zu einem Kaffee einladen darf.« Er blickte abwechselnd zu ihr und zum Café gegenüber, sie mochte sein nervöses Lächeln und hätte fast sofort Ja gesagt. Doch eine Frau auf der Straße anzusprechen, das war zu einfach, darauf konnte sie sich nicht einlassen, ohne den falschen Eindruck zu wecken. Sie überlegte, wie sie es anstellen konnte, den Kaffee abzulehnen und dann doch nicht abzulehnen.

»Ich habe eine Cousine zu Besuch«, sagte sie und fügte hinzu, »aus Paris.« Es hatte einen gewissen Reiz, Paris zu erwähnen, es klang nach Abenteuer und der Möglichkeit für Glanzvolles, es klang nach einem Leben voller interessanter Ereignisse. Auf der Straße von einem fremden Mann angesprochen zu werden, war nur ein staubkornkleiner Teil eines solchen Lebens, so klang *Paris*.

»Ich weiß noch nicht, was meine Cousine heute vorhat. Vielleicht habe ich etwas Zeit für einen Kaffee, vielleicht in einer halben Stunde, vielleicht später.« Sie schloss die Tür auf, schob sie einen Spaltbreit auf und sah ihn fragend an.

»Sicher, das verstehe ich. Da drüben«, er zeigte zum Lokal gegenüber, »werde ich eine Weile warten und würde mich freuen, wenn Ihre Cousine Sie für eine Viertelstunde freigibt. Die haben auch Eiskaffee«, sagte er noch, lächelte, »also, ich meine, wirklich *guten* Eiskaffee.« Er wirkte nicht wie einer, der regelmäßig Frauen auf der Straße ansprach.

Jetzt muss sie noch etwas Zeit verstreichen lassen, um herauszufinden, ob er jemand ist, der wartet, ob sie jemand ist, auf den gewartet wird.

Erst fünfzehn Minuten sind geschafft. Wieder geht sie ans Fenster, nicht zu nah, nur gerade so, dass sie die andere Straßenseite sehen kann. Da hinten steht er. Sie beobachtet, wie er sich tapfer langweilt, wie er die Auslage des Tabakladens betrachtet, dann die des Käseverkäufers, wie er langsam in die eine Richtung, dann in die andere geht. Er könnte sich ins Café setzen und dort auf sie warten, aber das scheint er nicht zu wollen. Fünfzehn zähe Minuten, doch die genügen noch nicht, sie darf es ihm nicht zu leicht machen, niemals leicht, leicht ist ein hartes Wort, ein ungerechtes dazu, es lässt sich schnell dahinsagen und verschwindet nie wieder. »Pass bloß auf dich auf«, sagt ihre Mutter bei jedem Abschied, »ich mach mir solche Sorgen«, sagt ihre Mutter am Ende jedes Telefonats und klingt dann, als würde sie schrecklich darunter leiden, sich Sorgen machen zu müssen. Das Mädchen, das noch keinen Ring trägt, das allein in der Großstadt lebt, ist schuld daran. Doch die Sorge ist nicht echt, sie ist nichts als ein Vorwurf, sie bedeutet Enge und Bevormundung.

Aus dem Wäschehäuflein unten im Schrank zieht sie drei Paar Nylonstrümpfe heraus. Um noch etwas Zeit zu überbrücken, kann sie auch gleich etwas Sinnvolles tun. Sie geht ins Bad, weicht die Nylons in lauwarmem Wasser ein und gibt einen Klecks Schauma dazu, nicht zu viel, die Tube muss bis Ende des Monats halten, dann kann sie wieder einkaufen. Vor dem Spiegel zupft sie sich das Haar zurecht, zwirbelt links die Locke neben der Wange um den Finger und gibt einen Zisch Spray darauf, dann die rechte, mit dem Kamm hebt sie das Haar hinten etwas an, toupiert ein bisschen nach.

Sie hat Glück, die Leine über der Wanne ist frei, keine vergilbten Unterkleider von Frau Konrad, keine ausgeleierten Schlüpfer von Herrn Lewerenz. Sein Husten ist schlimmer geworden, jeden Morgen hört sie, wie Herr

Lewerenz sich abmüht, in seinem Zimmer am anderen Ende des Flurs. Sie drückt das Wasser vorsichtig aus den Strümpfen und legt die federleichten Stoffe über die Leine. Manchmal hängt Fräulein Friedrichs ihre mit Ziehfäden durchsetzten Strümpfe dazu, doch nimmt Stunden später, wie aus Versehen, die anderen, die guten wieder ab. Immer wieder das gleiche Spiel: Mit den alten Strümpfen in der Hand klopft sie dann bei Fräulein Friedrichs, hält ihr die zerzausten Dinger vor die Brust, »Das müssten Ihre sein, nicht meine Größe, die sind mir nämlich zu kurz, wissen Sie?«

Schnell zurück ins Zimmer, zum Fenster, er ist noch da. Ein Blick auf die Uhr. Sie dreht die Schallplatte um. Das kleine Sofa, das nur für zwei schmale Leute gemacht ist, könnte näher am Fenster stehen, das hatte sie schon lange vor. »Damensofa in einem modernen Campari-Rot«, stellte es der Verkäufer ihr vor. Sie hat sich das Sofa einiges kosten lassen, zusammen mit dem Plattenspieler und sechs Cocktailgläsern hat sie es sich gekauft, für ihren neu gegründeten Haushalt, hier, in diesem Zimmer.

Was sagt sie, wenn der Mann sie fragt, wie sie zu einer Cousine in Paris gekommen ist? Eine Cousine in Paris, die haben sicher nicht viele. Sie bräuchte einen Onkel und eine Tante in Frankreich. Ein Onkel, der in Frankreich stationiert war, der sich, anders als von ihm erwartet wurde, in eine Französin verliebte, der, anders als von ihm erwartet wurde, in Frankreich blieb, die Französin heiratete und sieben Kinder mit ihr bekam. Wie schön wäre es, einen solchen Onkel zu haben. Sie hat nur einen, über den niemand spricht.

Sie rückt das Sofa ein Stück von der Wand ab und

schiebt es durch das Zimmer, zur anderen Seite, bis es schräg in der Ecke, halb vor dem Fenster steht, die Sitzfläche dem Raum zugewandt. Den kleinen Tisch stellt sie davor und nimmt Platz. Als wäre sie zu Besuch, als wäre sie zum ersten Mal hier, als wäre sie der Mann aus der Straßenbahn, lässt sie das Zimmer auf sich wirken. Ihm würde auffallen, dass sie leuchtende Farben mag, das rote Sofa, die orangefarbene Tagesdecke auf dem Bett, die zwei meerblauen Kissen auf dem Boden. Er würde sehen, dass sie Zeitungen hortet, dass sie Pernod und Gin trinkt, und halbtrockenen Sherry. Vielleicht würden ihm die alten Tapeten auffallen, er würde die Risse an der Decke sehen und würde bemerken, dass sie nicht gern Staub wischt. Sie lässt den Blick weiter schweifen, er würde die Postkarten mit den Bildern von den Straßen in Paris sehen, die über dem Plattenspieler hängen, er würde vielleicht denken, die Karten hätte ihre Cousine geschickt.

Sie zieht die Beine hoch, kniet sich aufs Sofa und schaut wieder aus dem Fenster. Tabakladen, Käsegeschäft, Café, Ampel, eine Straßenbahn hält. Er ist nicht mehr da. Sie wartet, die Bahn fährt weiter. Der Mann mit den knabenhaften Schultern und dem zaghaften Lächeln, er ist wirklich gegangen. Er hat sich überlegt, dass er sie doch nicht kennenlernen muss, dass dreißig Minuten Warten zu lang sind. Die Nadel des Plattenspielers hängt auf dem letzten stummen Stück fest, in der Küche klappert jemand mit Töpfen. Vielleicht ist er vor Kurzem in die Straßenbahn gestiegen, vielleicht in jene, die sie eben hat davonfahren sehen. Im Flur klingelt das Telefon, jemand geht eilig hin, sie hört die Stimme von Fräulein Friedrichs.

Wieder schaut sie auf die Straße, hätte sie eine Cousine

aus Paris zu Besuch, was würde sie mit ihr jetzt unternehmen? Sie würden in ein Restaurant gehen, vielleicht würden sie danach durch die Wallanlagen spazieren, vorbei an den Teichen mit den Seerosen, weiter zu den Wasserfontänen, wo sie eine Weile bleiben und sich eine Limonade kaufen würden.

Er hat nicht gewartet, aber das ist nicht weiter schlimm. Morgen hat sie ihn vergessen.

Sie und ihre Cousine könnten auch zur Universität gehen und nachsehen, ob ein interessanter Vortrag stattfindet, oder eine Filmvorführung.

Er hat nicht gewartet, aber das ist nicht weiter wichtig.

Oder sie könnten ins Kino gehen und danach, hier oben, eine Weile am offenen Fenster sitzen, Musik hören, Pernod trinken und die warme Abendluft atmen.

Eine Zeitung unterm Arm tritt er aus dem Tabakladen.

Er ist wieder da. Er ist gegangen und zurückgekehrt. So kommt es ihr vor. Nein, er war die ganze Zeit da und hat auf sie gewartet. Unvermittelt bleibt er stehen, schaut herunter auf seine Schuhe. Zwischen den Leuten, die es eilig haben, steht er einfach da und betrachtet die Schuhspitzen, als wäre er allein mit sich, und weil sie sich so freut, dass er dort auf sie wartet, dass er für sie zurückgekommen ist, obwohl er gar nicht gegangen war, beschließt sie, dass er ein feiner Mensch ist und dass sie sofort bei ihm sein muss. Sie zieht den kleinen Spiegel aus der Handtasche, streicht mit der Fingerspitze über die Augenbrauen. Sie schlüpft in die Schuhe, verlässt die Wohnung, läuft hastig die Treppen herunter, einen Moment wartet sie, bis sich der Atem beruhigt hat, dann öffnet sie die Tür. Der Straße den Rücken zugewandt liest er Zeitung. Er wird nicht sehen, wie sie zu ihm geht, er wird überrascht sein, wenn sie auf einmal hinter ihm steht und ihm auf die Schulter tippt. »Guten Abend«, wird sie sagen, und vielleicht ein Spiel daraus machen, »Verzeihen Sie, aber dürfte ich Sie einladen? Es soll hier Eiskaffee geben, wirklich guten, habe ich gehört.«

Ab-reise, *Ab-schied*, *Ab-*; auf dem Küchentisch lag eine Notiz von Florian für mich, ich konnte das erste Wort nicht erkennen. Ich freute mich über seine kleinen Zettel, er war der Einzige von uns, der Nachrichten auf der Kommode oder dem Tisch hinterließ, doch an seine undeutliche Schrift hatte ich mich nie gewöhnt. *Ab-leben*, sicher, das stand da nicht, meine Wahrnehmung spielte mir einen Streich. Es ging um das Probeabo bei einem Filmanbieter.

Abmelden nicht vergessen. Kuss

Florian hatte mich gestern schon daran erinnert, das Abo musste gekündigt werden. *Abmelden*, ich war erleichtert und wusste gar nicht, warum.

Ich stellte den Kessel auf das heiße Kochfeld, Wassertropfen knisterten, ich öffnete den Kühlschrank, holte Butter und Marmelade heraus, deckte den Tisch für mich und für Hanna, sie schlief noch. Hier ein Geräusch, da ein Geräusch, sonst Stille, nur meine Handgriffe, nur ich. Draußen war es noch dunkel.

Ich musste Hanna nicht wecken, das machte ihr Telefon, und heute fiel die erste Schulstunde aus. Hin und wieder versuchte ich, Hannas Telefon zuvorzukommen, ging dann leise an ihr Bett, um kleine Kreise in ihr Gesicht zu zeichnen, rund um die Augen, über die Wangen. So hatte ich es schon gemacht, als sie noch ein Säugling gewesen war, wenige Tage, wenige Wochen alt. Damals sollte ich sie alle drei oder vier Stunden wecken, um sie zu stillen, denn anfangs wog Hanna zu wenig, weil sie nicht genug trank und lieber schlief.

Ich schaute auf die Uhr, es war noch etwas Zeit. Eine selbstständige Achtzehnjährige zu früh zu wecken war keine gute Idee. Schon gar nicht, wenn ich es nur machte, um ihr Gesicht zu betrachten und ihre Wange zu streicheln.

»Mama, was is?«, würde sie schlaftrunken und etwas muffig fragen.

»Nichts, nichts Besonderes«, würde ich antworten, und sie würde sich seufzend noch einmal auf die Seite drehen.

»Ich bin gekommen, um Ihnen zu sagen, dass meine Mutter gestorben ist.« Ich stellte mir vor, wie Edgar Janssen mir die Tür öffnete und ich ihm das mitteilte. Die Nachricht würde wichtig für ihn sein, ja, das schon, *wie* wichtig, das wusste ich nicht, auch nicht, ob sie ihn noch lange beschäftigen würde. Doch ich wollte, dass er es erfuhr; und ich wollte ihm begegnen, ein einziges Mal.

Edgar Janssen verbrachte, soweit ich wusste, jedes Jahr den Spätsommer in seinem Elternhaus. Seine Eltern lebten nicht mehr, er musste selbst inzwischen Mitte siebzig sein. Er war vor über fünfzig Jahren ins Ausland gegangen und nicht zurückgekehrt, doch das Haus hatte er behalten.

Das Haus, in dem meine Mutter ein- und ausgegangen

war, eine Frau Mitte zwanzig, die gedacht hatte, sie würde ihr Leben mit Edgar Janssen verbringen. Das Haus, das sie nicht losgelassen hatte, an dem sie jedes Jahr im Spätsommer vorbeigefahren war, um das Licht hinter den Fenstern zu sehen. »Edgar ist in der Stadt, ich weiß es«, hatte sie dann gesagt; ich war vierzehn, achtzehn, einundzwanzig Jahre alt, und ich bemerkte dieses schwer zu deutende Strahlen in den Augen meiner Mutter, sie hatte verletzlich und auf undurchschaubare Weise glücklich gewirkt.

Leise Schritte hinter Hannas Tür, ich hatte den Moment, sie zu wecken, verpasst. Ich konnte die Monate zählen, März, April, Mai, Juni, dann würde sie ihr Abitur geschafft haben, würde durch Europa reisen, für eine Zeit nach Neuseeland gehen, danach anfangen zu studieren, vielleicht, sagte sie, vielleicht. Florian und ich hatten sie mit Vorschlägen überschüttet und dabei ihre sanfte Resistenz hervorgerufen. Hanna wusste, was sie wollte, erzählte es uns aber nicht mehr sofort. Ich dachte wieder an den Spätsommer, auf den ich wartete, um bei Edgar Janssen zu klingen. Doch die Tage, an denen ich mich leise an Hannas Bett stellen und mit dem Finger über ihre Wange kreisen konnte, würden dann aufgebraucht sein.

Ich packte meine Tasche, zog den gefütterten Mantel an, es war wieder Schnee angesagt. Im Bad hörte ich die Dusche rauschen, ich klopfte, verabschiedete mich, in der Küche sei noch warmer Kaffee.

»Okay«, sagte Hanna nur, sonst nichts, was sollte sie auch sagen, wies ich mich zurecht, ich war zu einer dieser Mütter geworden, die zu oft auf ein Zeichen der Zuneigung hofften.

Der Weg zu Edgar Janssens Haus war nicht weit, fünfzehn Minuten mit dem Fahrrad vielleicht. Ich fuhr am Kanal entlang und blies kleine Atemwolken in die kalte Luft. Ich schob mein Fahrrad durch seine Straße, sie verlief parallel zum Kanalufer. In einer Reihe aus Stadtvillen war sein Haus das kleinste, dadurch fiel es ins Auge und hatte etwas Liebenswertes. Der hellblaue Anstrich der geduckten Villa wirkte welk, doch der Vorgarten war von einem neuen Zaun aus blankem Metall geschützt. Hinter den Fenstern war es dunkel.

An welchem Tag würde ich klingeln? Wann begann für Edgar Janssen der Spätsommer, wann würde er in die Stadt kommen, wann wieder abreisen?

Ich fuhr zurück zum Kanal, vom Ufer aus konnte ich in die Gärten der Häuser sehen. Ein hoher, gusseiserner Zaun mit einer Gitterpforte, die mit einer Fahrradkette und einem Vorhängeschloss abgesichert war, trennte das Grundstück vom Spazierweg am Ufer. Der Garten schien verwahrlost, karge Sträucher und Büsche, die länger nicht mehr geschnitten worden waren, hochgewachsener Rasen, eine Wiese aus gelblichem Gras. Ich blieb am Ufer stehen wie eine Spaziergängerin, hin und wieder schaute ich hoch zu den Fenstern im Obergeschoss, dort waren die Vorhänge zugezogen.

Vielleicht würde ich vergeblich klingeln.

Weil Edgar Janssen längst gestorben war.

Oder weil er krank war und nicht mehr reisen konnte.

Oder weil er in diesem Jahr zufällig nicht den Spätsommer, sondern den Winter in der Stadt verbringen würde; was wusste ich schon von ihm?

Vielleicht würde er mir die Tür öffnen, doch versuchen, mich schnell wieder loszuwerden. Weil er meinen Besuch aufdringlich fand. Weil er die Erinnerung an meine Mutter aufdringlich fand. Ich stellte mir einen elegant gekleideten Mann vor, der freundlich, aber unverbindlich sagte, er hätte leider gerade keine Zeit. Ich stellte mir seine Frau vor, die in der Tür stand und sagte, »Es tut mir leid, aber wir können Ihnen nicht weiterhelfen.« Nein, sie würde Englisch sprechen, »I am sorry, but there is nothing we can do for you.«

Ich kannte die alten Fotos von Edgar Janssen und die wenigen Briefe und Karten, die meine Mutter von ihm aufbewahrt hatte. Doch vor allem kannte ich die Geschichte der beiden, die Geschichte von Antonia und Edgar, von der meine Mutter mir oft erzählt hatte.

Ich bin gekommen, um Ihnen zu sagen, dass; nein, eigentlich war das ein Vorwand, denn ich wollte viel mehr. Ich wollte Edgar Janssen dazu bringen, sich an meine Mutter zu erinnern, an seine und ihre gemeinsame Zeit. An die Liebe zwischen Toni und Edgar, die von so kurzer Dauer gewesen war und für meine Mutter doch ein Leben lang gehalten hatte.

Ich sehnte mich nach Toni und Edgar, nach ihrem Glück, nach ihrer gemeinsamen Zukunft, die es einmal gegeben hatte. Nach den beiden Menschen, die Toni und Edgar gewesen waren. Ich wünschte mir, diese Zeit der beiden von irgendwoher zurückholen zu können und meiner Mutter zurückgeben zu können. Wie ein verloren geglaubtes Schmuckstück, das immer vermisst und nie vergessen worden war. Hier, das habe ich für dich gefunden, es gehört zu dir.

17/9.64 Sie schenkt Pernod ein, dazu etwas Eiswasser aus dem Behälter ihres neuen Cocktailsets. »Jetzt müssen wir leise sein«, flüstert sie. Sie hat gehört, wie Frau Konrad ins Bad gegangen ist, danach in die Küche, für ihren Becher warme Milch mit einem Schuss Likör, gleich wird sie durch den Flur kommen und an den Türen horchen, wie immer an Donnerstagen, Freitagen und an Wochenenden. Den Montag, Dienstag und Mittwoch scheint Frau Konrad harmlos zu finden, vielleicht sollte man männlichen Besuch besser an diesen Tagen einladen.

Edgar Janssen stellt sein Glas auf den Tisch, etwas ungeschickt, es stößt an ihres, *Kling*, macht es in die Stille hinein. Er wirkt unentschlossen. Gehen oder bleiben, sie kann sein Unbehagen ja verstehen, wer wird schon gern von einer Zimmerwirtin aus der Wohnung bugsiert. Sie legt den Finger auf die Lippen.

»Fräulein Weber«, die Stimme der Konrad. »Ist Ihr Besuch noch da?«

»Nein, kein Besuch. Es ist doch schon nach elf«, ruft sie zurück. Sie warten, verharren wie zwei Kinder, die sich versteckt haben, kurz davor, in ihrem Unterschlupf entdeckt zu werden.

Pünktlich, kurz vor zehn, hatte sie erst ihre Zimmertür, dann die Wohnungstür geöffnet und laut wieder geschlossen, um den Eindruck zu wecken, ihr Besuch wäre gegangen. Sie lächelt den Mann neben sich an, damit er weiß: keine Sorge. Im Flur knarren die Dielen, als würde Frau Konrad ihr Gewicht von einem Fuß auf den anderen verlagern, als wäre sie unentschlossen, lockerlassen oder nachsehen.

»Dann ist ja gut«, sagt sie schließlich, »angenehme Nachtruhe«, schon einige Schritte entfernt. Sie wird jetzt ins Bett gehen, dort ihre Milch trinken, vielleicht ein Zigarillo rauchen. Das wäre geschafft.

Sie öffnet das Fenster weit, lässt die warme Luft herein, Mitte September, und es ist noch sommerlich, selbst die Nächte. Sie haben den Nachmittag und den Abend zusammen verbracht, waren im Park spazieren, haben sich eine Portion Pommes frites geteilt, sind zu ihr gegangen, haben Tee getrunken, Musik gehört, alles ohne einen Moment der Enttäuschung. Sie kennt das nur zu gut, sie stellt sich jemanden vor, und dann wird doch alles anders; der Mann spricht sie mit *Mädchen* oder *Kleines* an, oder er kratzt sich ständig im Ohr, oder zittert auf einmal mit den Händen, bis er zugibt, irgendwo einen Klaren trinken zu wollen, oder er sagt, der FJ Strauß, der sei ja doch ein ganz Guter, einer der wenigen, die Biss hätten. Jede Begegnung ein Irrtum. Aber nicht heute.

»Es war mir eine Freude.«

»Was war Ihnen eine Freude?«

»Dass ich Ihr Gast sein durfte.« Er nimmt ihre Hand und deutet gespielt altmodisch einen Kuss an. »Ich sollte wohl gehen, solange ich es noch freiwillig tun kann«, sagt er, schaut demonstrativ mit dem Anflug eines Lächelns zur Tür.

»Sie klopft nur. Aber öffnet nie. Und jetzt schläft sie wahrscheinlich.«

Noch immer hat er ihre Hand nicht losgelassen. Sie spürt seine Haut, warm und etwas rau. Auf einmal hört sie seinen Atem, leise, durch die Nase, so deutlich, dass sie sich auf einmal vorstellen muss, wie sie an seinem Krawattenknoten zupft, ihn löst, das Hemd aufknöpft und die nackte Brust dieses Mannes sehen kann. Sofort wird sie verlegen.

»Wie geht es Ihrer Cousine in Frankreich?«, fragt er flüsternd.

Ach ja, das. Sie fühlt sich ertappt. »Es geht ihr fantastisch«, antwortet sie entschlossen. Die ausgedachte Cousine, die in Paris lebt, in einem kleinen Apartment unterm Dach, mit Blick auf die Dächer der Stadt, weiter auf die Seine, auf Notre-Dame, den Eiffelturm, auf den Champs-Élysée, auf den Arc de Triomphe, auf die Gräber des Père Lachaise, eine wundersame Wohnung mit Blick auf alles, alles, was sie unbedingt einmal sehen muss.

»Dann richten Sie ihr Grüße aus.«

Noch immer hält er ihre Hand. Sie müssen beide lächeln, als wären sie sich einig, dass es keine Cousine in Paris gibt, aber dass es richtig, dass es schön ist, eine erfunden zu haben. Wie selten passiert es, dass man jemanden trifft, der einen versteht und keine falschen Fragen stellt. Ihr Knie wird unruhig, das nervöse Zittern kommt ausgerechnet dann, wenn jede Regung etwas bedeuten könnte. Schnell zieht sie die Hand aus seiner und greift zum Tisch, zur Schale mit den Pistazien.

»Auch?«, fragt sie.

»Danke, gern«, sagt er und pflückt vorsichtig eine aus ihrer Hand. Die winzige Berührung treibt ihr einen Schauer über die Arme.

Kurz darauf steht er auf, hebt seinen Trenchcoat, der von der Sofalehne gerutscht war, vom Boden auf. Leise, mit vorsichtigen Schritten gehen sie durch den Flur zur Wohnungstür. Damit die Dielen nur für eine Person knarren.

»Eine gute Nacht wünsche ich«, flüstert er. Noch immer hält er die Pistazie wie beiläufig zwischen Daumen und Zeigefinger, als hätte er sie schon vergessen. Während er schnell, fast wie ein ungeduldiges Kind, die Treppen hinunterläuft, wartet sie, hört seine eiligen Schritte, hört, wie er unten die Tür öffnet, vielleicht wird er gleich die Pistazie in seiner Hand entdecken.

Am nächsten Abend liegt auf der Kommode im Flur ein Brief für sie. Hastig öffnet sie den Umschlag, er reißt in der Mitte. Musst du so ungestüm sein?, hört sie die Stimme ihrer Mutter. Zwischen den Fetzen zieht sie eine schlichte Karte hervor.

Sehr geehrtes Fräulein, nein, selbstverständlich Mademoiselle Weber!
Ich danke Ihnen für den schönen Abend und die vorbildliche Bewirtung (ausgezeichnete Pistazien).
Viele Grüße,
Edgar Janssen
17/9.64

Mit Tinte hat er geschrieben, sorgfältig, einige Buchstaben schwungvoll, er scheint sich Zeit genommen zu haben. Auf dem Umschlag klebt keine Marke, also ist er hier gewesen, er ist wirklich hier gewesen, um einen Brief für sie abzugeben. Sie betrachtet noch einmal die Karte, schönes, zartbläuliches Papier, schiebt sie dann zurück in den Umschlag und streicht ihn glatt, so gut es geht. Die beiden Gläser von gestern Abend stehen noch auf dem Tisch vor dem Sofa, sie nimmt das eine, das Edgar Janssen benutzt hat, berührt mit den Lippen den Glasrand, ein süßlicher Geruch von Anis.

Einige Tage später liegt eine Postkarte für sie auf der Kommode, ein Foto der Düsseldorfer Königsallee.

Liebes Fräulein Weber, herzliche Grüße aus dem Rheinland, wo ich geschäftliche Termine habe.
Es wäre mir eine Freude, Sie am Freitag ins Kino einladen zu dürfen. Das Programm würde uns folgende Auswahl bieten:
1.) Die Todesstrahlen des Dr. Mabuse
2.) Hitchcock's Marnie
3.) Leih mir Deinen Mann
*Die beiden ersten Filme würden mir erlauben, Ihr Beschützer zu sein. (Den brauchen Sie wahrscheinlich nicht, aber lassen Sie mir das Vergnügen.) Oder vielleicht ist Ihnen auch nach Komödie?**
Wenn es keine Umstände bereitet, rufen Sie mich Donnerstag unter der Büronummer an.
Ihr E. Janssen
22/9.64
* *Filmischer Natur, meine ich.*

25/9.64 An der Straße stehen zwei Portiers in roten Jacken mit Goldknöpfen und unterhalten sich mit einem Chauffeur, der in einem großen Wagen sitzt, ein Jaguar vielleicht, oder ein Rolls-Royce, oder etwas in der Art; und auf einmal kostet es sie wieder Mut, die Treppe hoch zur Drehtür zu gehen. Die Stufen bedeckt mit dunkelblauem Samt, die sich lautlos drehende Tür aus poliertem Holz und Glas, verziert mit geschliffenen Ornamenten, so fein, sie würden selbst unter einer Lupe noch interessant aussehen. Zweimal war sie mit Kollegen zur *Happy hour* in der Bar, die ist nicht nur für Hotelgäste geöffnet, man muss auch keinen Tisch reservieren, also weiter.

Die Herren an der Rezeption nicken ihr zu, mit einer angedeuteten Verbeugung, niemand schaut sie komisch an. Sie durchquert das Foyer, achtet darauf, nicht zu schnell zu gehen. Die Marmorsäulen glänzen, kurz schaut sie hoch zu den Kronleuchtern, den funkelnden Kristalltropfen. Auf den Sofas sitzen Hotelgäste und trinken Tee oder Sherry, manche Gruppen geschützt hinter den feingliedrigen Blättern der Zimmerpalmen. Eine Frau in einem dunkelgrünen Sari kommt die Treppe herunter, der tiefschwarze, geflochtene Zopf, über die Schulter gelegt, reicht ihr bis zur Hüfte, sie trägt goldene Ohrringe mit roten Steinen, so rot wie der Punkt auf ihrer Stirn.

Die Gesichter, Stimmen, Gesten der Menschen hier im Hotel, sie erzählen davon, dass es so viel mehr gibt als das, was sie selbst jeden Tag zu sehen bekommt, denn das ist ja nicht viel, nein, das ist ja so schrecklich wenig.

Hinten im Foyer führt eine Treppe in den Souterrain, zur Bar. In einem Vorraum, mehr eine Kabine, sitzt eine Garderobiere, eine zarte, ältere Frau, die etwas müde wirkt. Während sie bei der Dame ihren Sommermantel abgibt, hört sie das Stimmengewirr, dahinter die gedämpfte Jazzmusik. Sie geht hinein, die Leute stehen dicht gedrängt am langen Tresen, unter der niedrigen Decke hängt der Zigarettenrauch.

Einige seiner Kollegen würden dabei sein, hat Edgar ihr am Telefon gesagt, und es klang wie eine vorweggenommene Entschuldigung. Manche von ihnen scheint er nicht zu mögen, das hat er durchblicken lassen, als er ihr von seiner Arbeit erzählt hatte. Seine Kollegen werden sie wahrscheinlich begutachten wie ein neues Importprodukt. Darauf, zumindest, ist sie vorbereitet. Zur Seidenbluse trägt sie den weißen Rock aus Bouclé, den hübschesten, den sie im Kleiderschrank hängen hat, und die Lackschuhe, für die sie gerade wieder in den Mietrückstand geraten ist. Der Taxifahrer vorhin sagte, »Na so was, Sie sehen aus wie die Jackie Kennedy, nur die Haare, die müssten etwas länger sein.« Jackie, er sprach es aus wie *Jacke*, nur mit i am Ende. Sie gab dem Taxifahrer großzügig Trinkgeld, auch wenn ihr danach nur fünf Mark in der Handtasche blieben.

Sie streckt sich, versucht, über die Menge der Leute

hinwegzuschauen, und entdeckt Edgar weit hinten, mit ein paar anderen hat er zwei Sessel und ein Stück der gepolsterten Bank, die sich einmal durch die ganze Bar entlang der Wand hindurchzieht, ergattert, sogar zwei Bistrotische. Langsam schiebt sie sich an den Leuten vorbei. Als Edgar sie erblickt, springt er auf, begrüßt sie mit einem angedeuteten Kuss auf die Wange, fünf Männer betrachten sie interessiert, sie gibt einem nach dem anderen die Hand und setzt sich zu Edgar auf die Bank.

»Bist du gut hergekommen?« *Du*, sie reden nicht mehr förmlich miteinander, alles andere wäre ihr mittlerweile auch aufgesetzt vorgekommen.

»Findest du es zu laut hier?« Nein, überhaupt nicht, antwortet sie. »Haben wir nicht einen guten Tisch ergattert?« Ja, fantastischer Platz, antwortet sie. »Hat es eben noch geregnet?« Edgar wirkt auf liebenswürdige Weise nervös.

Ein Kellner kommt zu ihnen an den Tisch, sie bestellt ein Glas Bordeaux und eine klare Brühe mit Brot, und aus dem Augenwinkel kann sie sehen, dass Edgar sie unentwegt anschaut. Für später ist Kino geplant, und wer weiß, wie der Abend verläuft, *mach es niemandem leicht*, die Stimme ihrer Mutter, nein, ein ganzer Chor aus ängstlichen Frauen.

Edgars Kollegen unterhalten sich über Geschäftsreisen nach Belgien und in die Schweiz, und Edgar erzählt von seinen Tagen im Rheinland, von einem Besuch beim Motorsportrennen am Nürburgring, zu dem ihn ein Schraubenfabrikant aus Koblenz eingeladen hatte. Der Kellner bringt ihr den Rotwein und die Brühe, dazu etwas Baguette auf einem Teller und eine kleine Schale, darin ein

Stück Butter auf einem Scheibchen Eis. Noch mehr Menschen drängen in die Bar, auf der Bank rücken alle etwas enger zusammen, Edgar schwärmt von einem Porsche und einer spektakulären Karambolage. »Nur Blechschäden?«, fragte einer, »Ja, zum Glück. Doch zwei Motoren gingen in Flammen auf«, und während Edgar weiter erzählt, fuchtelt er mit der rechten Hand herum, kommt gegen ihr Glas auf dem Tisch, kann es gerade noch halten, der Rotwein schwappt trotzdem auf ihren Rock, mit Schwung und einem satten Platschen. »Hoppla«, ruft einer der Kollegen.

Edgar greift hastig zu ihrer Serviette, entschuldigt sich leise, sucht nach einem Salzstreuer, legt ihr die Serviette vorsichtig auf den Schoß, hält ihr das Salz hin.

»Ich hole ein Tuch am Tresen«, sagt er, doch vier oder fünf Leute müssten aufstehen und ihn durchlassen, niemand scheint sich die Mühe zu machen, die anderen wirken belustigt, und Edgar bleibt sitzen. Sie tupft auf dem Fleck herum, über solche Dinge hat sie sich noch nie geärgert, Leute, die sich von so etwas die Laune verderben lassen, von Dingen, die ohnehin nicht mehr zu ändern sind, findet sie kleinlich.

»Na, Ed, das war doch ein Trick von dir. Gib es zu. Du willst dir das Kino mit der Dame sparen und sie gleich nach Hause bringen, was?«

Die anderen lachen. Edgar, ein Mann mit Manieren zwischen Idioten, denkt sie. Einen Moment herrscht betretenes Schweigen, und sie hat eine Idee. Sie steht auf, und während die anderen sie neugierig betrachten, nimmt sie ihren Rock am Taillenbund, schiebt ihn Stück für Stück von vorn nach hinten, bis auch der Weinfleck nach hinten gewandert ist, dann setzt sie sich wieder. Sie spürt den klammen Stoff am Hintern.

»War was?«, sagt sie und freut sich ein bisschen. Um den Moment abzurunden, greift sie zum Weinglas, nimmt den letzten Schluck und hebt die Hand, um dem Kellner ein Zeichen zu geben. »Ich hätte gern noch einen Bordeaux.«

Fast gleichzeitig zünden sich Edgars Kollegen ihre Zigaretten an und nicken amüsiert. Ganz leicht, vorsichtig lehnt sie ihre Schulter an Edgars und spürt, dass er den Druck erwidert. Wie Verbündete sitzen sie nebeneinander, inmitten des Gedränges, der Stimmen, der Musik des Pianisten, der weichen, leisen Trompetenstimme. Sie kann es kaum erwarten, ins Kino zu kommen, und Edgar in der Dunkelheit nah zu sein, ohne die anderen.

Die Trauerfeier hatte vor einer Woche stattgefunden. Die verbrauchte und kalte Luft in der Wohnung, diese stumme, unbewegliche Luft macht begreifbar, dass ein Mensch unwiederbringlich gegangen ist. Es kostete mich jedes Mal Überwindung, die Wohnungstür aufzuschließen und hineinzugehen. Sofort drehte ich dann die Heizung hoch, um die abgestandene Kälte zu vertreiben. Ich hörte das Gluckern in den Heizungsrohren, die Wohnung war wie ein Organismus, dessen Kreislauf ich neu anregen musste. Der Nachmittag dämmerte, bald würde es dunkel werden. Auf der Fahrt über die Landstraßen hierher hatte die feuchte Luft wie Morgennebel über den Feldern gehangen.

Ich legte eine CD ein, ohne genau hinzusehen, hatte ich ins Regal gegriffen. Der Zufall sollte entscheiden. So konnte ich mir vorstellen, meine Mutter hätte die Musik ausgesucht. Es waren Lieder von Erika Pluhar, *Mehr denn je*, eine Konzertaufnahme; hätte meine Mutter die CD wirklich ausgesucht, hätte ich wahrscheinlich kurz die Augen verdreht, »ach, diese Bedeutungsschwere, wollen wir nicht was anderes hören?« Vor ein paar Jahren, meine Mutter saß bei uns auf der Küchenbank, wir aßen zu Abend, da eröffnete sie uns mit ernster, feierlicher Stimme, sie wolle nun zurück in ihren Geburtsort ziehen. Bedeutungsschwere, die keinen Widerspruch duldete. Nein, nicht wieder eine unüberlegte Entscheidung, hatte ich gedacht, ein Umzug aus irgendeinem Gefühl heraus, einer diffusen Sehnsucht nach Veränderung oder nach der eigenen Kindheit. Sie hatte dort kaum Freunde und, außer meinem Onkel, niemanden aus der Familie in der Nähe. Vier oder fünfmal war meine Mutter in den letzten zehn Jahren umgezogen, immer auf der Suche nach etwas. Nun also war es die Ostsee, die Flensburger Förde, wo sie aufgewachsen war, von wo sie als Zwanzigjährige nicht schnell genug hatte wegkommen können.

»Warum ziehst du nicht zu uns in die Nähe, in unser Viertel?«

»Dann würde ich nur viel zu oft auf euch warten. Das geht nicht.«

Sie mietete eine Wohnung in einem Mehrfamilienhaus, mit einem großen Balkon und Fahrstuhl. Im Erdgeschoss ein Bäcker und eine Apotheke. »Ein Fahrstuhl und eine Apotheke, wie praktisch für sie«, hatte mein Onkel gesagt, womöglich ohne zu merken, wie bedrückend das klang. Die zwei Stunden Fahrt zu ihr waren mir immer lang vorgekommen, zu unseren Verabredungen hatte ich mich häufig verspätet, vielleicht aus einem stillen Trotz heraus.

Ich ging ins Bad und stand vor ihrem Spiegel. Ich schraubte einen ihrer Cremetiegel auf und roch daran. Aus ihrer Rundbürste zupfte ich ein paar Haare und steckte sie mir in die Hosentasche. Im Schlafzimmer betrachtete ich die leere Matratze. Die gesteppte Daunendecke lag zusammengefaltet am Fußende, darauf das Kopfkissen. Florian hatte die Bettwäsche einige Tage nach ihrem Tod abgezogen, mitgenommen und gewaschen. Ich öffnete ihren Kleiderschrank, betrachtete die Hosen, Pullover und Blusen, es roch ein wenig nach Parfum und nach ihrer Haut. Ich zog einen Blazer hervor, schwarzweißes Hahnentrittmuster, den hatte sie oft getragen, als sie noch arbeitete, danach nicht mehr. Zwei Sommerkleider holte ich hervor, beide waren bodenlang, ein schwarzes, schmal geschnittenes aus Leinen und eines aus Baumwolle mit indischem Muster in Blau und einem wässrigen Fliederton. Ich hielt mir eines nach dem anderen an den Körper. Die Kleider gefielen mir und sahen aus, als könnten sie mir passen. Ich wusste, ich würde sie trotzdem nicht tragen, ich fürchtete, die Kleider könnten mein Herz schwächen, es aus dem Rhythmus bringen, mich verwundbar machen, ich fürchtete, an den Kleidern hafteten die Sehnsüchte meiner Mutter wie ansteckende Viren. Ich hängte sie zurück in den Schrank.

In der Küche hatte ich noch nichts verändert und betrachtete wieder die Spuren ihrer letzten Tage. Das schmutzige Geschirr in der Spüle. Auf dem Herd stand ein kleiner, mit Wasser gefüllter Topf. Auf seinem Glasdeckel klebte ein getrockneter, gewölbter Lappen. Ich sah es vor mir, wie sie mit diesem Lappen den heißen Knauf umfasste und den Deckel hob, wie das Wasser sprudelte und dampfte. Im Topf hatte sie ein Ei gekocht. Sie hatte es nicht mehr gegessen, und ich hatte es noch nicht weggeworfen, es lag ungeschält auf einem Teller neben der Spüle.

Auch durch das Wohnzimmer streifte ich wie eine Detektivin. Auf dem langen Holztisch lagen ihr Telefon und ein Schreibblock. Sie hatte eine Liste notiert, ihre letzte Lebensmittelbestellung. Seit einigen Monaten hatte sie sich die Einkäufe liefern lassen. Ich setzte mich an den Tisch.

1 Flasche Birnensaft, 2 Liter Milch, 2 Becher Buttermilch, 3 Dosen Mandarinen, 2 Dosen Pfirsiche, Camembert, Pumpernickel, 5 x Flammkuchen (Oetker), Tiramisu, Tomaten, Äpfel, Pernod.

Pernod, ihre Ärztin hätte erstaunt den Kopf geschüttelt, »Wissen Sie, wie viele Einheiten Insulin Sie für ein Glas Pernod brauchen?« »Nein, ich trinke ihn lieber pur«, oder etwas in der Art hätte meine Mutter vielleicht geantwortet, um sich nicht bevormunden zu lassen.

Neben ihrem Sekretär, hinten an der Wand, stand noch immer das blaue, abgewetzte Köfferchen, das zu ihr gehörte, seitdem ich mich erinnern konnte, das ihre Ehen, ihre Trennungen, ihre Umzüge überstanden hatte. In diesem kleinen Koffer befanden sich alle wichtigen, von ihr sortierten Unterlagen. So lange es ging, hatte sie alles Bürokratische oft ignoriert. Daran gemessen, hatte mich diese Ordnung erstaunt; Geburtsurkunde, Heiratsurkunden, Scheidungsurteile, alles war da, ich hatte nicht lange suchen müssen, als der Bestatter nach den Unterlagen gefragt hatte. Dabei hatte schon eine Stromrechnung meine Mutter früher in Schwierigkeiten bringen können. Ich erinnerte mich an Wochenenden ohne Licht, dafür mit Kerzenschein und bestelltem Fisch süßsauer vom Chinesen. Mehrmals war uns ausgerechnet an einem Freitag der Strom abgeschaltet worden. Am Montag weckte mich morgens, wie üblich, das Geräusch des Föhns. Meine Mutter stand vor dem Badezimmerspiegel, eine

Rundbürste im Haar, sie hatte den Föhn an ein Verlängerungskabel angeschlossen, das aus dem Bad durch den Flur führte, und weiter durch die angelehnte Wohnungstür zur Steckdose im Treppenhaus. Sie achtete wirklich immer auf ihre Frisur.

Einige Notizhefte und Briefbündel, nach Männern geordnet, eines davon mit Postkarten, kleinen Zetteln und Briefen von Edgar Janssen, hatte ich in dem kleinen blauen Koffer gefunden. Auch diese Bündel schienen wie für mich vorsortiert.

Ich probierte aus, ob sich ihr Laptop anschalten ließ, ein altes, klobiges Gerät, das sie sechs oder sieben Jahre, vielleicht auch länger, benutzt hatte. Es funktionierte, sie hatte es eigentlich nur zum Lesen im Internet und für ihre Mails verwendet. In das Suchfenster des Posteingangs gab ich meinen Namen ein. Kurz darauf sah ich die Liste meiner Nachrichten. Sie waren zuletzt weniger geworden, meine Mutter hatte mir in den vergangenen Wochen nur noch selten geschrieben, und ich ihr ebenso wenig. Es hatte dafür keinen besonderen Grund gegeben, wir hatten uns nicht gestritten. Es musste etwas anderes gewesen sein. Ein unbemerkter Rückzug. Ihre Müdigkeit, vielleicht, und meine Unachtsamkeit. Ich fand eine fünf Wochen alte Mail von mir mit Fotos von einer kurzen Reise nach Kopenhagen. Ich war dorthin gefahren, um mir eine Sammelausstellung anzusehen, in der einige Werke von Helene Schjerfbeck hingen, und um mich mit einem Grafiker zu treffen, mit dem unser Büro arbeiten wollte. Meine Mutter hatte mich gebeten, eine bestimmte Straße zu fotografieren, ein bestimmtes Haus. Kopenhagen, eine ihrer ersten Reisen überhaupt, zusammen mit

Edgar Janssen, hatte dorthin geführt. Ich hatte einen Spaziergang durch das Viertel gemacht, hatte das Haus tatsächlich gefunden. Sie hatte mir erzählt, es wäre damals eine kleine Pension gewesen. Nun befand sich ein Geschäft für Inneneinrichtung im Erdgeschoss, und in den oberen zwei Stockwerken schienen Wohnungen zu sein. Ich fotografierte das Haus und schickte ihr die Bilder. Ich stellte ihr keine Fragen, ermunterte sie nicht zum Erzählen, ich wollte keine alten Geschichten hören, nicht wieder über Erinnerungen sprechen. Einige Tage darauf schrieb sie mir zurück, die Bilder hätten sich nicht richtig öffnen lassen, ob ich es noch einmal versuchen könnte. Ich verschob es immer wieder, vergaß es zwischendurch, nahm mir nicht die halbe Minute, um ein zweites Mal die Dateien an eine Nachricht zu hängen und auf *Senden* zu drücken.

Ich saß an ihrem Laptop und sah meine Mail, wie sie bei ihr angekommen war, sah die beschädigten Bilder, schwarze Felder, graue Flächen. Auf einem war oben ein schmaler Streifen des Fotos erkennbar, ein Streifen, der Dächer zeigte, nur diese Dächer und etwas blauen, leicht bewölkten Himmel. Ich hatte diese Bilder vergessen, und sie hatte nicht noch einmal nach ihnen gefragt. Ich durchsuchte ihren Postausgang. *Die Fotos sind leider nicht vollständig angekommen, aber der Himmel in Kopenhagen sieht ausgesprochen schön aus.* Das war ihre letzte Nachricht an mich.

Ich ging zurück in die Küche, um mir einen Tee zu kochen. In jenem Moment liebte ich den vertrockneten Lappen, wie er da angeschmutzt auf dem Topfdeckel klebte.

Hast du beim Hausmeister angerufen, damit er das Licht über dem Herd repariert?, hätte ich sie vielleicht gefragt. Soll ich ihn anrufen? Und soll ich dir endlich mal ein Paar Topflappen besorgen? Du verbrennst dir irgendwann die Finger, und es wird lange dauern, bis das heilt, hätte ich gesagt. Sicher hätte ich etwas streng geklungen, missbilligend vielleicht. Den vertrockneten Lappen vor Augen hätte ich auch fragen können: Warum konntest du eigentlich nie ordentlich Insulin spritzen, wie andere es offenbar hinbekommen? Oder: Warum konntest du nicht einmal am Tag einen Spaziergang machen, als es noch ging und dein Herz gestärkt hätte? So wie andere, die weiter am Alltag teilhaben wollen? Oder: Warum eigentlich konntest du keine deiner Ehen aufrechthalten? So, wie andere es versuchen und schaffen?

Während ich erwachsen wurde, die Schule abschloss, mich an Universitäten bewarb, hatte das angefangen. Es hatte mich auf einmal gestört, wie sie sich mit Provisorischem zufriedengab, ich hatte die Verlängerungskabel, die vergessenen Stromrechnungen, die lockeren Schrauben an den Schranktüren, das eingedellte Auto, dessen Tankanzeige fast immer auf Reserve stand, alle diese Kleinigkeiten, die eigentlich nicht viel ausmachten, aber doch für etwas standen, während ich nicht einmal genau wusste, wofür, die hatte ich satt.

Die Tischlampe neben dem Sofa brauchte eine neue Glühbirne. Ich sah in den Küchenschränken und in der Abstellkammer nach, konnte aber keine finden. Es war nicht die Art meiner Mutter gewesen, über einen Vorrat an Glühbirnen zu verfügen. Ich zündete die Kerzen auf der Fensterbank an und setzte mich auf das Sofa. Die kleinen, über der Heizungsluft flackernden Flammen, die Musik, der Blick aus dem Fenster, die aufkommende Dunkelheit hinter den Baumkronen. Beschränkt auf diese vier Wände zu sein, verfolgt von Gedanken an das Leben da draußen, ich versuchte, es mir vorzustellen. Gedanken an Spaziergänge am Strand, der mit dem Fahrrad in weniger als einer halben Stunde zu erreichen wäre; Gedanken an Autofahrten, um sich ein neues Buch zu kaufen, um ins Theater oder ins Kino zu gehen; Gedanken an Dinge, die selbstverständlich gewesen, doch zuletzt nicht mehr möglich gewesen waren, an Freundschaften, die deshalb schwerfällig geworden und schließlich verloren gegangen waren. Gedanken an das eigene Kind. Das Warten auf einen Anruf, das Warten auf eine Mail von diesem Kind. Gedanken an die Vergangenheit, an eine Frau Anfang zwanzig, die in einem Zimmer zur Untermiete gewohnt hatte, ein neu gekauftes Cocktailset im Regal, einen Plattenspieler neben dem Sofa, einen Stapel Bücher neben dem Bett, die darauf wartete, dass ihr Besuch an der Tür klingelt.

20/12.64 Der neue Koffer aus taubenblauem Leder steht gepackt im Flur, und sie hat nichts anderes mehr zu tun, als zu warten. Sie schaut nach, ob sie an ihre Schlaftabletten gedacht hat, die sie vor fast einem Jahr verschrieben bekommen hatte, wegen Nervosität, wie der Arzt gesagt hatte, obwohl sie nur Magenbeschwerden gehabt hatte, die sie eigentlich nur braucht, wenn sie mit ihrer Mutter in einem Zimmer schlafen muss. Da kommt sie manchmal schwer zur Ruhe, da kriecht aus der Dunkelheit dieses Gefühl heran, sie wäre wieder ein Kind und mit ihren Geschwistern zusammen in diesem Schlafzimmer. Wenn ihre Mutter sich dann dazulegte, murmelte die leise, zu sich selbst, »Auch *diesen* Tag hätten wir geschafft.« Jeder Tag etwas, das man überstehen musste. Jeder Tag eine Last.

»Was mag sie?«, hat Edgar gefragt. »Sherry, Marzipan? Und deine Geschwister, worüber würden die sich freuen?«

Edgar wird es gelingen, ihrer Mutter zu gefallen. Die erwartet von Männern nichts Gutes, da wird sie diesmal verblüfft sein. Edgar kann zuhören und einen dabei aufmerksam ansehen, und er wartet immer einen Moment, bevor er etwas sagt. Das hat etwas Vornehmes. Seine Stimme wird selten laut, nicht einmal, wenn er Scherze oder Komplimente macht. Manchmal bringt er Blumen mit. Einmal einen kleinen Strauß, den er in den Wallanlagen, hinter dem Rücken der Gärtner, gepflückt hat. Hätte Edgar eine eigene Wohnung und könnte sie zu sich einladen, dann würde sie ihm ebenfalls Blumen schenken. »Eine Frau bringt doch einem Mann keine –«, so etwas würde Edgar nicht sagen, er würde sich freuen. Sind sie nun ein Paar? Was würde Edgar sagen? Sie ist nicht sicher, aber vielleicht muss sie das auch nicht. Wenn etwas schön ist, genügt das doch. Seit drei Monaten treffen sie sich, donnerstags und sonnabends gehen sie zusammen aus, sonntags nachmittags spazieren oder ins Kino, manchmal besucht er sie. Ist es draußen dunkel geworden, fallen im gedämpften Licht ihrer kleinen Lampe die welligen Tapeten mit dem lächerlichen Pinselstrichmuster und die rissigen Ornamente oben an der Decke weniger auf, das schummrige Licht lässt den Alltag verschwimmen. Edgar drängt sie zu nichts, er benimmt sich so vorbildlich, dass es fast nicht zu glauben ist, er dürfte sie ruhig etwas drängen; und dann knarren wieder die Dielen im Flur, das macht ihn nervös.

Eine Straßenbahn fährt vor, sie geht zum Fenster. Kein Edgar unter den Leuten, die aussteigen. Die nächste kommt in fünfzehn Minuten, in der sollte er sitzen, sonst schaffen sie es nicht mehr rechtzeitig zum Bahnhof und verpassen den Zug. Sie hätten sich auch direkt dort verabreden können, dann hätte sie jetzt immerhin schon Fahrkarten besorgt, doch Edgar wollte sie unbedingt abholen. Vor ein paar Tagen, nach der Arbeit, als sie am Bahnhof

Zeitungen kaufte, hat sie den Nachtzug nach Paris gesehen. Wenn sie genug gespart hat, wird sie endlich selbst in so einem Nachtzug sitzen, vielleicht mit Edgar. Sie muss die Ausgaben besser in den Griff bekommen, angefangen bei den Verzugsgebühren in der Bibliothek. Camus und Sagan hat sie gelesen, und noch immer liegen die Bücher in dem Stapel neben ihrem Bett. Wenn der Mitarbeiter mit dem Pullunder und der feuchten Stirn an der Abgabetheke sitzt, kommt sie um die Gebühren vielleicht herum. In der Bibliothek hält man sie für eine Studentin, die sich mit französischer Literatur beschäftigt. Dabei würde sie keine vier Sätze auf Französisch sprechen können, in der Schule gab es keine Französischstunden, und wäre der alte Lehrer, Jahrgang Achtzehnhundertirgendwas, nicht aus dem Ruhestand zurückgekehrt, sonst war ja kaum jemand da, dann hätte sie nicht einmal das bisschen Englisch gelernt, das sie dringend auffrischen müsste.

Ihre erste, einzige Reise ging mit zwei Freundinnen nach Wien, mit dem Zug, bei dem Bruder der einen konnten sie übernachten. Er war Statist im Burgtheater, und manchmal auch Kellner in einem Restaurant in der Nähe des Theaters. Dort gingen sie abends essen, und am Nebentisch saß Oskar Werner. Er war es wirklich, und er sah umwerfend aus, unterhielt sich mit einem älteren Herrn und rauchte eine Zigarette nach der anderen, und er schaute sich sogar zu ihnen um. Doch dann brach er auf, »Ich muss mich kurz frisch machen«, sagte sie zu den anderen, stand auf und lief aus dem Lokal, ohne zu wissen, was sie überhaupt tun oder sagen würde, falls sie ihm noch begegnen würde. Sie wollte ihn natürlich nicht nach einem Autogramm fragen, sie hätte ihm lieber einen Marillenschnaps ausgegeben. Aber er war schon weg. Auf dem Weg zurück zu den anderen kam sie an dem Tisch vorbei, an dem er gesessen hatte, nahm den vollen Aschenbecher und verschwand damit auf der Toilette. Dort fischte sie einen der Zigarettenstummel heraus, betrachtete ihn eingehend und legte das kleine Ding dann sehr vorsichtig in das Seitenfach ihrer Handtasche. Einen Moment fühlte es sich an, als hätte Oskar Werner ihr höchstpersönlich seine Adresse gegeben. Zwei Jahre ist das her, ewig, da wohnte sie noch zu Hause.

Sie fragt sich, wo Edgar bleibt, und ob sie sich in der Zeit geirrt hat. Sie holt die Obstschale aus dem Regal, in der sie seine Briefe und Karten aufbewahrt. Ganz oben liegt der Zettel von ihm, den er ihr zuletzt geschickt hat. Sonnabend, elf Uhr dreißig, würde er sie abholen. Es ist fast zwölf, wenn Edgar in fünf Minuten nicht da sein sollte, wird der Zug ohne sie abfahren. Es hat angefangen zu schneien. Dicke, schwere Flocken, mehr ein Schneeregen, der sich auf der Straße sofort auflöst. Der nächste Zug fährt in drei Stunden. Sie würden abends ankommen. Falls Edgar überhaupt noch auftaucht. Falls er sich die ganze Sache nicht anders überlegt hat. Ein Besuch bei ihrer Mutter zum vierten Advent, die Gelegenheit, ihre Familie kennenzulernen, schien passend. Edgar macht einen Rückzieher, es sieht ganz danach aus. Sie stellt sich vor, wie sie heute Abend ohne ihn aus dem Zug steigt. Wie sie allen erzählen wird, ihm sei etwas dazwischengekommen, seine Mutter sei krank, oder er musste kurzfristig verreisen, er würde das sehr bedauern. Damit sie nicht wie das Mädchen, das seine Zeit an den falschen Mann verschwendet, dasteht. Sie wird die Kommentare ihrer

Mutter und das Mitleid ihrer Schwester aushalten müssen, und das über die langen Weihnachtstage. Sie wird wieder das Sorgenkind sein. Ihre Mutter wird es sie mit diesem Blick voller Unzufriedenheit spüren lassen. Dieser Blick, der sich, wenn ertappt, verflüchtigt, der ihr keine Gelegenheit lässt, sich zu wehren. Das Beste wird sein, gar nicht hinzufahren, wieder auszupacken und bei ihrer Mutter anzurufen, sie sei krank, Halsschmerzen, Mandelentzündung.

Zu sich, ins Haus seiner Eltern, scheint Edgar sie auch nicht einladen zu wollen. »Wo wohnst du eigentlich wirklich?«, hat sie ihn einmal wie zum Spaß gefragt, »in Wirklichkeit bist du verheiratet und hast schon drei Kinder.« Er hat still gelächelt, er hätte sogar zwei Frauen und wäre außerdem beim MI6. Sie musste lachen, doch jetzt findet sie das alles andere als lustig.

Die Türklingel, ein kurzes Schrillen. Flüchtig, wie Kinder, die hastig alle Knöpfe drücken, um danach wegzulaufen. Das wird Edgar sein. In aller Ruhe steigt sie in die Schuhe, zieht den Mantel über, holt aus der Küche noch zwei Äpfel für die Fahrt, sucht an der Garderobe nach einem Schirm.

Edgar steht unter dem Vordach der Haustür, den Mantelkragen hochgeklappt. Der Schnee hat sich in Regen verwandelt. Einige Leute huschen mit eingezogenen Köpfen zur Haltestelle.

»Den da brauchst du nicht«, sagt er, als sie den Schirm aufspannen will. »Ich habe einen viel besseren für uns, komm!« Er legt seinen Arm um ihre Schulter. Sie wundert sich über ihre schlechte Laune der vergangenen Minuten, über ihre Zweifel.

»Hier ist mein Schirm«, sagt er nach ein paar Schritten. Er zeigt auf einen VW, vor ihnen halb auf dem Bürgersteig geparkt.

»Vor einer Woche gekauft und angemeldet, seit vorgestern fahrbereit.« Er hält den Schlüssel hoch. »Nur das Anspringen, das hat vorhin etwas länger gedauert als erwartet.« Er öffnet die Autotür und macht eine Handbewegung wie ein Chauffeur, der in den Wagen bittet. Ohne lange zu überlegen küsst sie Edgar, nicht flüchtig, sie küsst ihn, lange und richtig, ohne vorher auf ein Zeichen von ihm zu warten. Sie hat keine Lust mehr, zögerlich zu sein. Edgar weicht für einen winzigen Augenblick zurück, dann lässt er es geschehen, drückt sie an sich. Kalt regnet es auf ihre Nasen.

Sie steigen ein, »Gebraucht, er war annonciert«, sagt Edgar und startet den Motor, lässt ihn einmal aufbrausen, dann ruckelt das Auto den Kantstein runter. Die Farbe, ein Grün wie Pistazien, gefällt ihr.

»Das Auto ist eine Wucht«, sagt sie und streicht über die rauen Polster, öffnet das Handschuhfach, dreht einmal an der Rückenlehne. Wo sie mit dem Wagen hinfahren könnten, nach München, Wien, Paris, nach Rom. Sie knöpft ihren fellgefütterten Mantel auf, schlüpft aus den Ärmeln, doch lässt den Mantel über den Schultern, warm ist es im Auto nicht. Im Ablagenetz unter dem Lenkrad liegt das silberne Etui, sie nimmt zwei Zigaretten heraus.

»Wir haben sogar einen Anzünder«, sagt Edgar und zeigt zum Knopf am Armaturenbrett. *Wir*, wie schön das klingt. »Wenn du willst, lasse ich dich nachher mal fahren.«

»Ich habe keinen Führerschein. Aber ich weiß, wie es geht.«

»Na, das genügt doch fürs Erste.«

Sie drückt die glühende Fläche an die eine, dann die andere Zigarette. Der Tabak glimmt, sie inhaliert, und ihr wird schwindelig, während Edgar den Wagen schwungvoll in eine Kurve lenkt. In einer kleinen Plastikvase, die neben dem Radio am Armaturenbrett klebt, steckt eine himbeerfarbene Nelke. Sie tippt die Blüte an, es ist sogar eine echte. Die Blume wankt bei jeder Kurve, ihr Stiel ist zu lang für die Vase. Beim Anblick der schaukelnden Nelke muss sie lächeln, kann sich sogar auf den Besuch bei ihrer Familie freuen.

Ihre Mutter wirkt zufrieden. Auf ihre üblich verdrehte Weise sitzt sie da am Kopfende, ihr Oberkörper allen anderen zugewandt, doch die Beine seitlich, links vom Tischbein übereinandergeschlagen, wie verknotet, die langen Beine. Sie schenkt Punsch in Edgars Becher, während sich alle anderen selbst bedienen müssen. Edgar scheint ihr wirklich zu gefallen. *Süßer die Glocken nie klingen* läuft leise im Radio, ein Flämmchen der Adventskerzen ertrinkt in flüssigem Wachs. Der Kühlschrank brummt, ihre Mutter erreicht ihn mit dem Fuß und drückt die Sohle gegen seine Tür, das Brummen hört auf.

Carlas Töchter kommen in die Küche. Die Größere hält den Säugling im Arm wie eine Puppe, die gleich herunterfallen wird.

»Was möchtet ihr?«, fragt Carla die beiden. »Warum habt ihr sie aus dem Körbchen genommen? Legt sie sofort zurück und bleibt bei euren Tellern vor dem Fernseher.«

Die Mädchen verschwinden wieder, und Carla sticht mit der Gabel in ihr Stück Nusstorte, sie wirkt schwermütig, sie wirkte schon als Mädchen schwermütig beim Essen.

»Und Ihr Mann muss heute arbeiten?«, fragt Edgar, als hätte er das melancholische Gesicht auch bemerkt.

»Ja, er hat Dienst«, sagt sie, nun mit dem Anflug eines Lächelns. »Beim Wetteramt Flensburg.«

»Dann wissen Sie immer mehr als alle anderen.«

Sie sieht ihn verständnislos an.

»Ich meine, über das Wetter«, fügt Edgar aufmunternd hinzu.

»Ach so«, Carla wirkt enttäuscht. »Nein, davon kriege ich nicht viel mit. Morgen und an den Tagen danach soll es stark schneien. Sturmwarnung sogar.« Sie trinkt etwas Punsch. »Aber das wurde auch schon angesagt.« Sie klingt, als wäre sie gekränkt. Carla und ihre Mutter sind sich in einer Sache einig, nämlich, dass Männer es selten gut mit ihnen meinen, egal, was sie tun. Dafür verantwortlich ist natürlich nur einer. Anders als sie selbst und ihr Bruder Alex, sie waren ja beide zu klein, hat Carla Erinnerungen an den Vater, hatte angefangen, ihn zu lieben, und dann gelernt, ihn zu verachten.

»Ich kenne ihn eigentlich nicht. Ich weiß, dass er Beleuchter am Stadttheater Kiel ist und da manchmal auch Klavier spielt. Meine Mutter und meine Schwester fragst du besser nicht nach ihm«, hat sie Edgar im Wagen noch gewarnt. Sie trägt ein Foto ihres Vaters im Portemonnaie, das hat sie Edgar gezeigt. »Als wir klein waren, hat er sich in eine Funkerin verliebt. Er war auf Fehmarn stationiert. Sie wurde schwanger. Meine Mutter war selbst hochschwanger, stand kurz vor der Geburt von Alex. Sie hat dann lieber ohne ihn weitergemacht. Eine große Veränderung war das ja nicht. Er hat die andere Frau später geheiratet.«

Ihre Mutter sagte immer das Gleiche, wenn einer von ihnen darüber sprechen wollte. »Er war auf einer Insel, hat da ein zweites Leben geführt, während ich nachts im Postamt Briefe sortiert habe, um Geld zu verdienen. Er hatte es sogar recht angenehm, während wir –«, und dann geht es jedes Mal um Briketts und Steckrüben.

»Wenn es nur *das* war, was er im Krieg gemacht hat, dann können wir ja alle froh sein«, hat sie ihrer Mutter einmal geantwortet. Das war kurz bevor sie auszog. Daraufhin bekam sie von ihr eine Ohrfeige, es fiepte im Gehörgang. Einen Moment schien es, als wollte ihre Mutter sich entschuldigen. Doch stattdessen setzte sie sich an den Küchentisch und fing an zu weinen. Sie selbst war es schließlich, die sich entschuldigte. Obwohl sie davon überzeugt war, keinen Grund zu haben. Es wurde noch schlimmer. Ihre Mutter, die Wangen tränennass, biss von einem Rest Brot ab, der vor ihr auf dem Teller gelegen hatte. Menschen, die still vor sich hin weinen und dabei kauen, diesen Anblick hatte sie noch nie aushalten können. Sie weiß nicht, woher dieses Gefühl kommt. Sie weiß nur: Es schnürt ihr den Hals zu. Essen und Weinen. Sie legte ihren Arm um die Schulter ihrer Mutter, damit das Schluchzen aufhörte. Diese eine Entschuldigung, dachte sie, auf die kam es jetzt nicht mehr an. Das Zimmer zur Untermiete wartete, ihre Umzugskisten waren gepackt.

»Und, Alex? Lust auf eine kleine Fahrstunde mit dem VW?«, fragt sie ihren Bruder, sie weiß, dass er seinen

Führerschein machen wollte und sich ein Auto gewünscht hat. Doch mittlerweile scheint seine Vernunft ihm gesagt zu haben, dass er als werdender Vater besser ein Haus bauen und weiterhin den Bus und das Fahrrad nehmen sollte. Edgar nickt, »jederzeit bereit, der Wagen.«

»Vielleicht später«, sagt Alex, »oder morgen, wenn es hell ist. Aber es muss auch nicht sein.« Ihr Bruder blickt in die runden Augen seiner schwangeren Frau. Ingrids Bauch ist spitz nach vorn gewachsen, in zwei Wochen soll das Kind kommen.

»Warum denn nicht, Alex? Mach doch mal«, sagt ihre Mutter, mit einem Hauch von Vorwurf in der Stimme.

»Aber nicht, wenn es morgen glatt ist. Ohne Führerschein –«, antwortet Alex. »Das wäre nicht vernünftig.«

»Seit wann braucht man hier in der Gegend einen Führerschein für eine kleine Tour?«, erwidert ihre Mutter.

»*Ich* würde gern«, wirft Carla leise ein, blickt gespannt zu Edgar, während alle anderen überrascht zu ihr sehen.

»Aber *du* hast ja nun wirklich keinen Führerschein«, sagt ihre Mutter, »also, ich meine, du kannst doch gar nicht Auto fahren.«

»Doch, kann ich, ein bisschen.«

»Ich gebe gern eine Fahrstunde, wenn nötig«, sagt Edgar höflich.

»Die braucht sie gar nicht. Carla fährt besser als Alex.« Sie schaut ihre Schwester ermutigend an. Sei doch nicht so schüchtern.

»Wieso kann sie Auto fahren?« Ihre Mutter klingt, als würde es Ärger geben, als würde sie mit pubertierenden Kindern sprechen. »Wieso kannst du das, Carla?«

Doch ihre Schwester sagt nichts. Sie ist achtundzwanzig Jahre alt, hat drei Kinder, eines davon im Schulalter, und sagt nichts. Es ist kaum zu glauben.

»Unser Großvater hat Carla und mich früher manchmal fahren lassen. Wir sind sogar ab und zu mit seinem Wagen nach Flensburg gedüst«, um in den Jazzclub zu gehen, denkt sie noch, aber behält es für sich.

»Und wieso weiß ich das nicht?«

»Das war, wenn wir am Wochenende allein waren. Du warst nicht da. Du hattest vielleicht ein Rendezvous?«

Alle werfen sich gegenseitig Blicke zu, doch keiner wagt es zu lächeln. Ihre Mutter beginnt, die Teller einzusammeln. Nur Edgars nicht, auf dem noch ein letzter Bissen Torte liegt. Ihre Mutter lässt den Tellerstapel vor sich stehen, nimmt mit dem Finger etwas Nusscreme auf und steckt sie sich in den Mund.

»Macht doch, was ihr wollt. Und wenn was passiert, Carla, dann zahlt das natürlich dein Mann«, sagt sie und öffnet ruckartig die Tischschublade vor sich, holt ihr Päckchen Zigaretten heraus und zündet sich eine an. Sie zieht an der Zigarette mit einem leeren Ausdruck im Gesicht, den sie immer beim Rauchen bekommt. Es ist mal wieder geschafft, Freudlosigkeit. Hier zu sitzen ist nichts als Zwang.

Sie schämt sich vor Edgar. Alle starren abwesend auf ihre Becher, und sie sieht auf einmal nicht mehr ein, das so hinzunehmen. Sie und Carla sind doch keine kleinen Mädchen, die sich noch kleiner machen lassen, während ein Gast am Tisch sitzt. Sie könnte jetzt noch etwas sagen. Es ist wie eine Mutprobe. Etwas sagen, widersprechen, wenn ein Mann dabei ist, von dem man gemocht werden möchte. Das ist die Mutprobe. Sie muss freundlich bleiben. Das ist der Trick, immer, auch im Büro. Wenn sie freundlich widerspricht, in einem Ton, mit dem sie jemandem auch einen Kaffee anbieten würde, dann klingt Widerrede nicht wie Widerrede, und erstaunlicherweise wird ihr dann viel eher zugehört.

»Also, Alex«, fängt sie mit ruhiger Stimme an, »der keinen Führerschein hat, darf fahren. Wenn es nach dir ginge.« Sie sieht ihre Mutter an. »Aber Carla, die auch keinen Führerschein hat, die genauso gut wie Alex fährt, oder sogar noch besser, soll es deiner Meinung nach lassen. Wo ist da die Logik?« Sie wartet einen Moment, doch ihre Mutter antwortet nicht. »Ich kann übrigens auch passabel fahren, dank Großvater. Vielleicht werden Carla und ich, irgendwann, bald, unseren Führerschein machen. Freu dich doch lieber für uns. Oder mach am besten selbst noch einen.«

Ihre Mutter steht auf und stellt die Teller in die Spüle. »Genug jetzt, Antonia. Niemand hier will dein schlaues Gerede hören.«

Keiner sagt etwas. Edgar lernt ihre Familie kennen, wie sie wirklich ist.

Ihre Mutter bläst Zigarettenrauch in die Luft. Nebenan spielen die Kinder mit der Lautstärke des Fernsehers. *Die lustige Witwe*, der Gesang schwillt an, nimmt wieder ab.

Edgar wischt sich Krümel vom Jackett, sicher denkt er gerade erleichtert daran, dass er morgen wieder nach Hause fahren wird. Sie sollte am besten gleich mit ihm fahren und die Weihnachtstage allein in ihrem Zimmer verbringen.

»Lass uns spazieren gehen«, sagt sie leise zu ihm und steht auf. Im Flur öffnet sie die obere Schublade der Kommode und holt ein schwarzweißes Seidentuch heraus. Sie faltet das Tuch, legt es sich vorsichtig über die Haare und bindet es unterm Kinn zusammen. Am Strand wird es windig sein. Sie muss an die Luft, auch wenn es spät ist. Je kälter und stürmischer, desto besser.

Anfang März, drei oder vier Wochen nach der Bestattung, war ich mit meinem Onkel in ihrer Wohnung verabredet. Den Mietvertrag hatte ich erst zu Ende Juli gekündigt. Ich wollte die Wohnung noch eine Weile behalten dürfen, wollte nicht hastig und ohne genau hinzusehen den Haushalt auflösen. Mein Onkel hatte sich darüber gewundert, er war sehr sparsam. Als ich ankam, stand er unten im Treppenhaus vor den Briefkästen. Er und Ingrid wohnten etwa eine halbe Stunde Autofahrt von meiner Mutter entfernt, in einem kleinen, weiß verputzten Siedlungshaus, das er sich in den Sechzigern gebaut hatte, mit einem riesigen Wintergarten. Mein Onkel hatte Ähnlichkeit mit meiner Mutter, die grünen Augen, die ausgeprägten Brauen, doch in seinem Gesicht lag oft ein Anflug von Sorge oder Erstaunen.

Er war gekommen, um einige Regale abzuschrauben, die er für seinen Keller gebrauchen konnte, danach wollte er noch die Löcher in der Wand schließen. Zusammen mit Florian hatte er vor ein paar Tagen den Keller ausgeräumt, alte Möbel zum Sperrmüll gebracht. Ich hatte ihn in den letzten fünf Wochen häufiger gesehen als während der vergangenen fünf Jahre. Zweimal waren wir nach dem Herumräumen zusammen essen gegangen, in einem alten Gasthaus an der Landstraße, in dem vor Kurzem eine Pizzeria eröffnet hatte.

Wir begrüßten uns mit einer angedeuteten Umarmung, dann sah er weiter ihre Post durch. »Strom, Bank, da hast du doch angerufen, oder? GEZ, das wollten wir noch regeln, Werbung, Werbung, und das auch – Werbung.« Außerdem zwei Umschläge aus hochwertigem Papier und mit Tinte beschriftet, letzte Kondolenzbriefe wahrscheinlich. Er begann, die Post zu öffnen und flüchtig zu lesen.

Mein Onkel hatte das Leben meiner Mutter immer aus sicherer Entfernung verfolgt. Oft genug mit einer Mischung aus Neugier und Unverständnis, das ließ sich spüren, wenn wir uns bei Familienfeiern begegneten. Sie hatte von einem Leben im Ausland geträumt. Er von einem eigenen Wintergarten. Sie fand das kleinlich. Doch im letzten Jahr hatte er sie manchmal abgeholt, sie hatten in seinem Wintergarten gesessen und Tee getrunken. Womöglich hatte er das als Triumph empfunden. Auf ihre Weise schienen sie lebenslang Konkurrenten gewesen zu sein. Wessen Träume hatten sich erfüllen lassen? Auch jetzt musste es diese Neugier auf die Angelegenheiten des anderen sein, die meinen Onkel so selbstverständlich die Post meiner Mutter öffnen ließ, anstatt die Umschläge mir zu geben. Wir fuhren in den dritten Stock.

Er kratzte sich am Hinterkopf. Seine Haare standen danach ab, er sah aus wie ein kleiner Junge kurz nach dem Mittagsschlaf. Er öffnete den Reißverschluss seiner schwarzen, sportlichen Daunenjacke, die neu zu sein schien und nicht recht zu seiner gebügelten grauen Hose und den praktischen Schnürschuhen passte.

»Da steht ›Haftbefehl‹«, sagte er und fischte seine Lesebrille aus der Brusttasche. »Sehr geehrte«, las er halblaut und langsam vor. Er legte die Stirn in Falten. »Um unnötiges Aufsehen zu vermeiden, fordere ich Sie auf«, murmelte er, »ansonsten erfolgt die Einlieferung in die Justizvollzugsanstalt.«

Wir waren oben angekommen, der Fahrstuhl öffnete sich, und wir traten in den Hausflur.

»Haftbefehl? Zeig mal, bitte.«

»Nicht so laut«, sagte er.

Ich schloss die Tür auf. Inzwischen hatte ich mich an den Moment des Hineingehens gewöhnt. Ich war gern in der Wohnung meiner Mutter.

Mein Onkel machte ein besorgtes, eifrig besorgtes Gesicht. »Was hat sie jetzt schon wieder gemacht?« Er gab mir das Schreiben. »Der Fristtermin war gestern. Morgen steht hier die Polizei vor der Tür«, sagte er.

An den Brief eines Gerichtsvollziehers, er hieß Dr. Klaus Schäfer, war ein Bogen in leuchtendem Rosa geheftet. Das war der Haftbefehl, ich hatte nie zuvor einen gesehen. Abgestempelt vom Amtsgericht Flensburg, vor acht Tagen.

»Wahrscheinlich wäre es gut, wenn wir da schnell anrufen. Aber vielleicht ist es auch schon zu spät«, sagte mein Onkel.

»Was meinst du mit – zu spät? Ins Gefängnis kann man sie ja nicht mehr stecken.« Ich setzte mich an den Tisch, las das Schreiben noch einmal durch und empfand etwas wie Genugtuung bei dem Gedanken, dem Amtsgericht Flensburg mitzuteilen, dass sie meine Mutter nicht mehr erreichen würden. Aufregung um eine Person, die das nicht mehr berühren konnte.

Es ging um eine Forderung von knapp vierhundert Euro, inklusive Zinsen und Anwaltskosten, so die Auflistung. Was meine Mutter versäumt hatte zu bezahlen, konnte ich dem Schreiben nicht entnehmen. Als Adressen, oder Kläger, sagte man wahrscheinlich, waren nur eine Anwaltskanzlei und ein Inkassounternehmen angegeben. Wahrscheinlich hatte meine Mutter vor einiger Zeit irgendetwas gekauft, nicht bezahlt und dann sehr lange nicht auf Mahnungen reagiert.

Dr. Schäfer teilte ihr in seinem Brief mit, dass er sie zur Erzwingung einer Vermögensauskunft verhaften lassen müsste und ihr eine letzte Chance geben würde, in seinem Büro zu erscheinen. Mir fiel auf, dass er sich dabei einiger schriftlicher Stilmittel bedient hatte, »bin ich im Besitz« und »gegen Sie« stand da in fett gedruckten Buchstaben, das Wort »Haftbefehl« sogar in fett gedruckten Versalien.

»Ich rufe da morgen an«, sagte ich und schob das Schreiben in meine Handtasche.

»Man versuche, das zu verstehen«, mein Onkel schüttelte den Kopf, »sie geht kaum noch vor die Tür, sie hat eine passable Rente, sie besitzt nicht einmal mehr ein Auto. Aber trotzdem schafft diese Frau es, dass man sie verhaften will.«

Wie er das sagte, klang es, als würde sie noch leben.

»Wollen wir nachher noch essen gehen? Ich lade dich ein«, fragte ich.

»Da sage ich nicht Nein«, antwortete er, dann ging er ins Schlafzimmer, um die Regale abzubauen.

Ich klappte den Sekretär auf und ging die Fächer durch, auf der Suche nach Rechnungen, die womöglich nicht bezahlt worden waren, nach Mahnungen, welche die Sache mit dem Haftbefehl erklären würden. Als Kind hatte ich gern an diesem Sekretär gesessen, hatte die kleinen Schubladen geöffnet, die Kugelschreiber und Bleistifte benutzt, auf das Briefpapier meiner Mutter Bilder gezeichnet. Im Schrank unter der Schreibplatte fand ich einen Taschenkalender, in blaues Leinen gebunden. Er war für das Jahr 2013, kaum benutzt, es gab nur wenige, knappe Einträge, Geburtstage, Arzttermine. Es war das Jahr nach ihrer Herzoperation. Der Kalender war durchzogen von Blumenbildern, unter denen Verse und Lebensweisheiten abgedruckt waren. Meistens ging es darin um Vertrauen und Hoffnung, solche Sinnsprüche passten nicht zu meiner Mutter, passten nicht zu den Gedichtbänden von Rühmkorf und Wohmann, die auf dem Sofatisch lagen. Ich blätterte weiter und entdeckte eine Art Fragebogen, einen von der Sorte, die als Anregung gemeint waren, über die eigene Persönlichkeit nachzudenken. Meine Mutter hatte ihn ausgefüllt.

Worin liegt der Sinn des Lebens?, lautete die erste Frage.

Freiheit, hatte sie als Antwort notiert.

Mit welchem Wort lässt sich Ihre größte Sehnsucht beschreiben?

Freiheit, hatte sie wieder notiert.

Im Schlafzimmer heulte die Bohrmaschine kurz auf, dann klirrte Metall, ich hörte meinen Onkel schimpfen.

»Brauchst du Hilfe?«, rief ich.

»Nein«, sagte er nur. Ich las weiter, obwohl ich das Gefühl hatte, der Kalender ginge mich nichts an. Anders als die Notizen, Briefe, Fotos und Urkunden hatte er nicht in dem kleinen Koffer gelegen. Ich konnte mit den Antworten meiner Mutter außerdem nicht viel anfangen, ertappte mich dabei, dass ich sie gefühlsduselig fand.

Was meinst du mit *Freiheit*? Das hätte ich sie jetzt gefragt. Freiheit, was meinst du damit ganz *konkret*?

Sie hatte geheiratet, sie war schwanger geworden, hatte sich gleich darauf getrennt, sie hatte mich bekommen, hatte mit mir allein in einer Wohnung auf einem Bauernhof gelebt. Sie war zurück in die Stadt gezogen, hatte ein weiteres Mal geheiratet, hatte in einem Haus mit Garten, mit dem Geruch von gemähtem Rasen und gegrillten Würstchen, den Weinabenden und Silvesterpartys mit Familien aus der Nachbarschaft, dem Lärm spielender Kinder gelebt, hatte das alles wieder hinter sich gelassen und sich ein weiteres Mal scheiden lassen.

Als Florian und ich uns kennenlernten, studierten wir beide noch. Wir waren umgeben von anderen Mittzwanzigern, die sich in flüchtigen Beziehungen auslebten, sich gegenseitig Liebeskummer bereiteten, und Florian fragte mich während unserer dritten Verabredung unvermittelt, ob ich es mit ihm ernst meine, denn falls nicht, würde er sich eigentlich gern gleich wieder verabschieden. Er zeigte ganz direkt sein Bedürfnis nach Verbundenheit und seine Verletzlichkeit. Ohne die üblichen Spiele aus Nähe und Distanz, die ich sonst kennengelernt hatte. Ich war erst verblüfft, dann erleichtert, dann glücklich. So wurden wir ein Paar.

Woraus schöpfen Sie Hoffnung?

Aus meinem Selbst, lautete die Antwort meiner Mutter.

Wann fühlen Sie sich wohl in Ihrer Haut?

Wenn ich mich nicht unterordnen muss.

Was meinst du mit *unterordnen?*, hätte ich sie gefragt. Ein Kind zu haben, arbeiten zu müssen, eine Wohnung, einen gefüllten Kühlschrank, ein Auto bezahlen zu müssen. Jeder einzelne Tag bestand doch darin, sich irgendeiner Notwendigkeit unterzuordnen.

Mein Onkel fluchte wieder, ich hörte, wie er mit einem Hammer gegen Metall schlug.

Worauf könnten Sie auf keinen Fall verzichten?

Zu lieben, hatte sie geantwortet.

Spätsommer, solange sie noch ein Auto besessen hatte, war sie im September zum Haus von Edgar Janssen gefahren. Das wusste ich, sie hatte daraus nie ein Geheimnis gemacht. Sie hatte uns an einem Sonntag zum Tee besucht oder war unter der Woche zum Abendessen gekommen, hatte mit Hanna gespielt, hatte sie ins Bett gebracht und ihr etwas vorgelesen, danach noch ein Glas Wein mit uns getrunken, und zu ihrem Heimweg hatte dieser Abstecher in die Vergangenheit gehört. Ich konnte mir genau vorstellen, wie sie langsam durch die Straße fuhr und mit ihrem kleinen Peugeot in der Nähe des Hauses hielt. Wie sie zu den Fenstern schaute, nachsah, ob die Vorhänge wieder geöffnet waren, ob Licht brannte. Und wie sie sich dann, zufrieden, ein Zeichen von Edgar Janssens Anwesenheit gesehen zu haben, auf den Weg nach Hause machte, an den Stadtrand im Osten oder Westen, das hatte sich ja alle paar Jahre geändert.

Sehnsüchtige Touren dieser Art hatte ich, als ich neunzehn oder zwanzig Jahre alt gewesen war, auch gemacht. Ich hatte mir abends das Auto meiner Mutter geliehen und war im Schritttempo, im Schutz der Dunkelheit durch eine bestimmte Straße, vorbei an einem bestimmten Haus gefahren. Der verzweifelte Versuch, einer Person, die sich nicht für mich interessierte und nichts von mir wollte, nah zu sein. Später war ich froh, dass ich diese Zeit voller Zweifel, Magenziehen und aufreibendem Kummer hinter mir hatte.

Im Schlafzimmer knallte etwas zu Boden. Dann stand mein Onkel in der Tür. »Entschuldige, ich verliere hier gerade die Geduld. Das alles geht so nicht«, *alles*, sagte er. Er wischte sich über die feuchte Stirn und atmete schwer. »Ich brauche dringend ein Verlängerungskabel. Das Deckenlicht geht nicht, und die Tischlampe reicht nicht in meine Ecke. Haben wir hier so was?« Er verschwand wieder im Flur. »Wer hat bloß die Regale angebracht? Wer hat diese Dübel gesetzt?«

»Vielleicht hat sie die Regale ja selbst angebracht. Weil niemand Zeit hatte, ihr zu helfen«, antwortete ich gereizt, dabei gehörte ich ja selbst zu denen, die sich nicht genug Zeit genommen hatten.

Ich sah mich um, fand in dem Gewirr hinter dem Fernseher ein Verlängerungskabel und brachte es meinem Onkel. Ich konnte ihn noch einmal laut seufzen hören, als wollte er zum Ausdruck bringen, dass er die schiefen Schrauben als Zumutung empfand. Ich ging zurück zum Sekretär und nahm den Kalender noch einmal in die Hand.

Wann haben Sie sich zum letzten Mal gefreut?
Heute

20/12.64 Eingehakt wie zwei, die sich schon lange kennen, gehen sie durch die Straßen. Spitzengardinen an den Fenstern, unverändert, seitdem sie denken kann. Kurz vor der Kirche kommt der Rotklinker mit dem Friseursalon, in dem sie als Sechzehnjährige ausgeholfen hat, Köpfe gewaschen und Lockenwickler eingedreht hat, den Damen unter den Heißlufthauben Kaffee oder Sekt gebracht hat. Hin und wieder hat sie selbst sich die Haare machen lassen, von einem der Lehrlingsmädchen. Mit siebzehn wünschte sie sich einen Kurzhaarschnitt, »Bitte wie Jean Seberg in *Außer Atem*«, hatte sie gesagt und das entsprechende Foto im *Stern* vorgezeigt. Von ihrer Mutter gab es einen Monat Ausgehverbot für die kurzen Haare.

Der Strand liegt verlassen vor ihnen. Der Kiosk, an dem Carla, Alex und sie während so vieler Sommer Eis, Cola und Kaugummis gekauft haben, ist nur noch ein mit Spanplatten vernagelter Kasten. Die Strandkörbe sind lange abtransportiert, sie werden erst wieder im April aus der Lagerhalle geholt. Edgar gräbt die Hände in die Manteltaschen. Eine Weile gehen sie durch die Dunkelheit, gehen direkt am Wasser entlang, die Wellen rauschen, der kalte Wind treibt ihr Tränen in die Augen.

»Hier kommst du also her. Aufgewachsen, wo die anderen ihre Füße in den Sand stecken und die Nase in die Sonne halten. Das passt zu dir.« Nach einer kleinen Pause fügt er hinzu, »Ich meine, zu deiner unbeschwerten Art.«

Unbeschwerte Art, sie versteht nicht ganz, worauf er hinauswill. Sie überlegt, ob das etwas mit der Szene vorhin in der Küche zu tun haben kann. Vielleicht fand er sie zu frech oder vorlaut.

»Was meinst du damit? Bei mir ist alles größter Ernst«, sie sagt das gespielt entrüstet, es soll scherzhaft klingen. Dabei würde sie tatsächlich gern über ernste Dinge sprechen. Darüber, wie es mit ihnen weitergehen wird.

»Du gehst durchs Leben wie Fräulein Sonntag.«

Sie findet, das hört sich nicht nach einem Kompliment an. Es klingt, als wollte er ihr sagen, sie mache sich zu wenig Gedanken, oder als wäre sie irgendwie naiv, oder verträumt.

»Aha«, antwortet sie nur. »Wo hast du denn deine Kindheit verbracht?«

»An verschiedenen Orten. Ein schöner Strand war nicht dabei. Soweit ich mich erinnern kann.«

Sie wartet, doch Edgar scheint nicht mehr erzählen zu wollen.

Während der Hinfahrt hatte er auf einmal am Rand der Landstraße gehalten und gesagt, »ich muss dich kurz küssen.« An der Kaffeetafel hat er unterm Tisch ihre Hand gehalten. Doch was weiß sie eigentlich über ihn? Was denkst du?, würde sie ihn jetzt gern fragen. Nein, diese dumme und vergebliche Frage wird sie ihm nicht stellen.

Edgar bleibt stehen. Zusammen schauen sie über das schwarze Wasser zur dänischen Seite. Sie sehen die dunklen Umrisse der Häuser, dazwischen die hellen Fenster. Edgar, was denkst du?, sie ist kurz davor, ihn doch zu fragen.

»Du bist das Fräulein Sonntag und ich der Herr mit den Problemen.«

Der Wind bläst ihr kalt ins Gesicht, sie spürt ihr Kinn und ihre Wangen kaum noch. Worauf auch immer er hinauswill, sie ist überzeugt, es hat etwas mit dem heutigen Nachmittag, mit ihrer Familie zu tun. Er will etwas loswerden, um sich danach von ihr entfernen zu können.

»Toni, du hast dich sicher gefragt, warum ich noch bei meinen Eltern wohne. Und warum ich dich noch nicht eingeladen habe.«

Toni, wie er ihren Namen sagt, innig, liebevoll.

Sie löst ihr Kopftuch, bändigt es im Wind, legt es sich noch mal über die Haare und verknotet es unter dem Kinn. Dann zieht sie den Fellkragen eng um den Hals, damit sie weniger friert und besser zuhören kann.

»Es liegt nicht daran, dass ich so mittelmäßig verdiene. Ich suche zwar nach etwas Besserem, aber wer tut das nicht. Der wirkliche Grund ist, und du wirst sicher nicht glücklich sein, das zu hören«, sagt er, und sie konzentriert sich darauf, ihn nicht zu fordernd anzuschauen, »ich habe ein Kind.« Er sagt das in einem Ton, als wolle er noch hinzufügen: leider. »Das hätte ich dir schon längst erzählen sollen. Aber ich wollte, dass wir uns erst besser kennenlernen.« Er zögert. »Und ich habe es auch vor mir hergeschoben. Wer will schon nach einem schönen Kinoabend oder Spaziergang über diese Dinge reden?«

Sie ist erleichtert. Sein Verhalten hat nichts mit ihr zu

tun, auch nicht mit ihrer Mutter, oder der traurigen Carla, oder dieser ganzen muffigen Stimmung bei ihr zu Hause. Ein Säugling oder ein Kleinkind? Für ein Schulkind ist er doch eigentlich zu jung. Mit oder ohne Ehefrau? Und dann hat sie im Wagen auch noch die Geschichte von ihrem Vater erzählt. Wie mag Edgar sich da gefühlt haben?

»Ein Kind ist doch was Schönes.«

Edgar lächelt, schnauft dabei leise durch die Nase. »Du weißt schon, wie ich das meine. Ein Kind, ohne verheiratet gewesen zu sein.«

»Das ist doch gar nicht schlimm. Wie heißt es?«

»Das ist die erste Frage, die dir dazu einfällt?«

»Wieso? Sag doch mal den Namen!«

»Also gut. Es ist ein kleiner Junge, und er heißt Alexander.«

»Wie mein Bruder. Das hättest du wirklich mal früher erzählen können.«

»Ja, wie dein Bruder. Es scheint dich ja nicht groß zu wundern, dass ich ein Kind habe.«

Nein, es überrascht sie nur. Edgar, ein Vater.

»Wo wohnt Alexander? Bei euch, also deinen Eltern? Oder bei seiner Mutter?«

Sie kommen an die Stelle mit der kleinen Holzbank und setzen sich. Die Kälte sitzt ihr in den Fingerspitzen. Ihre dünnen Lederhandschuhe haben noch nie richtig gewärmt.

»Sie ist die Tochter von Freunden meines Vaters. Sie war siebzehn, ich fast neunzehn. Wir haben unüberlegt gehandelt. Alle waren sich einig, dass wir nicht überstürzt heiraten sollten, wegen«, er zögert, »dieser Situation.«

»Und wie ging es weiter?«

»Sie macht eine Hotelfachausbildung in Zürich. Sie kann ihren Weg gehen und ich meinen. Alexander lebt bei seinen Großeltern. Mütterlicherseits.«

Er klingt so sachlich. Mütterlicherseits, solche Geschichten scheinen immer mütterlicherseits abzulaufen.

»Für ihn sind sie seine Eltern. Er wächst in geordneten Verhältnissen auf. Für alle ist es so gut wie möglich ausgegangen.«

»Besuchst du Alexander hin und wieder?«

»Nein, natürlich nicht. Er weiß nicht, dass ich sein Vater bin, das ist auch das Beste für ihn. Sie hätten es ihrer Tochter und mir schwer machen können. Aber sie haben uns die Chance gelassen, ungehindert unser Leben aufzubauen. Ich gebe ihnen monatlich etwas Geld. So lange, wie sie ihre Tochter in Zürich unterstützen müssen, und wenn ich kann, auch länger.«

»Das ist anständig von dir.«

»Ich möchte dir noch etwas sagen, und ich hoffe, es klingt nicht albern. Aber ich befürchte, das wird es. Du musst wissen, ich bin kein guter Fang, keine gute Partie, wie man so schön sagt.«

Partie, wie aus einem alten Gesellschaftsroman.

»Ich fühle mich wie in einer Wartehalle. Noch nicht an der Reihe, derjenige zu sein, dem man zuruft, Edgar, jetzt beginnt dein Leben. Verstehst du, was ich meine?«

Ja, sie versteht, und *wie* sie ihn versteht.

»Ich bin kein Mann, der jetzt eine Familie versorgen könnte. Ich muss jeden Schritt vorsichtig planen. Toni, wahrscheinlich findest du meine Frage lächerlich. Aber, Heiraten, wie wichtig ist das für dich? Ich meine, jetzt, oder in naher Zukunft.«

»Ich? Ich will nicht heiraten.« Sie sagt das so unbekümmert wie möglich. Edgar soll nicht auf die Idee kommen, sie sei eine dieser Frauen, die auf einen Antrag warten. Auf einen Antrag zu warten, das ist würdelos. »Irgendwann kann ich mir das vorstellen, ja, das schon. Aber vielleicht auch gar nicht.«

Wenn sie seine Briefe liest, seine schöne Handschrift betrachtet, auf diesem ausgesuchten Papier. Wenn sie ihn beim Essen ansieht, seine langsame, genussvolle Art, so anders als alle Männer, die sie hat essen sehen. Wenn er sie nach der Arbeit besucht, sie auf dem Sofa sitzen, Tee trinken und über so vieles sprechen können, sogar über Politik, Kings Predigt auf der Waldbühne, Edgar macht sich nicht lustig über ihre Begeisterung. Wenn sie mit ihm Musik hört und er sie dabei betrachtet. Wenn ihr Zimmer zu einer eigenen Welt wird, die nur ihnen gehört, dann weiß sie, dass sie eigentlich nichts lieber möchte, als mit Edgar zusammenzuleben. Aber auf keinen Fall als Frau, die geheiratet werden musste. Sie wird keine Enge zulassen. Niemand soll sie *versorgen* müssen.

Sie schüttelt sich vor Kälte. Das Wasser, der Himmel, das Ufer gegenüber, alles verschwimmt in blauschwarzer Dunkelheit, darin verloren die Tupfer der Häuser gegenüber.

»Schau, da drüben sitzen wahrscheinlich ein paar zufriedene Dänen vor ihren warmen Öfen«, sagt sie, um anzudeuten, dass sie gern bald zurückgehen würde. Sie ist durchgefroren, auch der Mantel wärmt nicht mehr richtig. Sie muss wieder an den Jungen denken, Alexander. Was würde Edgar sagen, wenn sie ihm den Vorschlag machte, sich zusammen eine kleine Wohnung zu mieten und seinen Sohn zu sich zu holen? Edgar würde wahrscheinlich gar nichts sagen, sondern in seinen VW steigen und schnell davonfahren.

»Die Dänen sind zu beneiden«, sagt er und haucht sich in die Hände.

»Worum zu beneiden?«

»Darum, dass sie keine Deutschen sind.«

»Wir könnten ein paar Tage auf die andere Seite fahren und uns vorstellen, wir wären Dänen«, sagt sie.

Edgar lächelt, er scheint zu überlegen. »Toni, weißt du, dass du eine ziemlich«, er redet nicht weiter, sie schaut ihn gespannt an. »So jemanden wie dich habe ich noch nicht getroffen. Du bist wie ein Freund. Ein Kumpel«, sagt er, »aber ein so reizender. Vor dir muss man sich in Acht nehmen.«

Langsam gehen sie zurück zur Promenade, von Weitem sieht sie schon die Pension. Ihre Mutter hat hier für Edgar ein Zimmer reserviert.

»Ich bringe dich aber noch nach Hause«, sagt Edgar, als er merkt, dass sie den Weg hoch zum Eingang der Pension einschlagen will. Im Gastraum brennt Licht. Einige Männer sitzen am Tresen, Frau Carstens wischt einen der Tische und rückt Stühle zurecht.

»Nicht nötig«, sagt sie.

Sie schiebt die Tür auf, vom Vorraum führt eine Treppe hoch zu den Zimmern. Durch den Vorhang im Durchgang zum Gastraum dringt Gemurmel und der Gesang eines Seemannschors. Es riecht nach Zigarettenrauch und gebratenem Fisch. Niemand scheint sie bemerkt zu haben. Ihre Absätze versinken im weichen Teppich, als sie unbeirrt die Treppe hochgeht. Endlich allein, sie werden ganz und gar allein sein, niemand wird an die Zimmertür klopfen, niemand wird durch den Flur gehen und horchen, niemand wird darauf achten, wer wann das Haus verlässt.

Edgar holt den Schlüssel aus der Manteltasche, der an einem Fischerknoten hängt. Diesen Anhänger nimmt sie genau wahr. Sie lässt ihn nicht aus den Augen, vor lauter Aufregung und Verlegenheit, während Edgar die Zimmertür aufschließt. Später, viel später, Jahre, immer, wenn sie einen Fischerknoten sieht, muss sie an diesen Abend denken.

21/12.64 Den Tag über hat es stark geschneit, wie Carla gesagt hatte. Tapfer kratzt Edgar die Windschutzscheibe mit einem Pfannenwender frei, den ihre Mutter aus der Küche geholt hat. Der einzige Gegenstand, der tauglich schien. Langsam und vorsichtig arbeitet Edgar sich durch die vereiste Schneeschicht auf der Scheibe, um den Pfannenwender nicht zu verbiegen. Ohne Handschuhe, seine Finger sind rot vor Kälte.

Ihre Mutter hatte ihm angeboten, wegen des Wetters diese Nacht bei ihnen zu bleiben und auf dem Sofa zu schlafen, doch Edgar lehnte ab. Den Montag hatte er sich zwar freinehmen können, aber morgen müsse er im Büro sein, vor den Weihnachtstagen gebe es noch viel zu tun.

Hoffentlich streikt der Motor nicht unterwegs, sie stellt sich einen einsam frierenden Edgar an der dunklen Landstraße vor. Der Heizlüfter scheint nicht in Ordnung zu sein. Als sie ihn auf der Hinfahrt einschaltete, roch die heiße Luft atemberaubend nach Motoröl. Also machten sie ihn lieber wieder aus. Sie geht ins Haus und kommt mit einer Wolldecke wieder. »Die brauchst du vielleicht für die Fahrt«, sagt sie und legt sie in den Wagen auf den Beifahrersitz.

Abschied, sie stehen wie höfliche Bekannte voreinander. Edgar berührt sie nicht. Sie wagt es auch nicht. Vielleicht fühlt er sich beobachtet. Sie schaut zum Haus, am Fenster ist aber niemand zu sehen. Sie geht zur Motorhaube, nimmt zwei Hände voll Schnee und formt ihn zu einem Ball. Sie lächelt und macht bedrohlich langsam zwei Schritte auf Edgar zu, als wolle sie ihn gleich einseifen. Er soll wissen, dass sie nach gestern Abend nichts von ihm erwartet.

»Wehe, Toni«, sagt er, steigt schnell ins Auto und kurbelt die Scheibe runter. Aus dem Fußraum hinten holt er eine kleine rote, mit goldenen Sternen bedruckte Tüte. »Erst Heiligabend aufmachen«, sagt er und überreicht sie ihr.

Sie hat jetzt schon Sehnsucht nach ihm. Wie gern würde sie mitfahren, würde sich mit Edgar über die langen Festtage in ihrem Zimmer verkriechen, weit weg von ihrer Familie und von allem, was angeblich vernünftig, erforderlich, angebracht wäre.

Edgar versucht, den Motor anzulassen. Auf der Straße ist der Schnee unberührt, keiner scheint heute unterwegs zu sein. Die Luft ist klar, und die Stille hat etwas Feierliches. Beim dritten Versuch springt der Wagen an.

»Toni, wir sehen uns nach Weihnachten wieder«, Edgar klingt gut gelaunt, vorsichtig gibt er Gas, »aber vorher bekommst du noch Post von mir.«

Der VW setzt sich in Bewegung und gerät sofort ins Rutschen. Noch einmal drückt Edgar aufs Gaspedal, das Auto macht einen Schlenker nach links, er lacht und winkt ihr zu. Langsam fährt er weiter, winkt noch einmal, dann ist er schon hinter der Kurve verschwunden. Sie kann das feine Brausen des Motors noch hören. Dienstag, Mittwoch, zählt sie die Tage, dann Weihnachten, am zweiten Tag würde sie zurückfahren und Edgar am Abend vielleicht schon sehen.

Meine liebe Antonia!
Es ist mir doch schwergefallen, fortfahren und Dich zurücklassen zu müssen. Und eine Tour bei Schnee und Eis ist auf Dauer auch kein Vergnügen, wie ich anfangs gedacht hatte. Ich bin aber guter Dinge und schön durchgefroren (der Heizlüfter!) zu Hause angekommen (sogar zur vorausberechneten Stunde). Ja – und nun versuche ich für das, was ich denke und fühle, die richtigen Worte zu finden. Doch es will mir nicht gelingen. Ich kann Dir einfach nur sagen: Ich habe Dich sehr lieb, Toni! Es war schön bei Dir. (Richte Deiner Mutter aus, die Fahrstunden gibt es nächstes Mal! Oder nein, dummer Scherz, lieber nicht, sonst wird sie böse mit mir.)
Nun bin ich etwas in Eile, denn ich muß gleich noch einige weihnachtliche Kleinigkeiten für meine Schwestern besorgen. Morgen schreibe ich mehr. Wichtig war mir heute vor allem Dir zu sagen, daß Du eine süße Dame (!) bist.
Alles Liebe, meine Toni, und herzliche Grüße an Deine Familie.
Dein Edgar
22/12.64

Ein zweiter Brief steckt im Umschlag:

Meine liebe Toni, mein süßer Kumpel! Lange saß ich an meinem Schreibtisch im Büro und wußte nicht, wie ich diesen neuen Brief anfangen sollte. Was dann kam, war für mich wie im Film. Während ich so intensiv an Dich dachte, wurde mir ein Anruf durchgestellt. Deine Stimme. »Hier ist Weber«, und ich bekam sofort Herzklopfen. Die ganze Zeit wollte ich Dir etwas sagen, aber tat es dann doch nicht. Jetzt beichte ich es hier: Ich habe Deine Parfumflasche mitgehen lassen. (Hast Du sie schon gesucht?)*
Toni, ich weiß, viele denken, man muß nach außen hin den »starken Mann« markieren, dem alles herzlich egal ist. Gestern, zum Abschied, waren wir beide recht kühl und zurückhaltend. Ich fand's schrecklich. Wir haben uns gern, und wir dürfen es uns anmerken lassen, oder?
Heute früh, als ich in die Küche kam, sagte meine Mutter übrigens entsetzt: »Du riechst ja schlimm, so weiblich. Findest Du das etwa schön?« Ich sagte lediglich: »Ja, das finde ich.« Ich finde Dein Parfum wirklich schön!
Dein Edgar
** (Ich wollte nämlich den ersten Brief nicht abschicken. Oder sollte ich doch? Ich wusste es nicht. Der Verfasser)*

Jonas würde in einer halben Stunde im Büro auftauchen, ich war extra etwas früher als sonst gekommen, damit ich in Ruhe beim Gerichtsvollzieher anrufen konnte. Seine telefonische Sprechzeit hatte um acht Uhr begonnen. Er meldete sich sofort. Das Schreiben lag vor mir auf dem Tisch. Frau Weber, den Namen auszusprechen kam mir nach wie vor eigenartig vor. Meine Mutter hatte nach den beiden Scheidungen und einer dritten, von ihr im letzten Moment abgesagten Hochzeit ihren Geburtsnamen wieder angenommen. Daran hatte ich mich nie gewöhnt. Der Name ihrer Kindheit, ihrer Jugend, der Name der Person, die sie gewesen war, bevor ich auf die Welt gekommen war. Als sie beschloss, diesen Namen wieder zu tragen, war sie fast sechzig Jahre alt.

Dr. Schäfer fragte mich nach dem Aktenzeichen. »Frau Weber hat leider eine weitere Frist verstreichen lassen«, sagte er nach einer Weile, wahrscheinlich, nachdem er den Fall in seinem Computer gefunden hatte. »Was kann ich da für Sie oder Ihre Mutter tun?« Er klang auf gelangweilte Weise höflich, distanziert, sicher hörte er jeden Tag Vertröstungen und Ausflüchte von Leuten, die in Schwierigkeiten geraten waren.

»Es ist so, dass meine Mutter kürzlich verstorben ist.« Sie können also leider *gar nichts* mehr für sie tun, dachte ich, mit diesem Gefühl von Genugtuung, auf das ich schon gewartet hatte. Dr. Schäfer sagte nichts, er schien einen Augenblick zu brauchen.

»Oh, das ändert die Sache natürlich«, seine Stimme war etwas leiser als eben. »Mein Beileid für Sie.« Ich wartete, er räusperte sich. »Um ehrlich zu sein, überrascht mich das jetzt.«

Ich wunderte mich über seine Bemerkung. »Kannten Sie meine Mutter?«

»Nein, das nicht. Zumindest nicht persönlich. Aber in gewisser Weise schon. Wir hatten in den letzten Jahren mehrmals telefonisch miteinander zu tun.« Er machte wieder eine Pause. »Kleinigkeiten, nur Kleinigkeiten. Sie hatte ihr Auto hin und wieder im Parkverbot stehen und hatte diese Neigung, die Strafzettel zu vergessen. Wir haben uns dann manchmal auf Ratenzahlungen verständigt.«

Er fragte mich nach meiner Adresse und Telefonnummer. Ich würde Post von ihm bekommen, damit ich die Angelegenheit nun würde erledigen können. Während ich den Gerichtsvollzieher auf seiner Tastatur tippen hörte, blätterte ich wieder den blauen Taschenkalender durch. Ich hatte ihn, zusammen mit dem Haftbefehl, in meiner Handtasche behalten. Auf den ersten Seiten hatte meine Mutter kreuz und quer Dinge notiert, Telefonnummern, Kontonummern, hier und da eine Summe, einen Namen, den Titel eines Buches. Zwischen dem Gewimmel entdeckte ich eine kleine Notiz:

Mut + Schuld

Meine Mutter hatte ein *Und* oft durch ein Pluszeichen

ersetzt. In der Grundschule hatte ich das eine Weile übernommen, doch meine Lehrer gewöhnten es mir sofort wieder ab.

»Warum hat es Sie überrascht?«, fragte ich.

»Was meinen Sie?«

»Zu hören, dass Frau Weber verstorben ist.«

Er räusperte sich wieder. »Wie kann ich das erklären. Lassen Sie mich kurz überlegen.« Er nahm sich einen Moment Zeit. Die Stille zwischen uns kam mir seltsam intim vor. Hätte er nach einem Kugelschreiber oder einer Akte gesucht, wäre es anders gewesen. Aber er dachte über meine Mutter nach. Er war vielleicht ein Gerichtsvollzieher von der Sorte, die man sich nur wünschen konnte, wenn man in Bedrängnis geraten war. Wenn ich mich richtig erinnerte, hatte ich als Kind, ich war vielleicht zwölf Jahre alt gewesen, schon mit einem Gerichtsvollzieher zu tun gehabt. Ohne es damals bemerkt oder überhaupt gewusst zu haben. Nachdem ich aus der Schule gekommen war, hatte meine Mutter mich aus dem Büro angerufen. Das tat sie jeden Tag, um zu hören, dass alles in Ordnung war und ich mir mein Essen warm gemacht hatte. Während der nächsten ein oder zwei Stunden, so erklärte sie mir, würde es klingeln. Das wäre zwar ein mir unbekannter Herr, doch diesem Herrn, sie sagte mir wahrscheinlich seinen Namen, dürfte ich ausnahmsweise öffnen. Er würde nur vorbeikommen, um einen Zettel abzugeben und vielleicht etwas an unserem Fernseher zu überprüfen. Ein freundlicher Mann ging durch unser Wohnzimmer, klebte ein kleines rundes Zeichen an unseren Fernseher und eines an die Musikanlage. Dabei fragte er mich, wie mein Schultag gewesen sei. Die Siegel, so nannte er sie, würde er hinten an den Geräten platzieren, damit sie nicht sichtbar wären. Bald dürften sie wieder entfernt werden, sagte er. Weder der Besuch des Mannes noch die Aufkleber beunruhigten mich. Dem Gerichtsvollzieher und meiner Mutter war es gelungen, dass ich mich über die Sache weder wunderte noch mir Sorgen machte. Er ging wieder, und ich setzte mich wahrscheinlich in mein Zimmer und malte.

»Ihre Stimme. Daran lag es. Ihre Mutter hatte eine sehr fröhliche, junge Stimme«, sagte Dr. Schäfer. »Ich bin wahrscheinlich deshalb davon ausgegangen, dass es ihr gut ging.«

Mut + Schuld; nachdem ich aufgelegt hatte, schrieb ich es mir mit Kugelschreiber auf die Innenfläche der Hand. So wie ich mir manchmal Einkäufe auf die Haut kritzelte, *Olivenöl + Zahnpasta*, Erledigungen für den Heimweg.

Mut + Schuld. Ich wollte dieses Wortpaar den Tag über betrachten können, wollte es eine Weile mit mir herumtragen, in meiner Hand, auf meiner Haut. Für meine Mutter schienen diese Begriffe zusammenzugehören, oder sie waren wie zwei Seiten einer Medaille. Mir gefiel dieses Wortpaar, es war wie eine Aufforderung. In diesen beiden Worten, und in dem Wissen, dass sie für meine Mutter von Bedeutung gewesen waren, lag für mich ein kleines, tröstendes Geheimnis.

19/8.65 Vor der Routineuntersuchung hat sie nicht gewagt, das Thema anzusprechen. Es kostete schon Überwindung genug, sich auf diesen Stuhl mit den Schalen links und rechts zu setzen, sich zurückzulehnen, Kopf nach hinten, Füße nach oben, Beine auseinander. Da konnte sie nicht vorher noch eine Forderung stellen. Aber jetzt, jetzt wäre der Moment. Durch das hohe Fenster hinter seinem Schreibtisch fließt die Nachmittagssonne. Sie kann im Gegenlicht kaum sein Gesicht erkennen. Das macht alles etwas leichter. Sie beobachtet den Arzt dabei, wie er etwas in ihre Patientenakte schreibt. Jetzt sag es schon, denkt sie, sprich es aus. Es ist eine Übung, eine kleine Übung, darin, etwas zu verlangen. Nicht einschlafen konnte sie gestern, sie musste sich wieder und wieder vorstellen, wie sie das Gespräch beginnen würde.

»Warum ich eigentlich hier bin«, sie achtet darauf, nicht den Blick zu senken, sondern den Arzt, zumindest seinen Schattenumriss, direkt anzusehen. »Ich hätte gern die Anti-Baby-Pille.« Das war direkt, sie hält einen Moment die Luft an, viel zu direkt. Als würde sie beim Bäcker stehen und zur Verkäuferin sagen, »Ich hätte gern das halbe Weizen da.«

Der Arzt hebt den Blick, seinen Ausdruck kann sie nicht genau erkennen, überrascht vielleicht, oder skeptisch.

»Soso. Wie alt sind Sie noch mal?« Er studiert wieder seine Unterlagen, als würde er die Antwort lieber dort finden, als sie von ihr zu hören.

»Dreiundzwanzig.«

»Sie sind nicht verheiratet, oder?«

»Nein.«

»Haben Sie einen Verlobten? Oder einen Liebsten, mit dem Sie sich regelmäßig treffen?«

Zwei Kolleginnen hatten ihn empfohlen, er sei tolerant. Doch *Liebsten*, das Wort vermittelt ihr einen anderen Eindruck. Vielleicht wurde sie von den Damen reingelegt. Wenn in den nächsten Tagen eine der beiden fragen wird, »Und, warst du zufrieden?«, kann sie sich denken, dass die Empfehlung ein Scherz gewesen ist. Daran hatte sie nicht gedacht.

»Ja«, sagt sie nur.

»Was hält Sie dann davon ab zu heiraten und wunderschöne Kinder zu kriegen?«

Sie weiß nicht, was sie sagen soll. Sie war zu direkt, und ihr ist danach, sofort aufzustehen und zu gehen.

»Fräulein Weber«, er beugt sich etwas vor, faltet die Hände und stützt sein Kinn darauf, »ich erkläre das jungen Patientinnen wie Ihnen immer wieder gern. Diese Pille hat sehr starke Nebenwirkungen. Sie ist auch längst nicht so leicht anzuwenden, wie man denkt. Man muss sehr penibel sein. Ich empfehle sie wirklich nur für Damen über dreißig, die vier oder mehr Geburten hinter sich haben.«

Im *Spiegel* hat sie gelesen, dass immer mehr Frauen, vor allem in Amerika, die Pille verschrieben bekämen. Da stand nichts von Geburten als Voraussetzung, schon gar nicht von Geburten als Gegenleistung. Sie will nicht aufs Heiraten hoffen müssen, das Leben davor ist nichts Vorläufiges, das zählt doch auch.

»Dieses Hormonpräparat, Anti-Baby-Pille ist übrigens kein besonders schönes Wort, finde ich, also, dieses Medikament ist vor allem für Damen, verzeihen Sie mir, dass ich so unverblümt rede, die schon genug Kinder haben. Die körperlich, und verstehen Sie mich da jetzt nicht falsch, das meine ich rein biologisch, die körperlich verbraucht sind. Frauen, die auf ihre Gesundheit achten müssen, damit sie für ihre Familien weiterhin da sein können.«

Verbraucht, das Wort ist eines der traurigsten, die sie im Zusammenhang mit einem Frauenleben gehört hat. Sie sieht eine erschöpfte Mutter vor sich, schattengleich an einem Küchentisch, sie schält Kartoffeln, die klein wie Kieselsteine sind. Magere Kinder, über die sich niemand freut, kriechen auf dem schmutzigen Holzboden zwischen den Tischbeinen herum.

»Haben Sie sonst noch etwas auf dem Herzen?«

»Nein, eigentlich nicht.«

Das Thema scheint für ihn erledigt. Was für ein Irrtum, das Ganze, der Versuch, etwas zu fordern. Der Arzt steht auf und geht um seinen Schreibtisch herum zu ihr. Sie erhebt sich ebenfalls. Mit ihren Absätzen ist sie größer als er. Sie verlagert das Gewicht auf ein Bein, knickt dabei etwas in der Hüfte ein, um sich kleiner zu machen. Es ist wie von allein passiert, und sie bemerkt es erst jetzt.

Sie wäre vielleicht einen Kopf größer als der Arzt. Sie macht sich gerade, Beine, Hüften, Rücken, Hals, das ist ihre Größe. Von oben herab schaut sie den Arzt an und versucht ein Lächeln.

»Vielen Dank für die Auskunft. Dann gehe ich mal hinaus in die Sonne.« Das sollte fröhlich und unverkrampft klingen, nichts für ungut, von jemandem wie Ihnen lasse ich mir nicht die Laune verderben. Ginge es nach dem Arzt, hätte sie sich die Pille also nach vier oder fünf Kindern verdient. Wie einen Orden. Einen Mutterorden, die Anti-Baby-Pille, das neue Mutterkreuz. Was für ein prickelnd böses Gefühl, was für eine aufregende Möglichkeit, dem Arzt so etwas ins Gesicht zu sagen. Sie müsste sich nur umdrehen und den Mund aufmachen.

»Achten Sie auf sich«, sagt er freundlich. Er ist ihr zur Tür gefolgt und gibt ihr die Hand. »Lassen Sie sich von niemandem hinhalten. Das hat ein hübsches Fräulein wie Sie überhaupt nicht nötig.«

Hinhalten, vielleicht halte *ich* ja jemanden hin?, denkt sie, als sie schon an der Haltestelle auf die Straßenbahn wartet. *Das* hätte sie zu ihm sagen können. Das wäre nicht allzu unverschämt gewesen. Die wirklich passenden Antworten fallen ihr immer zu spät ein. Der ganze Termin war ein Fehler. Es war, als hätte sie vor ihrem Großvater gesessen. Er sagt ihr etwas, sie möchte widersprechen. Sie ist fest davon überzeugt, es besser zu wissen als er, doch insgeheim fürchtet sie, dass er doch recht behalten wird. Hinhalten, der Gedanke ist wie ein enger Mantel, er spannt am Rücken, sperrt die Ellenbogen ein, die Nähte an den Schultern sind längst gesprungen.

26/8.65 Es riecht nach in Butter geschwenkten Zwiebeln. Sie trägt ihre Einkäufe in die Küche.

»Guten Abend«, am Herd steht Herr Lewerenz und brät sich etwas Rührei. Er hat sein weißes Hemd oben aufgeknöpft, seine grauen Haare sind im Nacken zu kleinen, feuchten Locken geworden, seine Krawatte liegt neben dem Herd. »Möchten Sie einen Schluck Riesling? Eine Wohltat bei dem Wetter. Gerade geöffnet«, sagt er. Sie holt sich ein Glas aus dem Schrank, er schenkt ein und prostet ihr zu.

Sie holt ihre Einkäufe aus der Tüte. Die Geschenke für Edgar sind verpackt. Sein Geburtstag und ihr gutes Vorstellungsgespräch, da war ein Besuch im Delikatessenladen angebracht. Baguette mit Camembert, Roastbeef mit Meerrettich, zwei gebratene Hühnerbeine. Das knusprige Käsegebäck, zwei Gläser Mousse au Chocolat, frische Himbeeren und eine Flasche Champagner. Danach war ihr Portemonnaie leer. Aber diese Zeiten werden sich bald ändern. Nach dem Gespräch, in dem auch der Personalchef saß, führte sie die erste Vorzimmerdame schon herum, als wäre alles entschieden. Einmal durch die Chefetage und zu einem Schreibtisch, der ihrer sein würde. Ganz oben, achtes Stockwerk, hell und groß waren die Räume. Sie würde in einem der ersten Hochhäuser der Stadt arbeiten, im November würde es losgehen. Zweite Vorzimmerdame und persönliche Assistentin auf Reisen, das wäre sie dann, auf *Reisen*. Edgar würde sagen, erst wenn die Tinte unterm Vertrag trocken ist, hast du was zu feiern, deshalb, Toni: Abwarten.

Sie bereitet die Teller und Schalen für das Buffet in ihrem Zimmer vor, stellt alles auf ein Tablett, dazu Besteck und etwas Butter für das Baguette. Das Gehalt, über das gesprochen wurde. Diese Summe wird ihr Leben verändern. Sie wird sich eine eigene Wohnung leisten können, eine – eigene – Wohnung. Mit einem Klingelschild und einem Briefkasten, auf dem nur ihr Name steht. Am Sonnabend wird sie Annoncen lesen, nur für die Vorfreude. Ein Neubau, das wäre eine Wucht, ohne bröckelnden Putz, ohne Schichten von Tapeten, sondern helle Räume und glatte Wände. In ihrem Zimmer löst sich die Tapete in der Ecke neben dem Fenster, da kommt vergilbtes Zeitungspapier zum Vorschein. Dreimal hat sie die Stelle mit Kleister bepinselt, aber es hat nicht gehalten, die schwarzen Buchstaben der Zeitung kamen wieder zum Vorschein, wie unruhige Krabbelkäfer. In einem Neubau gäbe es keine überklebten und wieder überklebten Schichten, keine alten Zeitungen, keine knarrenden Holzdielen und undichten Fenster, keine zerbrochenen Kacheln in der Küche, keine Spuren von uralten Rohren und Öfen. Keine Spuren von irgendwem und irgendwas.

In ihrem Zimmer öffnet sie das Fenster, um den Geruch aus der Küche zu vertreiben, der bis hierher gezogen ist. Vom Regal nimmt sie zwei Sektschalen, pustet kurz hinein, kein Staub, und stellt sie auf den Tisch. In die beiden neuen Leuchter aus Muranoglas, einer rot wie Kirschsaft, der andere türkis wie ein Schwimmbecken, steckt sie neue Kerzen. Sie schüttelt die Kissen auf, drückt erst in das grüne, dann in das blaue sanft einen Knick. Was soll der Knick, eine Angewohnheit, die sie von ihrer Mutter hat. Noch einmal schüttelt sie die Kissen auf und legt sie mit etwas Schwung aufs Sofa, damit sie nicht drapiert aussehen.

Im Bad lässt sie warmes Wasser ins Waschbecken. Eine halbe Stunde hat sie noch. Schnell schlüpft sie aus ihrem Rock und zieht die Bluse aus, dann schäumt sie etwas Seife auf. Sie taucht den Waschlappen ins Wasser, wringt ihn aus, fährt sich über den Hals, den Ausschnitt und unter die Achseln, taucht ihn wieder ins Wasser. Sie zieht ihren Schlüpfer aus, geht mit dem Waschlappen zwischen die Beine. Wieder ausspülen, noch mal zwischen die Beine, gründlich, damit sie sich nachher wirklich frei und wohl fühlt. Leicht berührt der Frotteestoff die empfindliche Haut.

Es ist nur ein Hauch, die flüchtige Berührung lässt sie erschaudern, sofort ist dieser Punkt erreicht, an dem sie nicht wieder aufhören kann, nur ganz leicht, nur dieser Hauch, nicht zu viel, je flüchtiger desto besser, fast nichts ist gerade richtig; wie könnte sie Edgar das erklären, manchmal scheint er ihren Körper zu durchschauen, scheint alles über sie zu wissen, und dann wieder, dann versteht er ganz und gar nichts von ihr. Wie soll er auch verstehen, dass die leichteste Berührung schon genügt, dass gerade darin das Geheimnis liegt, dass dann, alles, immer, mehr, zerfließt, und, erschütternd, schön wird, nur dieser Hauch, sachte, wieder und wieder, und innehalten, und dann. Langsam atmet sie auf, öffnet die Augen und ist wieder hier.

Sie wickelt sich ein großes Handtuch um den Körper, huscht durch den Flur zurück ins Zimmer und legt Musik auf, das Orchester von Quincy Jones. *Einladung zur Happy hour, Hausnummer 97*, hat sie auf die Karte für Edgar geschrieben.

Die neue Schallplatte legt sie bereit, Miles Davis für spätere Stunden, spätere Stunden wird es heute geben, denn Frau Konrad ist weggefahren, Badekur in Hessen. Neulich, abends, sagte Edgar, er werde sich nie trauen, in diesem Zimmer seine Hose auszuziehen. Denn eines Abends würde es dann doch passieren, sagte er, »eines Abends wird sie die Tür öffnen, und ich, ohne Hosen, was sage ich dann? Werte Dame, ich war gerade im Begriff zu gehen.« Vier Wochen, vier unglaublich lange Wochen wird Frau Konrads Kur noch dauern.

Sie zieht das dunkelblaue Cocktailkleid mit dem tiefen Rückenausschnitt an, holt das Tablett mit den Tellern und Schalen aus der Küche, auf der großen Holzkiste vor dem Fenster wird sie das Buffet aufbauen.

Vorhin hat Edgar bei ihr im Büro angerufen, um zu sagen, dass er nichts zu sagen hätte, außer, dass er sich auf sie freue.

Ihre Wangen sind warm, sie schwitzt ein wenig. Zurück in der Küche schaut sie nach, ob noch etwas von dem Riesling da ist. Sie kann die Flasche nicht finden, Herr Lewerenz hat den Wein wahrscheinlich mit in sein Zimmer genommen. Sie öffnet die Schränke auf der Suche nach etwas anderem zum Trinken, etwas, das beruhigend wirkt, und entdeckt eine Flasche Fernet-Branca. Den schüttet sich Frau Konrad manchmal in den Kaffee. Sie schraubt den Deckel ab, nimmt einen Schluck und verzieht das Gesicht, scheußlich, doch warm im Magen. Es klingelt, noch einmal setzt sie die Flasche an, trinkt und schüttelt sich.

Langsam geht sie durch den Flur zur Wohnungstür, aus ihrem Zimmer dringt leise die Swingmusik, sie stellt sich eine Bigband auf einer Empore in einem Festsaal vor. Sie spürt den kühlen Holzboden unter den nackten Füßen, sie wollte noch Schuhe anziehen, zu spät, barfuß im Cocktailkleid. Herr Lewerenz wird sicher bald schlafen gehen, Fräulein Friedrichs ist unterwegs. Bei jeder Bewegung wischen die Ränder des Ausschnitts über ihren Rücken, sie fröstelt und schwitzt, nimmt eine Spur ihres Parfums wahr. Einige Stunden lang wird die Wohnung Edgar und ihr allein gehören, kann es sein, dass dies vollkommen ist?

Liebe Antonia!
Es ist schon spät, ich sitze zu Hause an meinem Schreibtisch und habe einen wichtigen Anlaß, den ersten Brief auf meinem neuen Papier Dir zu schreiben: Ich möchte Dir für die liebevolle Party danken. Du hast aus meinem Geburtstag ein Fest gemacht. Immer noch bin ich in der schwebenden Stimmung von diesem Abend.
Was für ein Glück, daß ich nun endlich auch einen Plattenspieler habe (ein Geschenk an mich selbst); so kann ich mir diese wunderschöne Stimmung erhalten und an Dich denken. – Im Moment finde ich al-

les schön; hoffentlich hält dieser Zustand noch recht lange an.
Meine kleine Toni, gute Nacht, ich habe Dich sehr lieb!
Dein Edgar
29/8.65

Ich öffnete eine neue Mail, tippte ihre Adresse ein, schrieb nur das Wort *Kuss* in die Betreffzeile und schickte sie ab. Danach wartete ich auf den Mailer-Daemon, der mir sagen würde, dass es die Adresse nicht mehr gab. Ich schien diesen kleinen Stich, die Vergewisserung zu brauchen. Mein Onkel hatte den Telefon- und Internetanschluss meiner Mutter längst gekündigt. Ich hatte trotzdem zwischendurch versucht, bei ihr anzurufen, vielleicht nur, um noch einmal die Reihenfolge der Zahlen ins Telefon zu tippen. Dann hatte ich die Ansage bekommen, *Die von Ihnen gewählte Rufnummer ist nicht vergeben*. Ich wartete, doch der Mailer-Daemon meldete sich nicht. Meine Nachricht war irgendwo angekommen, in einem Postfach, auf das niemand mehr Zugriff hatte.

Der Gerichtsvollzieher hatte mir einige Tage nach meinem Anruf die Unterlagen zugeschickt. Es ging um 386,57 Euro, die Sache hatte sich offenbar über mehrere Jahre hingezogen. Ich hatte auch eine Kopie der Rechnung eines Online-Händlers bekommen. Meine Mutter hatte eine »Sicherheits-Duschmatte, rutschfest« für 10,95 Euro und den »Haltegriff Solido« für 49,90 Euro bestellt. Ich erinnerte mich, sie war gerade in ihre neue

Wohnung gezogen, und mein Onkel ermahnte sie während des Kaffeetrinkens, sie bräuchte mehr Sicherheit im Bad. Sie schüttelte daraufhin nur belustigt den Kopf, »du meinst eines dieser Plastikdinger mit Noppen?«, sagte sie und bot ihm noch ein Stück Erdbeerkuchen an.

Einige Tage später meldete er sich bei mir und bat darum, dass ich nochmal mit ihr redete. Eines Tages würde sie in der Dusche ausrutschen und fallen, wir würden es erst Tage später mitbekommen, oder sie würde im Rollstuhl landen, hatte er besorgt geraunt, und dann, wer würde sich dann um sie kümmern; vielleicht war ihm diese Frage ein besonderes Anliegen, weil meine Mutter nun in seiner Nähe wohnte.

Als ich sie das nächste Mal besuchte, brachte ich sie tatsächlich dazu, ins Internet zu gehen und sich zu informieren, wie sie die Sicherheit in ihrem Bad verbessern könnte. Ich klang wie mein Onkel. Anders als er wollte ich aber, dass sie sich selbst darum kümmerte. Es sollte ihre Entscheidung bleiben, was sie sich ins Bad schraubte oder legte. Wenn sie mich damit glücklich machen könne, dann bitte schön, hier, Haltegriff und Duschmatte, wie befohlen, sagte sie, schickte die Bestellung ab und klappte den Laptop wieder zu.

Gestern Nacht, vor dem Einschlafen, stellte ich mir vor, ich würde aufstehen, im Pyjama, wie eine Schlafwandlerin ins Auto steigen, ich stellte mir vor, ich würde über die leere Autobahn und die dunklen Landstraßen zu ihr fahren. Sie wäre noch am Leben, würde in ihrem Bett liegen und schlafen. Ich würde nicht klingeln, um sie nicht zu wecken, sondern den Schlüssel benutzen, den ich von ihr hatte. Ich würde leise in ihr Schlafzimmer gehen und zu ihr unter die Decke kriechen wie ein Kind. Und dann wäre ich wieder das Kind, und sie, sie wäre jung und gesund.

Ich öffnete den Explorer und ging auf die Seite meiner Bank, gab mein Passwort ein und überwies die 386,57 Euro.

3/2.66 »Also, ein Dachzimmer?« Diese Sorge in der Stimme ihrer Mutter, der Vorwurf: Was hast du da schon wieder gemacht?

»Nein, kein Dachzimmer. Eine Mansarden-«, sie macht eine Pause, um dem Wort Nachdruck zu verleihen, »wohnung.«

»Aber direkt unterm Dach.«

»Ja, aber mit Balkon und einem kleinen Bad, in dem sogar ein brandneuer Alibertschrank hängt.« Wie sie das Geräusch der Magneten liebt, wenn sie die Türen öffnet und schließt, dieses satte Klacken. Von allen Seiten kann sie sich in den Schranktüren betrachten, sie sind sehr hilfreich dabei, sich die Haare zu machen. Doch eigentlich hat sie schon keine Lust, noch mehr zu erzählen. Vom Blick über die Dächer, von diesem leuchtenden Morgenlicht vor ihrem Fenster. Einmal würde sie sich gern mit ihrer Mutter über etwas freuen können, doch es scheint nie zu gelingen. »Ich muss jetzt leider auflegen«, sagt sie, obwohl sie noch etwas Zeit hätte. Mit Edgar ist sie erst in über einer halben Stunde verabredet. Im Gang und den anderen Büros ist es ruhig, die meisten Leute sind schon in die Mittagspause aufgebrochen.

»Besuch mich einfach, dann siehst du es. Die Wohnung wird dir gefallen.«

»Und wann fährst du nach Berlin?«

»Anfang nächster Woche.«

»Wozu war das noch mal?«

»Ein Kongress. Wir sind im Hilton untergebracht.«

»Fährst du mit dem Zug?«

»Nein, ich nehme das Flugzeug.«

»Wirklich? Ach du meine Güte, ist das nicht sehr teuer?«

»Aber das zahlt doch die Firma.«

»Fliegen.« Ihre Mutter sagt das, als wäre Fliegen eine Zumutung.

»Ja. Mein erster Flug.«

»Hoffentlich geht das gut.«

»Wie meinst du das?«

»Ich musste an Bremen denken, an die Lufthansa-Maschine. Schlimm die Bilder, wirklich schlimm. Aber damit wollte ich eigentlich gar nicht anfangen. Komm mir gesund wieder, ja? Vielleicht kannst du mich anrufen, wenn du im Hotel bist.«

»Sicher, aber jetzt muss ich los.«

»Ja. Dann«, ihre Mutter zögert.

»Ist noch etwas?«, sie beugt sich ungeduldig zum Telefon, bereit den Hörer aufzulegen.

»Nein. Nur, nichts«, die Stimme ihrer Mutter klingt auf einmal weich. »Ich wünsch dir eine gute Reise.«

Einen Moment nach dem Telefonat tut es ihr schon leid, dass sie ihre Mutter abgewimmelt hat. Sie zieht ihren Mantel über, bindet sich den Pelzkragen um und geht durch den langen, leeren Flur zum Fahrstuhl. Fast lautlos gleitet er hinunter ins Erdgeschoss. Acht Stockwerke, immer wieder eine Wucht, sie kann kaum bis zehn zählen, da ist sie schon unten. Sie grüßt den Pförtner und geht nach draußen. Es ist wieder winterlich kalt, graue Mäntel, Fellmützen und verfroren rote Nasen überall. Der Benzingeruch der Autos scheint intensiver in der Kälte. Nach ein paar Schritten frieren ihr schon die Füße, die Stiefel sehen gut aus, aber sie halten nicht warm. Sie wird sich gleich einen Tee zum Essen bestellen, oder besser noch einen Grog, und dazu bitte ein heißes Fußbad, der Weinkeller gehört zum Grandhotel, da könnte sie sich den Scherz erlauben, beim Kellner ein Fußbad zu bestellen. »Wo gehen sie heut Mittag hin? Na, Donnerwetter«, hat ihr Chef vor ein paar Wochen gesagt, als er mitbekam, wo sie mit Edgar verabredet war. Er weiß wahrscheinlich nicht, dass man im Weinkeller des Hotels auch mit kleinen Budgets bestehen kann, und er weiß nicht, dass sie und Edgar sich das nur einmal im Monat erlauben, und natürlich nur in den ersten beiden Wochen, wenn sie noch bei Kasse sind. Von da unten, im Souterrain, hat man einen ebenso schönen Blick auf die Straße, auf das Wasser und die Boote, auf das ganze Stadtleben, wie die Gäste im feinen Restaurant in der Beletage.

Edgar wartet vor dem Eingang auf sie, zusammen gehen sie zur Drehtür. »Bitte schön, du zuerst«, sagt er mit einer höflichen Geste, nacheinander betreten sie das Foyer. Dieser Moment ist für sie immer der schönste. Als wären sie fremd in der Stadt, als wären sie ein Paar auf Reisen. »May I help you?« »Have a nice day!« Manchmal hört sie diese Gesprächsfetzen in der Hotelhalle und stellt sich vor, Edgar und sie wären gerade angekommen und begrüßt worden, würden sich an der Rezeption ihren Zimmerschlüssel geben lassen, während ein Portier ihr Gepäck schon zum Fahrstuhl bringt. Sie muss dringend an ihrem Englisch arbeiten, einen Abendkurs belegen.

Die Tische im Weinkeller sind mit Sterlingbesteck und Leinenservietten gedeckt. Auch wenn sie hier nur Kleinigkeiten bestellen, werden sie von den Kellnern nie pikiert angesehen. Alle hier werden zuvorkommend behandelt, die spendierfreudigen Geschäftsleute und die sparsamen jungen Paare. Es gibt Gemüsesalat mit Ei und Kaviar für sechs Mark fünfzig oder halbe Brötchen mit Forelle und Rührei für fünf Mark. Brot mit Gänseschmalz und Gürkchen für noch weniger. Schmalzbrote, die besten gab es bei ihrer Großmutter. »Hast du was Feines«, fragte sie, sie wollte etwas mit Zucker, einen Keks oder ein Stück Schokolade. »Nein, aber ich kann dir ein Stück Steckrübe geben«, sagte ihre Großmutter. Sie kaute und kaute an diesen Steckrüben, ihr Leben lang wird sie keine mehr essen können, »Oder ein Schmalzbrot«, antwortete ihre Großmutter manchmal aber auch und gab ihr eines, mit viel Salz darauf. Selten gab es etwas Süßes, ein Eigelb mit Zucker oder, das war der große Fang, Cadbury's; Edgar, geht es dir auch so, dass du Engländer sofort mit Schokolade verbindest, wie ein kleines Kind? Solch dummes Zeug fragt sie ihn besser nicht. Er sieht müde aus, und er fände ihren Gedanken sicher eigenartig. Es gibt wahrscheinlich nichts, was ihn weniger interessiert als seine und ihre Kindheit.

»Freust du dich auf Berlin?«, fragt er, als sie am Tisch sitzen. »Toni, das wirst du sicher hervorragend meistern. Wenn du durchs Foyer gehst, werden sich die Leute im

Hilton fragen, wer ist diese Frau, eine Filmschauspielerin? Ich kann es mir genau vorstellen.«

Sie nickt nur, viel wichtiger ist ja, dass sie keine Fehler bei den Vorbereitungen macht. Sie muss noch eine Liste von Telefonaten abarbeiten, sich Reservierungen in Restaurants und etliche Termine bestätigen lassen.

»Du denkst, ich übertreibe? Fällt dir das denn nie auf? Wenn ich mit dir irgendwo langgehe, wie die Leute uns anstarren! Sie können nicht anders, so anmutig, wie du bist. Als wir uns gerade erst kannten, da habe ich mich manchmal noch gewundert, was gucken die so? Was wollt ihr, hab ich gedacht, schaut mir der Hintern zu den Hacken heraus, oder wie?«

Sie muss lachen. Der Kellner kommt an den Tisch, und sie bestellen belegte Brötchen und Gemüsesuppe, dazu Weißwein.

»Wenn ich aus Berlin wiederkomme, dann bist du schon unterwegs, oder?«

Edgar muss ins Rheinland. »Eine Tour, die wahrscheinlich wenig bringen wird, einige der Termine sind eigentlich von vornherein sinnlos.« Er mag die beiden Geschäftsführer nicht, und umgekehrt, die ihn auch nicht, vermutet er. »Wozu habe ich einen Kaufmannsgehilfenbrief, wenn ich wie ein Laufjunge durch die Gegend geschickt werde?«

Ich habe auch einen Kaufmannsgehilfenbrief, denkt sie.

»Vielleicht wird es Ihnen bei uns zu langweilig, Herr Janssen?, hat der eine mich heute gefragt. Ja, das wissen Sie doch, habe ich geantwortet. Wenn das so ist, dann schicken wir Sie einfach mal nach Hongkong, hat er gesagt. Und ich dachte, lustig, lustig, tralala, für dumm verkaufen kann ich mich selbst.«

Sie wird hellhörig. »Und dann?«

»Dann sagte er, die Firma wolle ein Büro in Hongkong aufbauen, für neue Import-Export-Partner. Ein kleines Büro. Nur eine Person für den Anfang. Wenn es Ihnen hier nicht gefällt, dann können *Sie* das ja machen. Dann wären wir Sie mal eine Weile los, Herr Janssen! Reizend, der Mann, oder?«

Der Kellner stellt vorsichtig zwei Teller mit Brötchen und zwei kleine Schalen mit Suppe vor sie auf den Tisch.

»Wirklich? Du könntest eine Niederlassung in Hongkong leiten?«

»Niederlassung leiten«, er beißt von seinem Brötchen ab. »Toni, wie hübsch das klingt. Aufbauen wohl eher, aber ohne irgendwelche Hilfe. In Wahrheit ist es natürlich so, dass niemand, wirklich niemand dorthin will. Deshalb suchen sie jemanden, der verzweifelt genug ist.«

Edgar nimmt seine Serviette vom Schoß und tupft sich den Mund ab, dann trinkt er von seinem Wein.

»So würde ich das nicht sehen. Es könnte auch eine Chance sein.«

»Aber eine, auf die offenbar niemand Wert legt.«

»Das ist vielleicht ein Fehler.«

Edgar löffelt seine Suppe.

»Also, wenn du es versuchen möchtest, dort, ich würde mitkommen«, sagt sie.

»Na, das will ich doch hoffen.«

»Ich meine das ernst.«

Er schüttelt den Kopf und lächelt. »Mal sehen, ob mein Chef es überhaupt ernst meint und sich morgen an den Vorschlag noch erinnern kann.«

»Stell es dir doch einmal vor. Wir würden zusammen

nach Hongkong gehen. Wir würden dort leben. Vielleicht könnte ich dort auch arbeiten, bei einer großen Firma«, sie überlegt, »oder bei der deutschen Botschaft. Es gibt dort sicher fantastische Möglichkeiten.«

»Langsam, Toni. Du mit deinem *Fantastisch*. Niemand geht einfach so nach Hongkong und eröffnet mal eben ein Büro. Es wäre außerdem ganz schön verantwortungslos von mir, eine süße Dame, die beruflich endlich das große Los gezogen hat, mit ins Unglück zu ziehen.«

Sie schiebt ihre leere Suppentasse ein Stück von sich und sagt nichts.

»Was für ein Tag. Ich würde gern noch einen Kaffee bestellen, und dazu einen Cognac. Möchtest du auch?«

»Für mich Tee«, sagt sie und wundert sich, wie hastig und beiläufig Edgar das alles erzählt, etwas, das so wichtig werden könnte.

»Was wir alles kennenlernen würden. Eine neue Lebensweise. Eine neue Sprache. Überhaupt, was wir alles entdecken und lernen würden.«

»Toni, du Träumerin. Wir würden lernen, wie man großartig scheitert. Wir würden verzweifelt auf zwei Flugscheine sparen, die uns wieder zurückbringen. Wir würden kein Wort mehr miteinander reden, du würdest mich nicht mehr mögen.« Edgar sagt es fast missmutig, als wären sie schon auf der anderen Seite der Erde und würden mühsam das Geld für den Rückflug zusammenzählen.

»Manchmal muss man mutig sein«, sagt sie. Doch sie sieht seinen schmalen Lippen an, dass er so etwas nicht hören möchte. Das ist ihm sicher zu einfach.

Der Kellner bringt zwei kleine Silbertabletts, eines mit Tee, eines mit Kaffee und Cognac. Dazu einen Teller mit zwei Stückchen Borkenschokolade. Sie nimmt eines und schiebt es sich in den Mund, zwischen Zunge und Gaumen zerdrückt sie die hauchdünnen Schichten, kann spüren, wie sie leise zerknacken und dann zergehen.

»Aber manchmal muss man auch den feinen Unterschied zwischen Mut und Unvernunft«, Edgar zögert, »oder Naivität erkennen.«

Ich bin nicht naiv, denkt sie. Edgar muss immer erst skeptisch sein, um sich dann doch zu bewegen. Er sehnt sich nach einer solchen Chance. Wie ein Kind freut er sich, wenn er in ein Flugzeug steigen und nach London reisen kann. Zweimal haben sie ihn im vergangenen Jahr dorthin geschickt, und sie bekam Ansichtskarten von ihm, die sich lasen, als hätte er sein Zuhause gefunden, und das doch gerade deshalb, weil er nicht zu Hause war.

»Aber du könntest –«

»Toni.«

»Und ich würde dann –«

»Ich kippe gleich vom Stuhl, so schwindelig wird mir, wenn ich an all das denke.«

»Siehst du, immerhin denkst du darüber nach.«

Er schüttelt den Kopf und trinkt etwas Cognac. Sie nimmt ihm das Glas aus der Hand. »Auf uns, hier oder woanders«, sagt sie und schüttet den Rest herunter.

»So«, sie stellt das Glas energisch ab.

»So?«

»Ja, so.« Sie gibt ihm einen Kuss. Edgar macht ein Gesicht, als hätte er Zahnschmerzen.

8/2.66 Die Flugbegleiterin mit dem kleinen Hut bietet ihr Tomatensaft an und serviert ihn mit zwei Tütchen, Salz und Pfeffer, winzige Tütchen, die auf den ersten Blick wie Papierschnipsel aussehen, aber sorgsam verarbeitet sind. Abendessen in einem Flugzeug, das hat etwas Feierliches, und dann hat sie auch noch einen Fensterplatz bekommen. Sie betrachtet wieder die schneeweiße, hügelige Wolkendecke. Sollte die Maschine abstürzen, wie die in Bremen, dann landen wir wie durch ein Wunder weich, stellt sie sich vor, so dicht wirkt diese Schicht. Kaum zu glauben, dass sie nur aus Wasserdampf besteht, oder Nebel, oder eine Mischung aus beidem, sie weiß es nicht genau. Für sie ist es ein endloser Teppich aus Wattebäuschen. Oder ein Meer aus süßer, geschlagener Sahne. Wie trügerisch diese Wolken von oben betrachtet doch sind.

Für manche Passagiere wird es von Berlin aus weitergehen. Für die Weltreisenden beginnt es dort erst wirklich. Als sie vorhin in der Wartehalle saß, konnte sie die Anzeigetafel kaum aus den Augen lassen. Diese Liste aus Städten, aus Metropolen. Frankfurt–Chikago; München–Athen–Beirut; Frankfurt–Rom–Kalkutta und weiter nach Hongkong und Tokio. London, Paris, Stockholm. Die Welt hatte sich geöffnet. Diese Städtenamen waren wie leise, freundliche Stimmen, have a nice trip; welcome to –. Diese Entfernungen, die sie beim besten Willen nicht begreifen kann, scheinen auf einmal so leicht zu überwinden, es sind keine Entfernungen mehr, es sind Flugstrecken, Verbindungen. Aus diesen ganzen Verbindungen entsteht ein Netz, gemacht aus Aufbruch, aus Neugier, aus Interesse aneinander; und nun sitzt sie selbst in einem Flugzeug. Edgar liebt das Fliegen, und sie kann ihn verstehen. In nur zehn, zwanzig oder dreißig Stunden konnten sie in New York sein, oder in Moskau, in Neu Delhi oder Hongkong.

Sie trinkt ihren Tomatensaft mit kleinen Schlucken, er schmeckt sogar. Sie ist noch nie auf die Idee gekommen, Tomatensaft zu kaufen, das wird sich jetzt ändern. Mit sparsamen Bewegungen schneidet sie das letzte Stück ihres Hühnchenfilets durch. Der Herr neben ihr berührt sie hin und wieder mit dem Ellenbogen und entschuldigt sich jedes Mal wieder freundlich bei ihr.

Als Kind hatte sie manchmal in einem Atlas geblättert, andere Länder, das waren Welten, die verschlossen bleiben würden, hatte sie immer gedacht, alle in ihrer Familie schienen sich einig, wo man herkommt, bleibt man auch. Eine Flugbegleiterin räumt das Essen ab, eine andere verteilt Zeitungen. In der Schule, im Erdkundeunterricht, wurde Wert darauf gelegt, dass sie die Grenzverläufe lernten, Grenzen schienen wichtig, um der Grenzen willen wurde Krieg geführt. Doch die Leute hier, um sie herum, oder in der Wartehalle des Flughafens oder im Foyer eines Hotels, sie alle scheinen es besser zu wissen.

Sie lässt sich einen *Paris Herald Tribune* geben, ihrem schlechten Englisch zum Trotz.

Liebe Antonia!
Heute am Nachmittag sah ich einen großen Vogel mit silbernen Schwingen Richtung Südosten fliegen. In seinem Bauch befand sich eine junge Dame, die sich nach Berlin wünschte und in diesem Moment nicht merkte, daß weit unter ihr ein junger Mann an sie dachte.
Antonia, leider haben wir in unserem letzten Gespräch auch ein bißchen den Boden unter uns verlassen und haben uns zu sehr von einem »vielleicht« »und wenn« tragen lassen. Nichts davon möchte ich heute zur Sprache bringen. Meine Gedanken sind wieder geordnet. Und Deine?
Der sich anbahnende Weg zu Deinem Berufserfolg wurde von Dir lange gesucht. Es ist wichtig, daß Du diesen Weg nicht aus den Augen verlierst. Antonia, ich freue mich mit Dir über diesen Erfolg! Auf keinen Fall sollst Du denken, daß ich mißgünstig auf das schiele, was Du Dir jetzt aufbauen wirst. (Auch, wenn ich in letzter Zeit so viel gejammert habe. Verzeih mir das!)
Berlin, die Stadt wird Dich beschwingen. Genieße das Schöne dort, denn hier gibt es zur Zeit ja doch nur grauen Regen und graue VWs. Meiner macht es gerade etwas spannend. Heute Morgen donnerte der Motor gefährlich. Erst hatte ich noch meine Freude an dem Krach und stellte mir vor, in einem Rennwagen zu sitzen. (Nur das Tempo stimmte nicht.) Es ist zum Glück nur der Auspuff. Aber die Reparatur kostet 70 oder 90 Mark. (Ich hab's ja!)

*Liebe Antonia, genug davon, denn ich wünsche Dir vor allem eine schöne Zeit im Hilton.**
Herzliche Grüße schickt Dir
Dein Edgar
8/2.66

** Toni, wahrscheinlich bin ich der Einzige, der weiß, daß es gerade ein klein bißchen düster in Deinem Portemonnaie aussieht. Um etwas Licht in dieses Dingsda zu bringen, anbei DM 10,–. Sei mir nicht böse, daß es nicht mehr ist. (Der Auspuff…)*

16/2.66 Drei Postkarten liegen im Briefkasten, es ist die vertraute Schrift. Zwei Ansichtskarten, Kölner Dom und das Rheinufer in Bonn, und eine schlichte, ohne Bild. Letzte Woche, als sie aus Berlin kam, saß Edgar schon im Zug. Sie steigt die Treppen hoch ins Dachgeschoss. An eine Neubauwohnung zu kommen, das hatte sie sich leichter vorgestellt und es schließlich aufgegeben. Die Angebote mit zwei Zimmern waren zu teuer für sie und wurden ohnehin nur an Verheiratete gegeben. Auch moderne Wohnungen für Alleinstehende hatte sie besichtigt, mit engen Küchennischen, aber großen Bädern, doch sie bekam nur Absagen, bei einer Firma konnte sie sich auf eine Warteliste setzen lassen. Das Zimmer im Dachgeschoss, mit Küche und Bad, war da schon ein Glücksgriff. Auch, wenn es im Treppenhaus oft eigenartig riecht, nach zwanzig Jahre alten Polstern und verkochtem Blumenkohl. Außer ihr warteten mindestens zwanzig interessierte Leute vor dem Eingang und unterhielten sich über die allgemeine Wohnungsnot. Sie schließt die Tür auf und wirft einen kurzen Blick auf das Schild neben der Klingel, *A. Weber*, ein neues, blankes Messingschild.

Jetzt freut sie sich, Edgar nachher zu sehen. Als sie aus

Berlin zurückkam, war es ihr ganz recht, dass er ein paar Tage verreist sein würde. Am zweiten Abend in Berlin hatte der Herr an der Rezeption sie mit den Worten begrüßt, »Post für Sie, Fräulein Weber«, wie schön das gewesen war, im Hilton zum Schlüssel auch einen Brief überreicht zu bekommen, doch dieser Brief las sich dann, als wäre Edgar ihr Oberlehrer, und die zehn Mark, wie kam er darauf, in ihrem Portemonnaie würde es düster aussehen, das stimmte nicht, zumindest diesen Monat nicht. Wie kam er außerdem darauf, dass sie ihre neue Anstellung nicht zu schätzen wüsste, *der sich anbahnende Weg zu Deinem Berufserfolg*, als wäre sie eben noch eine Schülerin gewesen, die gerade erst ins Leben entlassen wurde, unter der strengen Aufsicht von E. Janssen, der mit zusammengekniffenem Hintern an seinem Schreibtisch sitzt und sich Gedanken um sie macht. Den Zehn-Mark-Schein hätte sie fast noch verloren, sie lief mit dem Brief in der Hand durch das Kaminzimmer zu einem freien Tisch, da war das Geld auf einmal verschwunden. Mit auf dem Boden gerichteten Blick ging sie zurück zur Tür, das goldbraune und dunkelblaue Muster des Teppichs tanzte vor ihren Augen, sie ärgerte sich über sich selbst, und darüber, dass sie Edgars Blick im Nacken spürte, Edgars Stimme hörte, »Toni, auf dich muss man aufpassen«. So etwas in der Art hatte er einmal zu ihr gesagt, als sie gedacht hatte, den Büroschlüssel im Kino verloren zu haben. Sie hatte ihn dann doch nicht verloren, er war nur durch ein Loch in der Tasche in ihr Mantelfutter gerutscht.

Sie fand den Zehn-Mark-Schein im Foyer, kurz vor der Tür zum Kaminzimmer, hob ihn hastig auf und schaute sich um, es hatte wohl keiner gesehen, wie sie Geld vom

Boden pflückte. Den Abend über versuchte sie, nicht weiter über Edgars Brief nachzudenken, sondern nur das Hotel auf sich wirken zu lassen. Sie trank einen Sherry im gedämpften Licht der Tischlampen, hinter sich das leise Gemurmel der anderen Gäste, sie hatte ein Buch dabei, schaffte aber immer nur einige Sätze, zu interessant waren die Leute, die kamen und gingen. Auf ihrem Zimmer gab es einen Fernsehempfänger, den sie sogar vom Bett aus bedienen konnte, und sie hatte sich vorgenommen, ein Bad zu nehmen, um sich danach in eines der Handtücher, die auf diesen beheizten Röhren hingen, zu wickeln.

Liebe Toni! Ganz schnell, da wenig Zeit – Stop – Erwarte den Zug nach Dortmund – Stop – Bin völlig ko, aber sonst ok – Stop – Gruß aus Bonn, pardon, tausend Grüße, natürlich! – Stop; Edgar, der am Bahnhof sitzt und sich vorstellt, er würde ein Telegramm aus Übersee aufgeben. Als Nächstes liest sie die Karte ohne Bild, *Sehr verehrtes Fräulein Weber! Ihnen in ergebener Form meine Grüße darzubringen ist der Sinn dieser einfachen Karte (die Auswahl war begrenzt), die Ihnen vor allem zeigen soll, daß fern von Ihnen ein junger Mann sich gedanklich ganz in Ihrer Nähe befindet. Dortmund, 14/2.66;* der gespielt altmodische Kavalier, der sich auf seiner Reise Zeit nimmt, nach einem Postamt zu suchen, um ihr ein paar Zeilen zu schicken. Sie liebt diese kleinen Zeichen, ein einziger Satz, ein Gedanke, von unterwegs. Gibt es diesen Mann wirklich? Ja, es gibt ihn, er steigt vielleicht gerade am Hauptbahnhof in seinen VW und macht sich auf den Weg zu ihr. Die dritte Karte, *Schönste Grüße aus Köln! Ich rieche nach 4711 und 007. Ansonsten? Mir tun die Füße weh, ich könnte auf den Händen laufen. Meine süße, heitere, ernste, kluge Toni – ich sende Dir unanständig heiße Küsse!*, die ist von dem Edgar, der erst noch ein bisschen über seinen Tag jammert, und ihr dann, während sie abends durch das Treppenhaus seines verlassenen Bürohauses gehen, wie aus dem Nichts vorsichtig den Rock hochschiebt. Schließlich lagen sie auf der Treppe, das ging sogar recht gut, bis auf die Stufenkante im Rücken. Danach gingen sie ins Kino. Edgar schaute sich mit ihr *Das Schweigen* an, wirkte hinterher so erstaunt, so traurig, später schmiegte er sich im Bett an sie, wie ein Kind, das schlecht geträumt hatte.

Der Kühlschrank ist fast leer, der Brotkasten auch, nicht einmal Zwieback mit Milch könnte sie Edgar anbieten, falls er Hunger hat. Sie macht Licht und dreht die Heizung hoch. Eine angebrochene Flasche Weißwein müsste noch draußen stehen, sie öffnet die Balkontür, macht einen Schritt hinaus, es ist ja mehr eine Nische mit Geländer als ein Balkon, aber eine, von der aus man einen fantastischen Blick über die Dächer hat. »Bald soll auch auf dem Trümmergrundstück etwas passieren«, hat die Nachbarin aus dem Hochparterre gesagt, ein Mehrfamilienhaus soll gebaut werden, »endlich«, hat sie gesagt, »würde was mit diesem Grundstück passieren.« Zwei Familien aus der Straße werden traurig sein, sie haben dort, auf einem schmalen Streifen, ein Gemüsebeet angelegt. In der Nissenhütte, ein paar Häuser weiter im Hinterhof, erzählte die Nachbarin, würde neuerdings jemand wohnen, obwohl das sicher niemand erlaubt hätte. Die Wellblechkuppel kann sie von hier aus nicht sehen, so weit reicht ihr Blick nicht.

Gegenüber, in der Mansarde, brennt Licht, die Frau sitzt am Tisch und stochert in einem kleinen Kasten, ein Radio vielleicht, dann füttert sie ihr Kind, das in seinem Hochstuhl sitzt, kurz darauf stochert sie wieder in dem Gerät herum. Eine mühelose Eile liegt in den Bewegungen dieser Frau, dem Hin und Her zwischen kaputtem Gerät und hungrigem Kind. Manchmal hört sie dieses Kind nachts weinen, hört es durch die offene Dachluke gegenüber, der Innenhof trägt die Geräusche von Fenster zu Fenster, und verstärkt sie scheinbar noch. Sie hat nie einen Mann dort drüben gesehen, und sie muss an den kleinen Alexander denken, den Edgar so selten erwähnt, so selten. Das Vatersein scheint eine fragile Sache zu sein, ob es gelingen kann, hängt von so vielen Dingen ab, von der Weltgeschichte und von Gesetzen, von Glück und Unglück, von Scham oder Furcht. Wie gequält ihr Vater sie angelächelt hat, als sie einmal bei ihm im Theater erschien, um ihn zu überraschen mit ihrem Besuch. Sie hatte immer gedacht, ihre Mutter hätte ihm allen Kontakt zu Carla, Alexander und ihr selbst verboten. Vielleicht wollte er wissen, was aus ihr geworden war. Aber dann dieses gequälte Gesicht. Sie hat ihm trotzdem eine Karte aus Berlin geschrieben, eine, auf der das Hilton zu sehen war. Er soll wissen, dass es ihr gut geht, er soll stolz auf sie sein dürfen, falls er das möchte.

»Guten Abend, hier kommt ein Laufbursche die Treppen hochgekrochen«, Edgar wirkt abgeschlagen, er stellt seine Reisetasche in die Küche und zieht den Mantel aus. »Toni, manchmal bringt der ganze Spaß aber auch mal keinen Spaß«, er gibt ihr einen schnellen Kuss, »Ich hätte jetzt gern einen dreifachen Whiskey«, und geht hinüber ins Zimmer, »nein, ein Glas Milch wäre jetzt wohl besser auf leeren Magen.«

»Ich hab keine Milch. Whiskey vielleicht schon.«

Edgar zieht sein Jackett aus, setzt sich aufs Sofa und reibt sich die Augen. Sie fragt ihn, wie die Reise war.

»Eigentlich überraschend gut. Aber eben war ich noch kurz im Büro, das hätte ich mir lieber gespart. Die Abschlüsse, die ich unterwegs gemacht habe, die wären doch vorher schon so gut wie eingetütet gewesen, hat Herr A-Punkt jetzt auf einmal zu mir gesagt. Das ist natürlich Unsinn, sonst hätte ich ja gar nicht erst durch die Gegend fahren müssen.«

Sie schaltet die neue Stehlampe an, ein enormer Zylinder, rot und orange, ein Licht, in dem selbst der müdeste Mensch aussieht, wie gerade aus dem Urlaub auf Hawaii gekommen.

»Was die mir damit sagen wollen: Wenn es gut läuft, dann war ich es nicht. Wenn es schlecht läuft, liegt's an mir. Nun lief es gut, da war ich es eben nicht.« Er klappt sein Silberetui auf und zündet sich eine Zigarette an. »Entschuldige, dass ich sofort dein Zimmer vollqualme, Toni.«

Sie setzt sich ebenfalls aufs Sofa und nimmt Edgar die Zigarette aus der Hand, um einmal daran zu ziehen.

»Bei denen könnte ich Abschlüsse mit Siemens oder Porsche machen, und es würde mich kein Stück weiterbringen.« Er lehnt sich zurück und schlägt die Beine übereinander. »Der A-Punkt mag mich nicht. Das ist es. Vielleicht trinke ich ihm nicht genug hartes Zeugs. Oder ich verstehe zu wenig von Fußball. Oder gehe zu selten mit ins Etablissement. Also ja eigentlich gar nicht. Was weiß ich.«

Er reibt sich wieder die Augen, und sie denkt, was für ein Glück sie hat, mit einem Mann zusammen zu sein, der kein Interesse an Bardamen hat. Im *Stern* hatte sie ein Foto gesehen von einer Frau in einem schwarzen Bikini, die aufreizend vor einer Runde Herren an einem Tisch stand. Bikinis und Dessous als Dessert nach dem Steakteller, das wäre der neueste Schlager, etwas in der Art war unter dem Foto zu lesen, es ging um ein Restaurant in Los Angeles, in dem mittags Mannequins herumliefen und Dessous vorführten. Die könnten die Herren dann ihren Ehefrauen mitbringen, hieß es da. Die Herren auf dem Foto sahen mit ihren halb offenen Mündern nicht aus, als würden sie an ihre Ehefrauen denken.

»Ich bin ein vierundzwanzigjähriger Mann, in sehr kurzer Zeit bin ich ein Dreißigjähriger mit grauen Haaren, und zu was habe ich es gebracht? Einem alten VW, der ständig in die Werkstatt muss, und einem Zimmer bei meinen Eltern. Außer mir wohnt nur noch meine jüngste Schwester da. Ich muss meiner Mutter verbieten, meine Hemden zu bügeln. Das ist doch alles furchtbar peinlich.«

»Aber du weißt ja auch, wofür du das tust. Oder für wen.« Mehr sagt sie nicht, er soll ja nicht über seinen Sohn reden müssen, wenn er nicht will. »Ich finde es richtig«, sie zögert, ob sie so deutlich werden soll, »dass du die Familie des Jungen unterstützt.«

Edgar geht nicht darauf ein, sondern zündet sich den erloschenen Rest seiner Zigarette an.

»Wen hast du dir da bloß angelacht«, sagt er nur.

»Unsinn.« Sie steht auf, stellt den Plattenspieler an und legt ihre neue Single von Belafonte auf. Vielleicht kann das Edgars Stimmung ein bisschen heben.

»Hast du im Zug etwas gegessen?«

»Nein, die Küche im Speisewagen hatte schon geschlossen.«

Sie bleibt in der Tür stehen. »Ich überleg mir was Schönes«, sagt sie, doch eigentlich hat sie keine Idee, was das sein könnte.

Ihre kleine Hausbar auf dem alten, gusseisernen Herd, Pernod, Cognac, Whiskey, ein geschenkter Rum, der nicht schmeckt, ein cremiger Likör, für den Edgar sie immer ausschimpft, die kleine Bar hilft jetzt auch nicht weiter. Sie öffnet wieder den Kühlschrank, schaut danach in den Brotkasten, ein Rest Pumpernickel, sonst nichts. Sie begutachtet zwei nicht mehr taufrische Tomaten und den Camembert, der aussieht, als hätte er unter seiner Glashaube schon zu lange gewartet.

Sie hat noch immer keine Idee, doch holt zwei Champagnerschalen aus dem Schrank, die feinsten Gläser, die sie besitzt, ein Geschenk ihrer Großmutter, dünnes Kristall in fein gearbeiteten Fassungen aus vergoldetem Metall. Zwei hübsche Gläser sind ein Anfang. Sie schaut nach, ob noch Dosen vorrätig sind, Pfirsiche oder Ananasscheiben, und in der Obstschale war vielleicht noch ein Apfel oder eine Pampelmuse. Sie greift nach oben zur Schale auf dem Bord, da sieht sie im Augenwinkel auf einmal Edgar, sein Gesicht, hinter der Glasscheibe da oben. Das Fenster wurde in die Wand zwischen Küche und Zimmer eingelassen, ein kleines Glasquadrat, über das Edgar sich anfangs lustig gemacht hat, für das sie aber sehr dankbar ist, denn ohne dieses Fenster hätte sie kaum Tageslicht in der Küche. Sein Gesicht in diesem Fenster. Sie tut so, als hätte sie ihn nicht bemerkt, und verkneift sich ein Lächeln. Er muss auf einen Stuhl gestiegen sein. Sie spült die beiden Gläser ab, obwohl sie sauber waren, dreht sich danach noch einmal zum Bord und erlaubt sich dabei einen weiteren flüchtigen Blick auf Edgars Gesicht, ernst wirkt er, und doch amüsiert, gespielt ernst. Sie hantiert weiter herum, holt ein Messer aus der Schublade, ein Brett dazu, bewegt sich langsam und bedächtig, anmutig, jede Geste ist für ihn.

Ich überleg mir was Schönes.

Sein aufmerksamer Blick. Sie möchte nicht, dass es aufhört. Gespielt verträumt poliert sie die beiden Champagnerschalen, länger als nötig, um den Moment zu dehnen. Da steht ein Mann auf einem Stuhl, da steht ein Mann, der sie genau betrachtet, da steht ein Mann, der sie sieht, der sie liebt.

Ich überleg mir was Schönes.

Was war in den beiden Gläsern? Was hast du hineingetan? Ich weiß, du hast es mir erzählt, irgendwann einmal. Aber ich habe es vergessen.

17/2.66 Sie ist sofort wach, als Edgar sich langsam, vorsichtig aufsetzt. Seitdem sie die Wohnung hat, bleibt er hin und wieder über Nacht bei ihr, aber sie hat sich noch immer nicht daran gewöhnt. Ein tiefer Atemzug oder eine Bewegung von ihm, sie nimmt das alles genau wahr, und doch verstreichen die Stunden flüchtig. Es ist nicht so, dass sie schlaflos wäre, es ist etwas dazwischen. Wenn er neben ihr liegt, verschwimmt die Grenze zwischen Schlafen und Wachsein.

»Was ist los?«, fragt sie leise.

»Habe ich dich geweckt? Das wollte ich nicht.« Er schiebt vorsichtig sein Kissen in den Rücken und lehnt sich an die Wand.

»Nein, hast du nicht.« Sie gähnt lautlos. »Wie spät ist es? Ich habe kein Zeitgefühl.«

»Fast halb sechs. Ich muss mich bald auf den Weg machen.«

Sie legt den Kopf an seine Schulter. Er wird zum Haus seiner Eltern fahren, sich dort vielleicht noch eine halbe Stunde hinlegen, sich rasieren und frische Sachen anziehen, dann zur Arbeit gehen. Er streichelt ihr den Rücken, so vergehen einige Minuten, und sie wird wieder schläfrig.

»Ich habe nachgedacht.« Edgars Stimme holt sie zurück.

»Ich werde dem dicken A-Punkt heute vorschlagen, mich nach Hongkong zu schicken«, flüstert er. »Niemand will, sie suchen noch immer. Ich werde ihm sagen, dass ich es mache.«

Sie hebt den Kopf, kann im Dunkeln nur schemenhaft die Umrisse von Edgars Profil sehen. »Edgar, das ist eine mutige, eine gute Entscheidung«, sagt sie sofort und rückt enger an ihn heran. Was für ein Schritt; und dann, wie würde es weitergehen, sie versucht sich das vorzustellen. Eine Entscheidung wird getroffen, ein Datum wird festgelegt, Vorbereitungen, und auf einmal weiß sie nicht mehr, ob sie möchte, dass das alles Wirklichkeit wird.

»Und wenn dein Chef Ja sagt? Wann würde das dann passieren, wann würden sie dich losschicken?«, flüstert sie in die Dunkelheit.

»Ja, wenn. Ich weiß es nicht. Schwer zu sagen.«

»In einem Monat? In drei Monaten?« Sie hätte gern eine Vorstellung davon, wenigstens eine ungefähre.

»Ach, Toni. Das dauert sicher alles. Formalitäten, Dokumente, die herumgeschickt werden müssen. Außerdem, ich schlage es ihm ja nur vor.«

Sie drückt sich an seinen warmen Körper. Jetzt, jetzt liegen sie hier zusammen unter der Decke, gleich wird er aufstehen und sich anziehen, und sie hat auf einmal keinen Zweifel daran, dass er nach Hongkong gehen wird. Wirst du mit mir kommen?, könnte er sie jetzt fragen. Ohne dich fahre ich nicht, könnte er zu ihr sagen. Könnte er. Aber sie will nicht kleinlich sein.

»Warum willst du dorthin?« Sie legt ihre Wange an seine Haut.

»Das weißt du doch. Ich könnte dort unter Umständen mehr erreichen als hier«, flüstert er zurück.

»Aber warum noch? Nur für den beruflichen Erfolg?« Sie weiß, dass es darum allein nicht gehen kann. Sie möchte es von Edgar hören, möchte hören, wonach er sich wirklich sehnt. Eine Weile scheint er zu überlegen. Sie spürt seinen gleichmäßigen Atem, das Heben und Senken seines Brustkorbs.

»Ich weiß so gut wie nichts über Hongkong. Und es mag vielleicht seltsam klingen, Toni«, er macht eine Pause, »aber wenig zu wissen über einen Ort lässt das Ganze so leicht wirken. Ein Ziel, losgelöst von allem, was ich kenne.« Er legt sich wieder hin und dreht sich zu ihr. »Vielleicht kannst du dir vorstellen, was ich meine. Es macht mir zwar Angst, aber es hat auch einen ungeheuren Reiz.« Sein Flüstern klingt aufgeregt, begeistert.

»Woanders zu leben, weit weg von hier?« Ja, das kann sie sofort verstehen.

»Das auch. Aber es geht nicht nur um das *Woanders.*« Er ist jetzt ganz nah bei ihr, sein Gesicht direkt vor ihrem. »An einem Ort zu leben, wo dich niemand kennt. Wo sich für dich selbst alles nur um die Zukunft dreht. Man ist ein Mensch mit leichtem Gepäck. Man ist einfach dort. Man ist ein Mensch ohne Vergangenheit. Zwischen anderen, deren Vergangenheit man nicht kennt, deren Vergangenheit nichts mit einem zu tun hat. An einem Ort, der wie ein leeres Blatt Papier vor einem liegt.«

»Ich glaube, ich weiß, was du meinst. Am Flughafen habe ich mich so gefühlt. Als ich die Städtenamen an der Anzeigetafel gelesen habe. Alles schien voller Möglichkeiten.« Dann kommt ihr das Wort *Unschuld* in den Sinn, aber sie sagt es nicht.

»Ja, und hier, hier scheint alles so begrenzt. So grau. Außer bei dir.«

Ihre Füße tasten sich an seine, und ein kleines Stück sein Bein hinauf.

»Aber jetzt bringst du mich durcheinander, Toni. Dafür habe ich keine Zeit mehr«, flüstert er und rückt ein Stück von ihr ab. »Wir sehen uns heute Abend, dann reden wir weiter. Schlaf noch ein bisschen. Dein Liebhaber traut sich jetzt in den kalten, nebligen Morgen.«

Er bleibt einen kurzen Moment auf der Bettkante sitzen. Dann geht er hinüber in die Küche, zieht wahrscheinlich sein Hemd an, steigt in seine Hosen, kurz darauf hört sie das Wasser im Bad rauschen. Sie rollt sich unter der Decke zusammen und schließt die Augen.

»Bis bald, süße Dame«, hört sie nach einer Weile seine Stimme, »ich rufe dich nachher im Büro an«, er steht schon in der offenen Wohnungstür, sie weiß, in der Frühe mag er einen schnellen Abschied, damit er es noch in Ruhe nach Hause schafft.

»Bis bald«, sagt sie und bleibt liegen. Seine eiligen Schritte im Treppenhaus. Ihre Hand riecht nach seiner Haut. Sie berührt sich zwischen den Beinen, klebrig und warm. Sie zieht die Knie an den Bauch. Wie viele Flugstunden sind es nach Hongkong, wie spät mag es jetzt dort sein?

Du bist ein sehr liebenswertes Geschöpf. Mehr weiß ich im Moment nicht zu sagen. E.

Der Zettel liegt auf dem Küchentisch, neben den beiden Champagnerschalen. Sie weiß nicht, warum, vielleicht vor Aufregung, vielleicht vor Freude, oder auch nur, weil sie so wenig geschlafen hat, weil ihr Herz überläuft, weil Edgar irgendwann, bald, in ein Flugzeug steigen wird, weil er weggehen wird, mit leichtem Gepäck, sie muss auf einmal schluchzen. Dabei ist noch gar nichts passiert, dabei sind das alles nur Ideen, Möglichkeiten. Doch während sie den kleinen Zettel betrachtet, hat sie das Gefühl, Edgar wäre schon weit, weit weg, und das hier, das wäre seine Abschiedsnotiz.

Der Himmel hatte dieses Leuchten, dahinter schimmerte die aufkommende Nacht, doch über allem lag noch dieses helle Flirren, wie ein zartgelber, milchiger Firnis. Ich hatte die beiden großen Bürofenster weit geöffnet. Die Linden verströmten einen honigartigen Geruch, aber auch ein wenig faulig und schwer. Aus dem Bistrogarten unten hörte ich das Gemurmel der Leute, das Geräusch von klirrendem Besteck. Florian und ich saßen selbst oft dort unten, und die Abende im Juni gehörten zu den schönsten. Aus dem Kühlschrank in der Küchennische holte ich eine angebrochene Flasche Weißwein und schenkte mir ein Glas ein, dann ging ich zurück zum Modell. Böden, Wände, Durchgänge, alles war fertig. Die Wände waren noch leer, die verlockenden Flächen boten noch alle Möglichkeiten.

Jonas schüttelte jedes Mal den Kopf über mich. Er konnte nicht verstehen, warum ich Gefallen daran fand, mit Pappe und Kleber herumzuhantieren. Schon als wir gemeinsam Architektur studiert hatten, war ihm das lästig gewesen. Endlich könnten wir uns einen Studenten für solche Aufgaben leisten, wie die großen Büros, und du verbringst deine Zeit damit zu basteln, zog er mich manchmal auf. Ich baute meine Modelle gern selbst. Es gehörte zum schönsten Kapitel meiner Arbeit, wenn die Pläne, wenn die Zahlen und Linien zu Material geworden waren. Wenn aus ihnen Räume geworden waren, und wenn ich mir vorstellen konnte, wie wir in diesen Räumen Geschichten erzählen würden. Auf dem langen Tisch hatte ich Miniaturen von Helene Schjerfbecks Bildern ausgebreitet. Wie Memory-Karten und Briefmarken lagen sie dort. Ich hatte sie ausgedruckt und auf kleine, genau abgemessene Teile von kartoniertem Papier geklebt. Die Eröffnung der Ausstellung war für Anfang Oktober geplant. Inzwischen hatte das Museum Gewissheit, welche der angefragten Werke verfügbar sein würden.

Es war spät, nach zehn Uhr, ich überlegte, ob ich nach Hause gehen oder Florian anrufen und ihm vorschlagen sollte, mit mir ins Bistro zu gehen, die blaue Stunde hielt noch an. Stattdessen schenkte ich mir Wein nach und zog die Schuhe aus, der Boden unter meinen nackten Füßen war kühl. Die Miniaturen lagen vor mir, ich war neugierig, sie zu ordnen. Viele Details standen noch nicht fest. Auch die Farbe der Wände nicht. Ein helles Grau oder ein nachtdunkles Blau. Ein mattes kräftiges Grün oder ein nordisches, fast durchsichtiges Hellblau. Ich konnte viel Zeit damit verbringen, am Computer zu sitzen und in den digitalen Räumen mit Farben zu experimentieren, und damit, wie sie die Wirkung der Kunstwerke beeinflussten.

Ich hing dem Zeitplan hinterher, denn ich hatte mir in den vergangenen Monaten immer wieder ein paar Tage freigenommen. Die Wohnung meiner Mutter war nun fast leer geräumt. Nur das Sofa, der Sekretär und ihr langer Holztisch waren übrig. Über zwei antike Kommoden hatten sich meine Cousinen gefreut. Das Bett hatte natürlich keiner gewollt, und ich hatte es mit ein paar anderen Sachen einem Händler überlassen, der es abgeholt hatte. Ihre Bilder hatte ich noch nicht von den Wänden genommen, auch den Bücherschrank hatte ich noch nicht angerührt. Diesen Schrank wollte ich erst zum Schluss ausräumen.

Ich schob die Gemäldeminiaturen vor mir auf dem Tisch hin und her, brachte sie in die Ordnung der geplanten Werkgruppen. Die Ausstellung sollte chronologisch durch die Entwicklungsphasen der Malerin führen. Sie hatte das Leben einfacher Leute eingefangen, hatte sich nicht von der Nationalromantik ihrer Zeit beeinflussen lassen. Sie hatte Mütter und ihre Kinder gemalt. Frauen, die lesend beieinandersaßen. Ein Kleinkind, von hinten zu sehen, mit einem zarten Nacken und feinen Haaren, in die man hineinpusten wollte. Ein junges Mädchen mit dünnen, langen Beinen. Das Bild *Die Genesende* erinnerte mich an Hanna, als sie drei oder vier Jahre alt gewesen war; ein Kind mit zerzausten Haaren und glasigen Augen, es saß in einem Korbsessel, im Rücken ein Kissen, um die Hüften und Beine ein Laken gewickelt. Ich dachte an Hanna, die aus dem Mittagsschlaf aufgewacht war, die benommen und mit heißen Wangen in ihrem Bett gesessen oder in der Tür gestanden hatte.

Ich ging den Stapel mit den Unterlagen und Büchern zur Ausstellung durch. Auch der Bildband aus dem Regal meiner Mutter war dabei. Ich hatte ihn gefunden, an einem der Nachmittage allein in ihrer Wohnung. Fünf Kapitel über fünf Malerinnen, darunter Helene Schjerfbeck.

Meine Mutter hatte mich bei jedem Telefonat nach meiner Arbeit gefragt. Sie war neugierig, oft war sie sofort stolz auf mich, auch wenn es keinen Grund gegeben hatte. Das war schon während meines Studiums so gewesen. In der Familie oder unter Freunden hatte sie von bestandenen Prüfungen, ersten Jobs, unausgegorenen Projekten erzählt. Gern hatte sie dabei ein wenig übertrieben, die Dinge schöner klingen lassen, als sie waren, überschwänglich, euphorisch. Mit der Zeit hatte ich die Rolle derjenigen angenommen, die das dämpfen musste. Abwarten, wer weiß, es steht noch nichts fest. Ich hatte mir angewöhnt, vorsichtig zu sein, hatte meine Mutter nur noch scheinbar auf dem Laufenden gehalten, hatte immer weniger preisgegeben. Von Helene Schjerfbeck hatte ich ihr nichts erzählt. Selbst im Winter, als Jonas und ich die Zusage vom Museum schon lange hatten, hielt ich mich bedeckt. Abwarten, die erste Besprechung abwarten. Selbst, als es ihr zunehmend schlechter gegangen war, sie nur noch selten die Wohnung verlassen und jedes interessante, anregende Thema ihr Energie gegeben hatte. Abwarten, unser Konzept abwarten.

Ich hatte die Biografie der Künstlerin gelesen und dabei daran gedacht, dass sie meine Mutter interessieren könnte. Abwarten, die Reaktion der Kuratoren auf unser Konzept abwarten. Ich hatte daran gedacht, meiner Mutter die Biografie zu schenken. Eine Achtzehnjährige, die 1880 als junge Malerin mit einem Stipendium von Helsinki eine lange Reise mit Schiff und Bahn unternahm, um nach Paris zu kommen, die in den Jahren darauf immer wieder durch Europa reiste, Paris, Bretagne, Südengland, Italien, die sich verliebte und doch nicht glücklich wurde. Die später in Finnland blieb, sich um ihre Mutter kümmerte, mit ihr auf engem Raum lebte. Die ihren Freundinnen während langer, dunkler Wintermonate von Ängsten und Schlaflosigkeit schrieb. Die ihr Leben lang aus den Jahren in Frankreich und England schöpfte, »ich begehre große, tiefe und wunderbare Dinge«, den Satz hatte ich gelesen und notiert. Sie malte Bilder von jungen Frauen mit eigenwilliger Anmut. Frauen, die 1910 in Berlin oder Paris allein in einem Café gesessen hätten, ohne auf jemanden zu warten. Schmale, vornehm blasse Gesichter. Große Augen, rote kleine Münder, aufleuchtendes Rouge auf den weißen Wangen. Sie malte Bilder von Männern, malte ihre Körper mit kräftigen Pinselstrichen. Eine Künstlerin, um die fünfzig, sechzig Jahre alt, ohne Schüchternheit. Ihre Geschichte hätte meiner Mutter gefallen. Aber meine Mutter hatte die Malerin ja gekannt. Ich hätte ihr von meiner Arbeit erzählt, und sie hätte zu mir gesagt, »Ich habe ein Buch über diese Frau im Regal, das kann ich dir geben«.

Ich ordnete die Miniaturen von Helene Schjerfbecks Selbstporträts. Sie würden sich wie ein roter Faden durch die Ausstellung ziehen. Zum Abschlusskapitel gehörten Porträts aus den letzten Jahren ihres Lebens. Schemenhaft, blass, geisterhaft wirkte sie auf ihnen. Die Bilder erzählten von der letzten Etappe des Altwerdens, sie erzählten von der Einsamkeit und vom Sterben. Ich hätte mit meiner Mutter über meine Arbeit geredet, und sie, sie hätte vielleicht etwas zum Altwerden, zur Einsamkeit gesagt.

Abwarten, später. Ich war verschlossen gewesen, aus einer unnachgiebigen Haltung heraus, unnachgiebig gegenüber dem Überschwang meiner Mutter. Dabei hatte ich nicht bemerkt, wie wenig ich sie hatte teilhaben lassen, an meiner Arbeit, an allem, was damit verbunden war, Gedanken, Ideen, die aufblühten oder zu nichts führten. Wie geizig ich gewesen war, so vorsichtig und kleinlich.

Ich klappte den Kunstband meiner Mutter auf, *Selbstbildnis mit silbernem Hintergrund*, Aquarellfarbe, Kohle, Bleistift und Blattsilber. Grautöne, markante Gesichtskonturen, ein streng sitzender schwarzer Kragen. Die Augen wachsam, der leicht gerötete, geschlossene Mund und das gehobene Kinn gaben dem Gesicht einen stolzen, skeptischen Ausdruck. Das Bildnis wurde für mich zu einem stillen Vorwurf. Kein Vorwurf meiner Mutter. Die Malerin war es, die mich kritisch anblickte – warum bist du so?

10/4.66 Sie hat sich vorgenommen, kein schlechtes Gewissen zu haben, das Osterfest hier zu verbringen, bei Edgars Familie, anstatt bei ihrer Mutter. Eine halbe Stunde saßen alle zusammen an der langen Tafel, nun lässt sich jeder treiben, wie er mag, auch einige Nachbarn sind vorbeigekommen. Sie wird kein schlechtes Gewissen haben, dass sie sich dabei so wohlfühlt, hier, in dem weichen Sessel von Edgars Vater, mittendrin und unbeobachtet. Als wäre sie in einem Schlupfloch und doch dabei. Ganz anders als bei ihrer eigenen Familie, dort steht sie, ohne es zu wollen, sofort im Mittelpunkt, aber nicht auf gut gemeinte Weise. »Sind deine Schuhe neu?«, fragt ihre Mutter zur Begrüßung, in einem Ton, mit einem Gesicht, da könnte sie auch sagen, »was die wohl gekostet haben«, oder »*dir* scheint es ja gut zu gehen«. Als wäre das verwerflich, als dürfe es einem nicht gut gehen, als würde das sofort bestraft, von einer unsichtbaren, allwissenden Kraft, der sich jeder zu beugen hat.

Edgar sitzt neben Mona am Klavier, sie spielt ein Adagio, etwas Romantisches, Chopin könnte es sein. Mittendrin schlägt Edgar eine Taste an, spielt ein paar Töne, um Mona zu ärgern, doch sie scheint sich nicht aus der

Ruhe bringen zu lassen. Sogar von hinten sehen die beiden sich ähnlich. Zwei Gestalten mit dunklen Haaren, schmalen Schultern, bedächtigen Bewegungen. Mona ist die jüngste der vier Geschwister und scheint ihm von allen am nächsten zu sein. Sie kommt manchmal mit ins Kino. »Wie schön ihr miteinander ausseht«, hat sie einmal gesagt. Sie ist neunzehn und hat Abitur gemacht, als Einzige der Familie. Nach dem Sommer soll ihr Studium beginnen, Jura, aber sie würde auch gern Philosophie belegen, oder Kunstgeschichte, oder Literatur, wenn sie darüber spricht, legt sie die Stirn in Falten. Ob sie weiß, was für ein Glück sie hat, sich über solche Fragen Gedanken machen zu dürfen.

Es klingelt an der Tür, von oben ruft jemand durch den Flur, »gehst *du*, bitte«, sie kann hören, wie jemand öffnet und Gäste begrüßt. Ein Kind geht an ihr vorbei zum Tisch, klettert auf einen Stuhl und hebt ungeschickt, konzentriert ein Stück Torte auf einen Teller. Sie hat sich nach einer großen Familie gesehnt. Ihre eigene ist überschaubar und unbeweglich. Ihre Mutter und Carla, beide so grundenttäuscht wegen allem Möglichen, dazwischen Alexander, der sich hinter seiner Ingrid versteckt, Carlas Mann lässt sich selten blicken. Sollte sie eines Tages ein Kind bekommen, sollte Edgar das wollen, wünscht sie sich ein Mädchen, und das darf schmutzige, zerschundene Knie und kurze Haare haben, es darf laut und ungestüm sein, und sie wird diesem Kind beibringen zu reden, zu reden und nicht beleidigt zu schweigen, wenn es unzufrieden ist.

Sie steht auf, geht am Tisch vorbei, wirft einen Blick in das kleine Nebenzimmer, sie nennt es den Teesalon. Hier trank sie die erste Tasse mit Edgars Mutter. Ein französisches Sofa und zwei Sessel, ein ovaler Tisch, nicht größer als ein Tablett, mit Beinen so dünn wie Zweige. Mit klopfendem Herzen trank sie den starken, bitteren Tee, bis ihr schwindelig wurde. Der erste Besuch in diesem Haus, sie war nervös. Kurz vor Weihnachten war das. Es hatte ja so lange gedauert, bis Edgar seinen Eltern von ihr erzählte. »Das mit Ihnen ist also eine ernst zu nehmende Geschichte«, sagte seine Mutter zu ihr. »Hat er Ihnen auch von Alexander erzählt?«, fragte sie. Sie wolle den Jungen bald zu sich einladen, falls seine anderen Großeltern das erlaubten, diese Heimlichtuerei, die sei auf Dauer nichts, fuhr sie unverblümt fort. Wie offen Edgars Mutter über den Jungen sprach, ganz anders als Edgar. Sie war überrascht gewesen.

Zu Weihnachten schenkte seine Mutter ihr eine Aufnahme von *La Traviata*, ein Konzert in der Mailänder Scala, dirigiert von Herbert von Karajan. Am nächsten Tag, sofort nach dem Aufwachen, legte sie die Musik auf. Die Streicher eröffneten die Ouvertüre, hauchdünner Klang, schwebend und zerbrechlich, als würde ein Morgen dämmern; im blassblauen Morgenlicht stand sie mitten im Zimmer, tat nichts außer zu hören und den feinen Schauer auf der Haut zu spüren. Hier und da räusperte sich jemand, so klar und nah, sie schloss die Augen und saß auf einmal selbst im Publikum der Mailänder Scala, saß mitten in der lauschenden Menge. Das erste Geschenk von Edgars Mutter, und es bedeutete ihr viel.

Nun gehört sie dazu. An der Terrassentür bleibt sie stehen und schaut in den Garten. Sie spürt wieder das Pochen an der Schläfe, tief atmet sie die frische Luft von draußen ein, das hilft gegen den Anflug von Übelkeit. Am Morgen ist sie wieder mit dem Gefühl im Nacken aufgewacht, Verspannungen, das *Möglichkeitsgefühl*, entweder verschwindet es wieder, oder es bleibt, wandert in die Schläfe, wird zu einem kräftigen Kopfschmerz und zwingt sie am Ende ins Bett. Die Kinder im Garten schauen nach, ob hinter den Blumentöpfen und zwischen den Schneeglöckchen doch noch ein Osterei zu finden ist. Struppig und wild wachsen die Büsche vor dem Nachbargrundstück, Efeu windet sich um die Äste, an der Hauswand steht eine verwitterte Holzbank. Die Beete wirken verwahrlost, ein kleiner Pfad führt durch den kümmerlichen Rasen hinunter zur Gartenpforte. Die Kinder laufen zwischen den Sträuchern herum, Edgars Vater spielt mit ihnen Fangen. Sie mag diesen Garten, sie mag das Nachlässige darin.

Von hier aus kann sie bis zum Kanalufer sehen. Einige Leute stehen am Wasser und füttern Enten. Autos dürfen auf der schmalen Straße aus alten Pflastersteinen nicht mehr fahren. Letzten Monat, nach zwei schlimmen Regentagen, sind in der Nähe die Siele übergelaufen. Kurz darauf trieben tote Fische im Kanal. Ein Haus mit Blick auf das Ufer und die Enten, das sei ja schön und gut, sagte Edgar, aber wenn die Kanalisation verrückt spielte, dann hätte man keinen Sinn mehr für die Aussicht, dann hätte man nur noch Geruch.

»Niemand wollte das Spukhaus«, hört sie die Stimme von Edgars Mutter. Sie dreht sich um, seine Mutter unterhält sich mit einer Nachbarin, die mit ihrer Gabel winzige Stückchen Torte löst und sie zögerlich in den Mund schiebt. »Die alte Frau hatte lange allein hier gewohnt.

Zwanzig Jahre. Alle Böden waren ausgelegt mit Zeitungspapier. Schichten von altem Papier, in allen Zimmern. Und die Fenster, mit Pappe zugeklebt!«

Diese Einzelheiten kannte sie noch nicht. Edgar hatte ihr nur erzählt, er wäre sechzehn Jahre alt gewesen, als sie in das Haus zogen, Mona gerade elf. Seine beiden älteren Geschwister, Gertrud und Albert, wären nicht mehr mit eingezogen. Eine Großtante seines Vaters, die kaum einer von ihnen richtig kannte, hätte ihnen das Haus überraschend vererbt.

»Verdunkelte Fenster, im Jahr achtundfünfzig. Das war eine furchtbar traurige Geschichte«, hört sie Edgars Mutter mit einer Strenge in der Stimme, die sie manchmal schon hat, wenn sie jemandem ein Stück Torte anbietet. Im Garten pflückt eines der Mädchen Weidenkätzchen ab und betrachtet sie ausgiebig. Sie erinnert sich, sie fand diese Knospen als Kind auch interessant, kleine Tiere mit weichem Fell, die an Zweigen wuchsen. Der Schmerz zieht von der Schläfe ins Auge, sie sollte vielleicht noch eine Tablette nehmen. »Und Konserven, so viele Konserven, nicht nur in der Küche, auch im Keller, Dosen aus den Dreißigerjahren«, Edgars Mutter scheint immer noch von der alten, einsamen Großtante zu reden. Vom Kanal her kommt ein leichter Modergeruch, oder sie bildet sich das ein. Sie hat einen sauren Geschmack im Mund und sehnt sich nach einem Glas mit frischem, kühlem Wasser.

Langsam geht sie wieder am Tisch vorbei, schaut niemanden an, ihr ist auf einmal übel, bis in den Flur schafft sie es, aber nicht bis zur Küche. Sie muss sich schnell entscheiden, welche Toilette, oben oder die im Keller? Von oben hört sie leise Schlagermusik, also die im Keller. Dort war sie noch nie. Sie öffnet die Tür zur Treppe, geht hinunter, es ist kalt und dunkel, und es riecht muffig. Sie öffnet die erste Tür, Holzregale voller Einmachgläser und viele Kisten, zugenagelte Kisten. Mit Dingen, die der Großtante gehört haben, stellt sie sich vor. An der Wand steht ein leeres Bettgestell. Hier unten, hier unten lebt die alte Frau noch weiter, was für ein unsinniger Gedanke, sie muss würgen und drückt die Hand an den Mund. Schnell schließt sie die Tür, öffnet noch drei weitere Räume, bis sie schließlich die Toilette findet. Eine Schüssel mit einem wackeligen Holzdeckel, ein Waschbecken aus Emaille an der Wand, rostig an den Rändern. Sie beugt sich über die Toilette und übergibt sich, schnell und problemlos, einmal würgen, das war's. Erleichtert lehnt sie sich an die kühle Wand. »Du scheinst endlich die Richtige für ihn zu sein«, hat seine Mutter kürzlich gesagt. »Für unsere Mimose«, hat sie gesagt. Edgar, von ihr aus darf er gern eine Mimose sein. Sie atmet noch einmal tief, etwas erschöpft durch. Dann geht sie durch den grauen Kellerflur zurück, sie kann die Stimmen der anderen hören, kann Edgar lachen hören. Du scheinst endlich die Richtige für ihn zu sein, die Richtige, das klang schön. Diese Gewissheit, die hätte sie gern. Aber *richtig*, was bedeutet dieses Wort. Richtig oder falsch. Das sind Wertungen, die jeder treffen kann, die sich jederzeit ändern können. Wie sie dieses Haus von Anfang an geliebt hat, den Teesalon, den Blick in den Garten, den schrillen Ton der Klingel, den Geruch in der Küche, nach Brot und Minze. Langsam geht sie die Treppen hoch, hört Monas Klavierspiel. Neunzehnhundertachtundfünfzig, eine Frau stirbt wie ein krankes Tier hinter zugeklebten Fenstern. Heute scheint die Sonne durch geputztes Glas, und die Parkettböden glänzen. Sie schämt sich. In ein paar Monaten wird Edgar nach Hongkong fliegen, ohne sie, erst einmal ohne sie. Seine Familie, dieses Haus, das wird ihr bleiben, das wird sie brauchen, das wird sie nicht verlieren dürfen. Warum nur wirkt alles Schöne wie etwas Geborgtes?

In der Küche schenkt sie sich ein Glas Wasser ein und nimmt einen kleinen Schluck. Jemand kommt herein und berührt zaghaft ihren Rücken, sie kann die Fingerspitzen durch den dünnen Blusenstoff spüren, reglos bleibt sie stehen und wartet.

Liebe Toni!
Heut morgen habe ich Frau Lorenz angerufen. Alle Damen im Büro lassen Dich herzlich grüßen. Einen Scheck mit Deinem Gehalt wird man an die Adresse Deiner Mutter schicken. Mache Dir also keine Sorgen. Hoffentlich wirst Du bald wieder gesund!
Heute muß mein Brief kurz bleiben, für Privatangelegenheiten ist es hier gerade zu unruhig. Aber wenn Du wüßtest, wie oft ich an Dich denke…
*Herzliche Grüße!**
Dein Edgar
20/6.66
** Sei nicht böse, daß ich nur so kurz und dazu noch so unleserlich geschrieben habe.*

Meine liebe, kranke, schwache, starke Antonia,
ich danke Dir für Deinen viel zu kurzen, und für mich zum Teil schwer zu entziffernden Brief. (Du übertriffst mich mal wieder!) Es tut mir leid, daß Du jetzt im Krankenhaus kampieren mußt. Diese Sommertage, die hatten wir uns anders vorgestellt, oder? Sei aber bitte vernünftig und folge dem Rat der Medizin-

männer. Du mußt schnell wieder gesund werden, denn hier ist es ohne Dich ausgesprochen trostlos!
Am Mittag bin ich spazieren gegangen und dachte an eine junge Dame im Nordosten Schleswig-Holsteins. Ich hätte mich am liebsten in eine Silbermöwe verwandelt. Dann wäre ich in kurzer Zeit bei Dir gewesen. Ja, Du siehst, ich habe meine Mittel, mich zwischendurch schnell wegzuträumen von meinem Arbeitstag. Toni, ich wünsche Dir gute Besserung! Schreibst Du mir? Ich meine, jetzt, in den nächsten Tagen? Ich will Dir nicht auf die Nerven fallen, aber ich mache mir doch etwas Sorgen.
Grüße bitte Deine Mutter von mir.
Für Dich einen richtigen (!) Kuss,
Dein Edgar
23/6.66

Liebe Toni!
Ein Tag Ende Juni an der Ostsee. Du weißt ja, wie das ist! Ich trage alles, was wärmt, und friere trotzdem. Die Sonne scheint auch nicht. Du wärst wahrscheinlich trotzdem schwimmen gegangen, oder?
Es war schön Dich kurz gesehen zu haben, auch wenn uns beiden die Umgebung nicht gefällt. Der Tee ist dünn, und die Bedienung könnte auch freundlicher sein. Kleiner Scherz, ich dachte gerade an unsere Mittags-Rendezvous im Weinkeller. Ich hoffe, Du darfst bald wieder nach Hause – und dann gehen wir zur Feier des Tages wieder einmal dort unten essen, mit allem Drum und Dran!
Jetzt aber sitze ich hier im kalten Sand, höre die Ost-

seewellen und möchte Dich wissen lassen, daß ich an Dich denke! So ein kurzer Brief ist vielleicht nichtssagend. Denn ich kann Dir einfach nicht das schreiben, was ich Dir gern sagen würde. Aber vielleicht macht das gar nicht so viel aus. Du weißt, was ich meine. Du weißt sicher, was ich Dir sagen würde.
Ein Kuss von Deinem verfrorenen Edgar
26/6.66

Liebe Antonia,
es ist früher Abend, ich sitze noch an meinem Schreibtisch im Büro und muß heute länger arbeiten.
Frau Lorenz hat vorhin bei mir angerufen, um sich nach Dir zu erkundigen. Du wirst dort sicher sehr vermißt. Ich habe ihr gesagt, daß Du zwar noch krank, aber wieder zu Hause bei Deiner Mutter auf dem Weg der Besserung bist. Eine für mich etwas bittere Pille ist die Tatsache, daß der Wagen bzw. sein Auspuff nun wieder im Eimer (kaputt) ist. Gestern war das Getöse so laut. Ich dachte schon, der Motor haucht nun seinen Geist aus. Diese eine Reparatur noch, dann muß ich für das Auto einen Käufer finden. Heute ist ein scheußlicher Tag. Es regnet, es ist kalt, und meine Laune ist auch nicht die beste. Außerdem bin ich schrecklich müde. Deutschland, Deine Männer sind müde.
Vorhin, als ich zu Tisch ging, gab es auf der Straße immerhin eine »Schmunzelszene«. (Dieses Wort soll es laut Bildzeitung tatsächlich geben.) Ein Hilfspolizist, so ein alter und schmieriger Rentner in Zivil, schrieb direkt vor »unserem« Grandhotel ein Strafmandat und steckte den Wisch an die Scheibe eines Aston

Martin. Na, hoffentlich hat der Besitzer des Wagens (Mr. Bond?) die fünf Mark übrig.
Vor mir liegt Dein Brief, und ich versuche zum x-ten Mal, den letzten Satz zu entziffern. Meinst Du nun, es wäre »eine« Freude oder »keine« Freude, wenn ich am Sonnabend zu Euch käme? (Bin ich lustig?)
Nein, im Ernst: Du hast geschrieben, ich »dürfte« gern zu Euch an die Ostsee kommen. Tonilein, ist das nun eine Einladung? Sei mir nicht böse, aber ich kann etwas nur verstehen, wenn man es mir ganz genau und direkt sagt: Heißt das, Du möchtest, daß ich zu Euch komme? Also – schreibst Du mir noch einmal?
*Alles Liebe, kleine Antoinette!**
Dein Edgar
28/6.66
** Ist Dein Gehaltsscheck angekommen?*

Liebe Antonia,
ist es ein schlimmes Zeichen, daß Du mir noch nicht geschrieben hast? Oder ist es lediglich diese gewisse Faulheit, die beinahe jedem Brief vorangeht, die Du noch nicht überwinden konntest?
Wenn es von Deiner Seite aus weder auf Umstände noch auf Widerspruch stoßen würde (bitte beachte die vorsichtige Satz- und Zeitform), dann könnte ich am Sonnabend zu Euch kommen.
Tonilein, weiterhin gute Besserung!
Edgar
30/6.66

22/7.66 Sie hört Schritte vor der Tür, dann leises Klirren von Geschirr. Langsam setzt sie sich auf, schaut sich im Zimmer um, sie hat tief geschlafen, sie hat geträumt. Edgar kommt herein, den Ellenbogen am Türgriff schiebt er sich seitwärts durch den breiten Spalt, ein Tablett in den Händen. »Mit Gruß von der Gastgeberin«, sagt er und stellt es auf dem kleinen, runden Tisch neben dem Bett ab. Sie braucht noch einen Moment. Die klare Erinnerung an einen schlechten Traum, das Gefühl, mehr in diesem Traum als in diesem Zimmer zu sein.

Aus einer blauweißen Porzellankanne schenkt Edgar Kaffee in zwei Tassen. Er tippt in die kleinere Kanne und probiert, »frische Sahne, möchtest du?« Sie nickt, und er gibt einen großen Schwung in die eine Tasse, für sie, einen kleinen in die andere, für sich. »Schau, da liegen sogar Rosenblätter neben den Tellern.« Sie beugt sich vor und nickt, Porzellanteller, ein Schälchen mit Zucker, zwei Gläser Marmelade, etwas Butter, ein kleiner Korb, zugedeckt mit einer Serviette, dazwischen hellrosa Blütenblätter, das ganze Arrangement sieht wirklich schön aus.

Mattes Licht dringt durch die hellen Vorhänge. Sie versucht, die Einzelheiten zusammenzufügen. Im Traum war sie wieder ein Mädchen, im Garten ihrer Großmutter. Sie saß hinterm Schuppen und hielt die alte Handtasche im Arm. Sie besaß damals keine Puppe, daran erinnert sie sich, sondern spielte mit dieser ausrangierten Damentasche, länglich, schmal, aus cognacfarbenem Leder. Der Traum holt die Tage im Krankenhaus zurück, nichts hat sie Edgar davon erzählt, von dem Fieber und den Krämpfen, von dem, was die Ärzte ihr sagten, von dem Kind, das sie verloren hatte, von dem sie nichts geahnt hatte; war es denn wirklich schon ein Kind? Es hatte damit angefangen, dass sie abends blutete, mehr als sonst, die ganze Nacht ging das so. Sie hatte Angst allein zu sein, nur deshalb nahm sie am nächsten Morgen den Zug nach Flensburg, fuhr mit dem Taxi zu ihrer Mutter, fuhr mit ihrer Mutter ins Krankenhaus. Fünf Tage lang blieb sie dort, hatte diese Schmerzen. Sie schlief, und wenn sie wach war, blieb sie im Bett und sprach mit niemandem. Wie erleichtert sie war, so unendlich dankbar, dem Kind dankbar; aber es war vielleicht noch gar kein Kind, es war ein kleiner Anfang von etwas, etwas, das nicht in ihrem Körper hatte bleiben wollen; deshalb war sie erleichtert, und für ihre Erleichterung fühlte sie sich schuldig. Ein Geisterkind, das alles über sie gewusst hatte, über sie und Edgar, und das deshalb wieder verschwunden war. »Für Edgar und alle anderen hast du eine Lungenentzündung«, hatte ihre Mutter gesagt. Die längliche, cognacfarbene Handtasche, ihr Puppenkind, im Traum hielt sie die Tasche wie früher im Arm, wiegte das Kind in den Schlaf, wiegte das Geisterkind in den Schlaf.

Einen Moment ist sie drauf und dran, Edgar davon zu erzählen, von dem Traum, von den Tagen im Krankenhaus, doch sie verwirft es sofort wieder. Was würde es ihnen beiden helfen, wenn Edgar sich jetzt auch noch schuldig fühlen würde. Wenn er in ihrer Nähe womöglich beklommen wäre, mit einem schlechten Gewissen herumliefe, und das, so kurz vor seiner Abreise, das, während sie in einem kleinen Zimmer in Kopenhagen sitzen und sich auf diese Tage freuen.

»Orange oder Rhabarber mit Erdbeere?«, fragt Edgar.

»Orange«, sagt sie und sieht ihm dabei zu, wie er zwei Blätterteigbrötchen aus dem Korb nimmt, etwas Marmelade auf einen Teller träufelt. Sie streckt die Beine aus, damit Edgar den Teller auf der Decke abstellen kann. Mit der Kaffeetasse in der Hand setzt er sich dazu, während sie den Blätterteig auseinanderzupft. Sie haben noch nie mehrere Tage ohne Unterbrechung zusammen verbracht. Zu zweit schlafen gehen, zu zweit aufwachen, frühstücken und aufstehen. Sie werden heute durch die Stadt gehen, sich an den Hafen setzen, vielleicht eine Ausstellung besuchen. Sie werden abends in einem Restaurant essen, sie werden danach zusammen aufs Zimmer gehen, sie werden gemeinsam einschlafen und wieder aufwachen. Vier Tage und Nächte. Gestern Abend, als sie ankamen, kochte die Wirtin noch etwas für sie. Sie saßen in dem Zimmer mit den weichen Sofas und den hohen Bücherwänden, bekamen süße Buttermilchsuppe serviert, im Fernsehen lief *Manche mögen's heiß* auf Englisch.

Sie betastet ihr Haar, um herauszufinden, was da kreuz und quer steht. Dann streckt sie den Fuß aus und kann einen Zipfel des Vorhangs erwischen, schiebt ihn ein Stück zur Seite. Ein wunderschöner blassblauer Himmel über Kopenhagen. Doch es reizt sie gar nicht rauszugehen, es genügt zu wissen, dass dieser Himmel da ist, dass diese Stadt da ist.

»Die Gegenwart ist das Rohmaterial, aus dem die Zukunft geformt wird«, sagt er auf einmal.

Sie blickt ihn erstaunt an. »Ja?«, sie fühlt sich noch immer nicht richtig wach. »Dann ist das hier Rohmaterial?«

»Nein, ich habe nur gerade an die ersten Wochen in Hongkong gedacht. Die sind das Rohmaterial.«

»Ach so«, sagt sie. »Und das hier, was ist das hier?«

»Eine kleine Traumwelt.«

Eine Traumwelt, wiederholt sie in Gedanken, unschlüssig, ob sie das auch so empfindet, ob ihr das überhaupt gefällt. Während er sich die Strümpfe auszieht und aus seinen Hosen steigt, löffelt sie sich noch etwas von der Marmelade auf das Gebäck, so fein und krümelig wie ein Croissant. Aber er hat ja recht, dies hier, dieses Zimmer, diese Tage, all das ist unwirklich, es wird bald wieder vergangen sein. Edgar schlüpft zu ihr unter die Decke. Er rückt an sie heran und nimmt ihr Gesicht in seine Hände, blickt ihr direkt in die Augen. »Du wirst sehen, Toni«, sagt er entschlossen. *Du wirst sehen*, es klingt wie ein Versprechen.

Benommen und verschwitzt wachte ich auf. Eben noch hatte ich im Traum eine kostbare Entdeckung gemacht. Ich hatte vor dem Haus meiner Kindheit gestanden und beschlossen, dort zu klingeln. Das spitze Dach mit dem runden Giebelfenster, der dunkle Rotklinker, fast auberginefarben, der alte, niedrige Jägerzaun. Ich hoffte, die Leute würden sich nicht allzu sehr gestört fühlen, von einer fremden Frau, die behauptete, als Kind hier gewohnt zu haben. Vor einer Tür stehen, etwas wollen, jemanden stören.

Doch es wurde ein leichter, freundlicher Traum. Ein altes Ehepaar wohnte in dem Haus, sie hatten Verständnis, freuten sich sogar und führten mich herum. Ich träumte von einem abgenutzten Parkettboden im Wohnzimmer, dem Blick auf hochgewachsene Tannen im Garten, es ergab alles Sinn, Zeit war vergangen. Im ersten Stock, mein Kinderzimmer, eine holzgetäfelte Dachschräge, unter der mein Bett gestanden hatte. Nun waren dort ein Sofa, ein Stuhl und ein Ergometer, und selbst im Traum hatte ich den klaren Gedanken: Ah, die beiden haben also auch so ein Ding, aber anders als meine Mutter benutzen sie es vielleicht. Dann kam ich in den Keller, der Heizungsraum, daneben mein ehemaliger Spielkeller, in dem damals eine Schaukel gehangen hatte, gegenüber ein Raum, der früher nur für Gerümpel genutzt worden war, ganz hinten hatte ein alter Schrank von Wolfgang gestanden. In meinem Traum stellte ich erstaunt fest, dass der alte Schrank unverändert dort stand. Ich öffnete ihn, er war voll mit Dingen, die meiner Mutter und Wolfgang gehört hatten. Was genau sich darin befand, spielte keine Rolle, nur das Gefühl von Überraschung und Erleichterung zählte. Da war also noch etwas von Wolfgang und meiner Mutter, da war noch etwas aus meiner Kindheit, es hatte hier die ganze Zeit gewartet. Mit diesem Gefühl wachte ich auf.

Auch als Teenager hatte ich manchmal Episoden geträumt, die sich um ein verloren geglaubtes Zuhause drehten, das glücklicherweise doch nicht verloren war. Einmal hatte ich Spielzeug aus einem Umzugskarton zurück in die leeren Regale meines Kinderzimmers gelegt, weil alles ein Missverständnis gewesen war, wir würden doch nicht ausziehen. Einmal hatte ich mir im Traum aus Bettlaken eine Höhle im Wohnzimmer gebaut, von einer kleinen Öffnung aus konnte ich Wolfgang in grauen Socken umhergehen sehen, er und ich waren geblieben, waren in diesem Haus geblieben, auch ohne meine Mutter, die wir zusammen noch überzeugen würden zurückzukommen. Solche Träume hatten die Stimmung eines ganzen Tages prägen können. An solchen Tagen war ich zur Schule gefahren, erfüllt von der Sehnsucht nach diesem Haus, nach Wolfgang und meiner Mutter, zusammen, mit mir.

Wolfgang, der mit vierzig einen grauen Bart hatte, der schwarze Rollkragenpullover trug, der Kette rauchte und Eukalyptusbonbons lutschte, der bei einer Baufirma arbeitete und abends über Architekten schimpfte, der sein Brot mit fingerdicken Scheiben Gouda aß und manchmal zu viel Whiskey trank, nicht auf Partys, sondern allein, nach den *Tagesthemen*. Ich hatte als Fünfjährige Schwimmen gelernt mit Wolfgangs Hand unter meinem Brustkorb, hatte als Schulkind Rad fahren gelernt mit ihm an meiner Seite, bei Gewitter war ich noch als Neunjährige zu ihm und meiner Mutter ins Bett gekrochen. Dann kam das Weihnachtsfest, an dem wir einen so prächtigen, hohen Baum hatten, dass Wolfgang ihn an die Decke hatte nageln müssen. Es war das Fest, an dem Wolfgang später das Haus verlassen hatte, weil da etwas zwischen ihm und meiner Mutter nicht mehr erträglich gewesen war. Ich erinnerte mich nicht, wie es dazu gekommen war, ob ich mit meiner Mutter danach etwas gegessen, wer mich ins Bett gebracht hatte, wann Wolfgang wieder zurückgekommen oder wie es am nächsten Tag weitergegangen war. Nur den Baum, seine dünne Spitze, festgenagelt an der Zimmerdecke, konnte ich noch vor mir sehen.

Wenige Wochen später, ich war gerade aus der Schule gekommen, hatte mich meine Mutter ernst angeschaut. Sie müsse mit mir reden. Ich hatte geahnt, was sie mir sagen würde, ich hatte vorsorglich sofort angefangen zu weinen, ganz bewusst, um sie davon abzuhalten weiterzusprechen, um sie zu zwingen, sich die Sache anders zu überlegen.

Er hatte danach schnell eine Wohnung gefunden. Meine Mutter und ich waren noch ein oder zwei Monate in dem Haus geblieben, bis wir umzogen. Ich hatte das Wohnzimmer vor Augen, fast leer und groß wie ein Saal. Der glänzende Parkettboden, an die Wand gelehnt eine

Matratze in Plastikhülle, daneben die Teile eines neuen Bettgestells in langen Kartons, bereits geliefert für mein nächstes Zimmer. »Wolfgang bleibt dein Vater«, hatte sie nach der Trennung gesagt. Sie hatte vielleicht gedacht, sie müsste das sagen, denn Wolfgang war nicht immer mein Vater gewesen.

Ich stieg aus dem Bett, es war nach zehn Uhr, ich ging ins Wohnzimmer und öffnete die Balkontür, spürte die Sonnenwärme. Florian war schon früh losgefahren, um einem Kollegen zu helfen, eine vermoderte Holzterrasse in einem Schrebergarten zu reparieren. Hanna war nicht da, sie hatte sich mit einer Freundin in einem Wochenendhaus in der Lüneburger Heide verschanzt, um für die letzte, die mündliche Prüfung zu lernen. Florian und ich mussten uns mit Hanna inzwischen verabreden, um sie wenigstens ein Abendessen lang zu sehen. Ich setzte mich auf den Balkon, legte die Füße auf das Geländer und hielt das Gesicht in die Wärme. Ich würde nachher ins Büro gehen, auch Jonas wollte heute arbeiten. Er hatte den kurzfristigen Auftrag bekommen, für ein Museum im Ruhrgebiet an der Planung einer Dauerausstellung rund um neue Medien für Kinder mitzuwirken, und ich suchte immer noch nach einer Lösung für die räumliche Inszenierung der späten, der letzten Selbstporträts von Helene Schjerfbeck. Ein Raum der Isolation, es sollte ein Raum der Einsamkeit sein, doch die Umsetzung war mir immer noch nicht klar.

Wolfgang war nicht zur Trauerfeier meiner Mutter gekommen, die Anreise wäre zu anstrengend für ihn, das hatte er mir nicht selbst gesagt, ich hatte es von seiner Frau erfahren. Einladungen, Absagen, Grußkarten, Geschenke, solche Dinge überließ er ihr. Früher hatte ich manchmal schnippische Bemerkungen deswegen gemacht, doch das tat ich schon lange nicht mehr.

Immer, wenn ich an die Trennung dachte, fiel mir die Sache mit dem Eigelb ein. Als ich sechs oder sieben Jahre alt gewesen war, hatte ich am Frühstückstisch ein Ei gewollt, hatte das Eiweiß gegessen und das gelbe Innere, hart gekocht, noch unberührt rund, auf dem Teller gelassen. Wolfgang hatte das nicht dulden wollen. »Wenn du ein Ei möchtest, dann isst du es bitte ganz. Wenn du einen Teil davon nicht magst, dann kannst du eben keines haben.« Ein paar Jahre später, meine Mutter hatte sich bereits von ihm getrennt, stand ich bei Wolfgang in der Küche. Es war Sonntag, ich hatte bei ihm übernachtet. Seine kleine Wohnung, seine enge Küchennische mit dunkelgrünen Kacheln und hässlichen hellbraunen Schranktüren. Auf solche Dinge hatte er nicht geachtet, Arbeit, Fahrradfahren, Schlafen, hin und wieder ein Wochenende mit mir, alles andere schien nicht wichtig gewesen zu sein, zumindest nicht, bis er seine neue Frau kennengelernt hatte. Wir standen also in dieser engen Küchennische, und er fragte, ob ich zum Frühstück ein Ei wolle. Ich sagte, nein danke, das ginge doch nicht, denn ich würde das Gelbe immer noch nicht mögen. Wie er mich da anschaute: etwas traurig und doch lächelnd. »Das macht doch nichts, ich koche eins für dich mit«, sagte er. Ich hatte genickt, hatte mich kurz gewundert, wie schnell sich diese kleinen Regeln ändern konnten, und gedacht, aha, das erlaubt er jetzt, weil er mich so selten sieht, und weil ich ein Scheidungskind bin; Scheidungskind, dieses Wort hatte ich in der Schule gehört. Wir standen nebeneinander in der Küche, und wir spürten gemeinsam den Verlust dieses Lebens, das meine Mutter nicht mehr gewollt hatte, anders als wir.

31/7.66 Sie steht am Fenster und betrachtet das Auto am Straßenrand. *ZU VERKAUFEN, 900 MARK.* Sein helles Pistaziengrün, Edgar muss den Wagen poliert haben, die Motorhaube glänzt. Noch wurde das Auto nicht abgeholt, noch hat es keinen neuen Besitzer, noch gehört es Edgar. Noch könnten sie das Schild aus dem Fenster nehmen, einsteigen und wegfahren, noch könnten sie alles rückgängig machen, die gepackten Koffer in Edgars Zimmer wieder aufklappen, die Hemden, Hosen und Strümpfe zurück in den Schrank legen, stattdessen zum Kanal gehen, am Wasser Schwäne füttern, alles so lassen, wie es ist. Gegenüber hockt eine Frau im Beet ihres Vorgartens und zupft Unkraut, rupft und rupft, gebückt, in einem Hauskittel. Alles so lassen, wie es ist, der Gedanke, Edgar das vorzuschlagen, ist genauso bedrückend wie der Gedanke an seine Abreise. Sie muss ihn gehen lassen, seine Wünsche und Hoffnungen müssen sich erfüllen, denn nur dann können sich auch ihre Wünsche und Hoffnungen erfüllen.

Still ist es im Haus, nur die Standuhr tickt. Ihr Pendel schwingt in aller Ruhe, hin und her. Dabei vergehen ihre Minuten auch nicht langsamer als die eines kleinen, hektischen Weckers, des praktischen Reiseweckers, den Edgar mitnehmen wird. Da sitzt er, liest in einem Wörterbuch, feilt an seinem Englisch für Geschäftsgespräche, macht sich Notizen, scheint tief versunken in seine Arbeit, in seine Zukunft.

Leise setzt sie sich in den Sessel ihm gegenüber und streckt die Beine aus, schiebt ihre Füße zwischen seine Schenkel und bewegt die Zehen, langsam und zaghaft.

»Toni«, murmelt er, den Kopf weiter über das Buch gebeugt, »hör auf, das mit den Füßen zu machen.«

Sie hört nicht auf.

»Das bringt mich durcheinander«, sagt er und blättert eine Seite seines Langenscheidts um. Sie macht trotzdem weiter, betrachtet den Schritt seiner Hose und freut sich ein bisschen.

»Und wir sind nicht allein zu Haus.«

»Dein Vater ist nicht da.«

»Aber meine Mutter.«

»Die macht sich oben im Bad zurecht.«

»Das heißt, sie kann jederzeit reinkommen.«

»Tut sie bestimmt nicht.«

»Toni!«

»Edgar?«

»Gleich musst du deine Füße woanders wärmen.«

»Ich muss die nicht wärmen. Sie schwitzen.«

»Na, umso schöner für mich.«

Sie hält die Zehen nun doch still, greift nach der Zeitung auf dem Tisch und blättert zum Kulturteil, versucht, sich auf eine Theaterkritik zu konzentrieren, doch schafft nicht einmal den ersten Absatz. In weniger als achtzehn Stunden wird Edgar in einem Flugzeug nach Frankfurt sitzen, und dort wird seine Reise erst losgehen. Wie kann er jetzt bloß in aller Ruhe in einem Sprachführer lesen.

Tick, Pause, Tack, kommt es aus dem Gehäuse der Standuhr. Nachher werden sie mit seinen Eltern und allen Geschwistern in ein Restaurant gehen. Danach wird Edgar mit zu ihr kommen, ein letzter Abend, eine letzte Nacht. Sie werden früh aufstehen müssen, werden gemeinsam einen letzten Kaffee trinken, sie werden danach hier sein Gepäck abholen, dann werden sie ein Taxi rufen und zum Flughafen fahren. Die letzten achtzehn Stunden, verplant, schon so gut wie verbraucht, so überschaubar wenig Zeit, die ihnen bleibt, und doch sitzen sie hier herum, als wäre heute ein Sonntagnachmittag wie jeder andere auch, ein träger, gemütlicher Nachmittag. Kaum auszuhalten ist es, Edgar dabei zusehen zu müssen, wie er englische Vokabeln studiert.

»Was ist jetzt eigentlich mit dem Wagen?«

»Dieser Herr Schumann oder Schubert wollte den VW heute holen. Er ist meine letzte Hoffnung, siebenhundertfünfzig hat er mir geboten.«

»Herr Schumann oder Schubert müsste das Doppelte zahlen, so wertvoll ist dieses Auto.«

Wie oft sind sie mit dem Wagen an die Ostsee gefahren oder haben Ausflüge aufs Land gemacht, sich auf schmalen, holprigen Feldwegen verirrt. Wie oft haben sie sich auf dem Beifahrersitz oder hinten auf der Rückbank die Beine und Hälse verrenkt. Wie oft sind sie abends nach der Arbeit noch losgedüst, einfach durch die Gegend, ohne Ziel, durch die Innenstadt, durch die Straßen der hübschen Villenviertel, von Linden und Kastanien gesäumt, haben im Frühsommer die Fenster heruntergekurbelt und den Duft der Bäume eingesogen, haben dabei Eiskonfekt und gesalzene Mandeln gegessen. Ein einziges Mal haben sie ein Autokino besucht und sich dabei gefühlt wie Achtzehnjährige. Einmal haben sie mit einer nervösen Mona am Steuer den Wagen angeschoben, weil er nicht anspringen wollte, nebeneinander liefen sie hinter dem lautlos rollenden Auto her, bis sein Motor stockend wieder in Gang kam und Edgar rief, »jetzt rechter Fuß, Mona, die Pedale rechts drücken«, und das helle Brausen wieder erklang. Heute wird ein fremder Mann auf Nimmerwiedersehen mit dem Wagen davonfahren. Sie wird die kleine Vase am Armaturenbrett behalten, wird sie noch schnell in der Handtasche verschwinden lassen, bevor der Fremde losfährt.

»Hätte ich einen Führerschein und Geld genug, würde ich dir die Siebenhundertfünfzig auf den Tisch legen, damit der VW bei mir bleiben kann.«

»Davon hätte ich dir dann aber abgeraten. Ehrlich gesagt, bin ich sogar froh, ihn los zu sein. Er kann eine echte Zimtzicke sein, das weißt du doch. Der VW hat mich schon ziemlich oft alt aussehen lassen.«

»Ich mag ihn. *Gerade* weil er seine Eigenarten hat.«

»Ich weiß.«

»Du nicht.«

»Was meinst du?«

»Du magst seine Eigenheiten nicht.«

»Toni, was soll das jetzt?«

»Nichts.«

»In Ordnung. Nichts.«

Sie ist unschlüssig, ob sie noch etwas sagen soll. Es stört sie auf einmal, wie leicht es ihm zu fallen scheint, sich von dem Auto zu trennen. Eigentlich von allem und jedem, von seiner Familie, seinem Zuhause, von ihr, von der Zeit mit ihr. Kein Wort auch zu seinem Jungen, kein Wort in den letzten Wochen, sogar Monaten. Seitdem Hongkong entschieden ist, hat sich der Junge in Luft aufgelöst. Edgar verlässt das Land, und alle Bedürfnisse und Erwartungen um ihn herum lösen sich in Nichts auf.

»Bei dir muss alles funktionieren. Und jeder.«

»Warum sagst du das jetzt? Beziehst du das auf uns?«

»Nein. Ach, ich weiß nicht.« Sie versucht sich vorzustellen, wie er reagieren würde, wenn sie ihm auf einmal doch erzählte, was im Krankenhaus passiert ist. Auch ein Problem, das sich von allein gelöst hatte, bevor es Edgar zu nahe kommen konnte, bevor es ihn auch nur für einen Hauch streifen konnte.

»Toni?«

»Ja?«

»Was ist mit dir?«

»Nichts.«

»Nichts? Das stimmt doch nicht.«

»Was soll schon sein? Morgen fährst du weg. Ich will das alles nicht.«

»Nein, Toni. Nicht jetzt. Ich kann doch nicht –«, er schaut sie eindringlich an. Sie weiß, dass er keinen dramatischen Abschied möchte, und sie wollte den eigentlich ja auch nicht.

»Es tut mir leid. Vergiss schnell, was ich gesagt habe. Ich habe gedacht, es wäre leichter.«

»Was wäre leichter?«

»Dich gehen zu lassen. Ohne dich hierzubleiben.«

Er sagt nichts.

»Für dich ist es leicht. Du fliegst an einen Ort, an dem du noch nie gewesen bist. Das ist aufregend, das ist etwas Schönes. Darauf hast du lange gewartet.«

Er legt sein Buch zur Seite, lehnt sich etwas zurück. Sie kann förmlich sehen, wie er innerlich Abstand nimmt, von ihr und diesem Gespräch. Sie hat damit angefangen, sie verdirbt ihm und sich nun die letzten gemeinsamen Stunden.

»Jetzt ärgerst du dich über mich.«

»Nein, das stimmt nicht«, sagt er, doch es klingt nicht überzeugend.

»Doch, tust du. Ich sehe es daran, wie du da sitzt, und wie du mich ansiehst. Du ziehst dich zurück.«

Sie wünschte, er würde sich jetzt zu ihr beugen, wieder ihr Gesicht in die Hände nehmen, sagen, jetzt sei aber Schluss mit dem Unsinn. Doch er rührt sich nicht.

»Ich habe Angst vor der Abreise. Und vor den ersten Wochen dort, allein.«

»Du hättest mich auch mitnehmen können. Du musst ja nicht allein fliegen.« Sie hatte sich vorgenommen, dieses Thema nicht anzusprechen. Monatelang hatte sie sich zusammengerissen, hatte es geschafft, nicht danach zu fragen. Fast hatte sie es geschafft, fast.

»Toni, bitte.«

»Bitte was?«

»Ich werde dort in einem billigen Hotel schlafen und dann nach einem Zimmer suchen, und ich habe keine blasse Ahnung, wie es dort sein wird.«

»Denkst du, das macht mir etwas aus?«

»Ich möchte es dir nicht zumuten. Oder, ja, ich denke, es würde dir etwas ausmachen. Das ist nichts für dich.«

»Warum nicht, weil ich so verwöhnt und anspruchsvoll bin?«

»Nein, das nicht. Aber«, er scheint zu überlegen, sie kann sehen, wie er mit sich ringt, »du möchtest es schön haben, solche Dinge sind dir wichtig. Wenn ich in Hongkong ankomme, habe ich keine Garantien für irgendetwas. Nichts wird auf Anhieb schön sein.«

»Wir werden schön sein. Wenn wir wollen.«

»Nein, Toni, auch wir nicht. Was wir beide uns wünschen, interessiert dort erst einmal keine müde Fliege. Auch meine Firma ist mir da keine große Hilfe.« Er zögert. »Und du bist mir gerade auch keine Hilfe.«

Sofort kommt sie sich klein und nutzlos vor. So will sie nicht sein, so ist sie nicht. Sie wollte großzügig und gelassen bleiben, wollte ihm zeigen, dass sie nicht wie eine lästige Klette an ihm hängt, dass sie ihm vertraut, dass sie, ohne zu zweifeln, auf den Tag warten wird, an dem sie ihm nach Hongkong folgen kann. Mühelose Anmut, das sollte er von ihr in Erinnerung behalten.

»Wer weiß, vielleicht bin ich in vier Wochen schon wieder zurück. Weil das Ganze eine dumme Idee war.«

»Das glaube ich nicht. Und das sollst du auch nicht.«

»Ja, aber verstehst du mich? Es ist vernünftig, dass ich allein fliege.«

»Ja, es ist vernünftig.«

Vernünftig, Edgar scheint nicht bemerkt zu haben, dass sie dieses Wort keinesfalls zustimmend wiederholt hat. Doch sie will dieses Gespräch nicht mehr weiterführen. Sie hätte damit gar nicht anfangen sollen, oder wenn, dann vor Wochen, als es vielleicht noch etwas verändert hätte. Edgar sieht blass und angespannt aus.

»Lass uns jetzt damit aufhören. Gleich werden wir mit deinen Eltern essen gehen. Danach fahren wir zu mir, dann sind wir allein und können unseren Abschied feiern.«

»Abschied feiern? Willst du jetzt ironisch klingen?«

»Nein. Nein, so war das nicht gemeint. Dann eben nicht feiern. Aber wir«, sie sucht nach dem richtigen Wort, diesen Satz muss sie noch zu Ende bringen, doch ihr Hals ist wie zugeschnürt, und ihr kommen die Tränen. Wenn Edgar das sieht, wird er sich noch mehr unter Druck fühlen, das soll er nicht. »Ich wollte damit nur sagen, dass ich mich auf die Zeit mit dir, nachher, freue.« Ihre Stimme klingt belegt, schnell steht sie auf, »ich bin gleich wieder da.«

»Nein, warte kurz.« Edgar springt auf, greift vorsichtig nach ihrem Arm. »Es tut mir leid. So darf es zwischen uns jetzt nicht sein. Lass uns hochgehen, in mein Zimmer. Da können wir gemeinsam in Ruhe weinen, wenn wir müssen.«

Er öffnet die Wohnzimmertür, lässt sie hindurch, hintereinander gehen sie die Treppe hoch. In seinem Zimmer riecht es nach Rasierwasser und einem Rest Zigarettenrauch. Die Tagesdecke ist sorgfältig über das Bett gelegt, kaum eine Falte. Der Schreibtisch aufgeräumt. Die grüne Leselampe, wie aus einer englischen Bibliothek, neben dem Aschenbecher, in dem ein einziger Zigarettenstummel liegt, eine schmale Vase mit einem Zweig aus dem Garten. Alles andere ist verpackt und verstaut, verschwunden. Auf der Kommode steht noch die kleine Lampe mit dem roten Schirm, die sie Edgar geschenkt hat. Sie hat diesen Lampenschirm selbst gebaut, er ist ihr sogar gut gelungen, erstaunlich war das, denn sie hat eigentlich kein Talent für solche Dinge, für Selbstgenähtes, fürs Basteln und Stricken. Edgar sagte, er hätte gern ihren Mut zu Farben, diesen strahlenden Farben in ihrer Wohnung, Türkis, Flaschengrün, Orange, in seinem Zimmer sei alles so eintönig, Leder und Holz, die Vorhänge dunkel. Also bastelte sie ihm diese Lampe, ein leuchtender Farbfleck.

Vor dem großen Spiegel an der Wand bleibt sie stehen, zupft sich das Haar an den Seiten zurecht. Ein wenig beruhigt sie ihr Anblick, sie sieht nicht so traurig aus, wie sie befürchtet hat, das, zumindest, scheint sie im Griff zu haben. Edgar steht auf einmal schräg hinter ihr, seine Kamera vor dem Gesicht. Er dreht am Objektiv, dann drückt er auf den Auslöser. Ein Foto von ihrem Spiegelbild, ihre Hand noch an der Wange, eine Haarsträhne zwischen den Fingern.

»Abschiedsfotos«, sagt sie.

»Möchtest du sie so nennen?« Er drückt wieder auf den Auslöser.

»Ja.«

»Ich werde den Film mitnehmen und mich in Hongkong über die Fotos freuen. Und Abzüge für dich machen lassen.«

Sie dreht sich um und überlegt einen Moment, dann geht sie zum Schreibtisch. Sie lehnt sich an die Kante, doch findet das sofort zu brav, sie setzt sich auf den Tisch, schüttelt mit zwei kurzen Bewegungen die Schuhe von den Füßen, und setzt sich ganz auf die Fläche, mit zur Seite angewinkelten Beinen. Vorsichtig, um die Vase nicht umzuwerfen, stützt sie sich mit der einen Hand ab, mit der anderen umfasst sie ihren Fußknöchel. Sie blickt an sich herunter, ihr Kleid reicht nicht bis zu den Knien, das soll es auch nicht, er soll ihre Beine sehen. Sie schaut direkt in Edgars Objektiv und stellt sich dabei vor, wie er in zwei oder drei Wochen die Fotos aus dem Labor holen wird, auf der anderen Seite der Weltkugel. Sie stellt sich vor, wie er die Bilder betrachten wird, genau dieses Foto, das er jetzt gerade macht, in das dieser Moment geflossen ist, und nicht nur dieser Moment, sondern alles, was Edgar und sie verbindet, was Edgar ihr bedeutet, und sie ihm. Sie wünschte, all das könnte in einem einzigen Foto zu sehen sein. Sie legt den Kopf ein wenig schräg, spürt die Verlegenheit, versucht ein Lächeln und schaut Edgar dabei an, mit all ihrer Sehnsucht, die sie jetzt schon empfindet, mit der Zuversicht, dass es ihm im Ausland gut gehen wird, dass er finden wird, wonach er sucht, dass er hinter sich lassen wird, was ihn einengt, dass sie sich nah bleiben werden, dass sie die beiden Menschen bleiben werden, die sie füreinander sind.

1/8.66 Alle wichtigen Papiere liegen auf dem Schreibtisch, Reisepass, Flugschein, Visum, ein Umschlag mit Bargeld, Dollarscheine, sie hat sie gestern einmal herausgenommen und damit herumgewedelt. Edgar packt seinen Aktenkoffer, Empfehlungsschreiben, Visitenkarten, Adressbuch, Minzbonbons, zwei Schachteln Zigaretten, das silberne Etui lässt er in die Tasche seines Jacketts gleiten. Drei Bücher legt er in den Koffer, sein englisches Wörterbuch, eines über Hongkong und *Der Spion, der aus der Kälte kam*. Sie hat ihm den Roman geschenkt, für die langen Stunden im Flugzeug.

Ihre Augenlider schmerzen, sie hat wenig geschlafen und ist hellwach, sie spürt die Anspannung sogar in den Gesichtsmuskeln, ein Lächeln kostet Überwindung, jedes Lächeln fühlt sich künstlich an. Ihr Gaumen ist trocken, und ihr Puls will sich nicht beruhigen. Edgar scheint es nicht viel besser zu gehen, blass sieht er aus, sein Mund wirkt schmal. Sie hört einen Wagen und schaut nach unten, »Das Taxi ist da«, sagt sie, Edgar klappt seinen Aktenkoffer zu.

»Bist du bereit?«, fragt sie.

»Nein«, sagt er.

»Ich auch nicht.«

»Na, dann lass uns gehen«, sagt er. Sein Haar glänzt nass und duftet.

Sie wirft noch einen letzten Blick aus dem Fenster, der Fahrer lehnt an seinem Wagen, er wirkt gut gelaunt, vielleicht hat seine Schicht gerade begonnen, was für ein schöner Tag, denkt er, der Himmel ist wolkenlos. Gestern, kurz bevor sie ins Restaurant gehen wollten, kam dann doch noch der Mann, der den VW kaufen wollte. Er hatte seine Frau und seine Kinder dabei, drückte Edgar die Scheine in die Hand und stieg ein. Die Frau und ihre Tochter nahmen hinten Platz, ein kleiner Junge durfte vorne sitzen, und der Vater nahm seinen anderen Sohn, der noch nicht laufen konnte, auf den Schoß und gab ihm das Gefühl, er dürfe mitlenken. Ziemlich flott parkte der Mann aus und fuhr davon, sie sah ihn noch abbiegen, dann war der Wagen weg, und sie war erleichtert, dass alles so schnell gegangen war. Von Edgars Zimmer muss sie wenigstens nicht Abschied nehmen, sie kann hier jederzeit übernachten, hat seine Mutter ihr angeboten.

Edgar steht vor seinem leeren Schreibtisch, dann berührt er die Fläche. Letzte Male, nach dem Abend im Restaurant sind sie das letzte Mal gemeinsam die Treppe hoch in ihr Dachgeschoss gestiegen, zehn Stunden, das ist vor zehn Stunden gewesen. Sie haben sich einen letzten Pernod auf Eis eingeschenkt, an dem sie beide nur nippten, weil Edgar Magenschmerzen hatte und ihr schwindelig war, sie haben zum letzten Mal ihre Musik gehört, Chet Baker, Billie Holiday, dann Sarah Vaughan. Frühmorgens, es wurde gerade erst hell, saß Edgar aufrecht im Bett. Er hätte Magenkrämpfe, sagte er, dann kamen ihm die Tränen. Das Gesicht in den Händen vergraben schluchzte er, es schüttelte ihn regelrecht. Sie hielt ihn, bis er sich beruhigt hatte. Danach legten sie sich wieder hin, um noch ein wenig auszuruhen. Beim Aufstehen verlor er kein Wort über seinen Weinkrampf, und sie beschloss, nichts zu sagen. Das letzte Mal gingen sie zusammen den Weg von ihrer Wohnung zum Haus seiner Eltern, zwanzig Minuten in der kühlen Morgenluft, Hand in Hand. Ein Zeitungsausträger auf seinem Fahrrad grüßte sie, lächelte mit einem Augenzwinkern, als wären sie frisch Verliebte, als wollte er ihnen sagen, ich sehe euer Glück. Nur ein paar Wochen oder Monate, nur diese überschaubare Zeit, dann wird sie Edgar folgen, das sagte sie sich immer wieder, denn der strahlend blaue Himmel, dieser Morgenspaziergang, ihre Hand in Edgars, all das war so unerträglich schön.

Der Fahrer hupt zweimal kurz. Unten im Flur wartet Mona mit Edgars Eltern. Er umarmt alle drei nacheinander, sie wünschen ihm eine angenehme Reise, ein gutes Ankommen, und erstaunlicherweise klingt es auch nicht anders als Verabschiedungen vor einem Urlaub an die See oder in den Harz, aber was sollen sie auch sonst sagen, wer will Edgar belasten mit Wünschen und Forderungen, oder mit Ermahnungen, wie ihre Mutter es sicher schaffen würde. Niemand von ihnen kann wissen, ob Edgars Abreise die dümmste Idee oder die beste Entscheidung seines Lebens sein wird.

»Ich rufe euch an, sobald das möglich ist«, sagt er. »Schreiben werde ich ja sowieso.«

»Darf ich mit? Zum Flughafen«, fragt Mona leise, als wäre es ihr unangenehm. Edgar wirkt unschlüssig, dann nickt er, »sicher, warum nicht.« Ihr selbst ist es auch recht, dass Mona mitkommt, zu dritt ist es wahrscheinlich leichter. Zusammen gehen sie zum Taxi, der Fahrer öffnet ihnen die Türen, Mona nimmt vorne Platz, und sie und Edgar auf der Rückbank. Auf dem Weg zum Flughafen unterhält Mona sich mit dem Fahrer, während Edgar und sie stumm nebeneinandersitzen, dankbar, dass sie nicht über den Berufsverkehr oder das besonders warme Wetter sprechen müssen, dankbar, dass Mona das für sie erledigt.

Edgar geht zum Schalter und gibt sein Gepäck auf, danach suchen sie sich eine ruhige Ecke in der Wartehalle und setzen sich. Keiner sagt etwas, Mona hat rote Flecken am Hals und blickt unruhig umher.

»Mein Fischfilet gestern war ausgezeichnet«, sagt sie auf einmal.

»Mein Steak war auch sehr gut«, antwortet Edgar.

»Und dann dieses Dessert, diese Zitronenmousse. Man kann das Restaurant wirklich weiterempfehlen, oder, Toni?«

»Ja, fantastisch«, sagt sie, wirft danach einen Blick auf die große Uhr, oben an der Wand.

»Und diese hübschen Lampions an den Bäumen, rund um die Terrasse. Edgar, deinen ersten Besuch in Deutschland werden wir dort feiern, das ist hiermit beschlossen.«

»Sicher, versprochen«, sagt er.

»Wann auch immer das sein wird«, fügt Mona hinzu, die Augen auf einmal glasig. Sie greift nach ihrer Handtasche, steht auf und entfernt sich ein paar Schritte von ihnen, dann holt sie ein Taschentuch hervor und dreht ihnen den Rücken zu. »Ach je«, sagt Edgar leise.

Während Mona sich im Gesicht herumtupft, bleiben sie nebeneinander sitzen, sehen sich an, es erscheint ihr eigenartig, dass sie beide so ruhig und gefasst sind. Vielleicht sollten sie, wie Mona, weinen, vielleicht sollten sie sich jetzt stürmisch küssen, sich aneinanderklammern und dramatische Liebeserklärungen zuflüstern, die letzten Minuten auskosten. Sie rührt sich nicht. Er muss ihr nichts beweisen, sie muss ihm nichts beweisen.

Die Ziffern der Uhr klappen von 9.59 auf 10.00 um. Jeanne Moreau würde jetzt vielleicht den Anflug eines Lächelns zeigen, würde Edgar einen Abschiedskuss geben, einen kurzen, unaufdringlichen, um ihn schnell gehen zu lassen. Julie Christie hätte ein heikles Glitzern in den Augen, aber Wimperntusche würde nicht zerfließen, nein, es würde kein Drama geben. 10.02, sie stehen auf und gehen langsam, zögerlich zum Durchgang der Sicherheitssperre.

Mona umarmt Edgar, drückt ihm einen Kuss auf die Wange, »So, für mich reicht es jetzt, mach, dass du wegkommst«, sagt sie auf einmal hastig, »Toni, ich warte auf der Aussichtsterrasse«, sie dreht sich um und geht.

Unschlüssig bleiben sie voreinander stehen, dann nimmt Edgar wieder ihr Gesicht in seine Hände. Für einen langen Moment lassen sie die Lippen aufeinander, sie atmet seinen Hautgeruch. »Bis bald, kleiner Kumpel, süße Dame«, sagt er leise, »ich schreibe dir, jeden Tag, mindestens.« Er greift nach seinem Aktenkoffer und lächelt auf einmal unsicher. Er wirkt, als hätte er ein schlechtes Gewissen, er sieht aus, als würde er sich schuldig fühlen. Ihr gefällt das nicht, er soll kein schlechtes Gewissen haben, Menschen mit Schuldgefühlen beginnen sich unfrei zu fühlen und ziehen sich zurück, so soll es zwischen ihnen nicht sein.

»Genieß den Blick und mach Fotos von da oben für mich. Vor allem, wenn der Himmel klar ist und du Länder sehen kannst!«, sagt sie, damit er jetzt endlich geht.

Hinter der Sicherheitssperre dreht er sich wieder um. »Toni, nicht lange, dann bin ich wieder hier. Oder du bist dort, bei mir.«

Sie nickt, winkt, ja, denkt sie, aber jetzt geh. Wieder dreht er sich um, winkt noch einmal, andere schieben sich davor, dann ist er nicht mehr zu sehen. Sie bleibt noch einen Moment so stehen, dann blickt sie sich um, weiß auf einmal nicht mehr, wie sie zur Aussichtsplattform kommt, und fragt eine Frau vom Bodenpersonal nach dem Weg dorthin.

Mona steht am Geländer der Terrasse, ihre Nase glänzt, die Lider sind geschwollen. »Es ist die da vorne links, ich habe jemanden gefragt«, sagt sie und zeigt auf ein Lufthansa-Flugzeug, an dessen Tür schon eine Treppe gerollt wurde. Eine Weile stehen sie herum, und es passiert nichts. Ihr ist übel, nicht das, nicht jetzt, denkt sie. Da öffnet sich die Kabinentür, und eine Flugbegleiterin schaut heraus, doch verschwindet sofort wieder. Ein paar Leute kommen aus dem Gebäude, die Sonne blendet, und sie hält sich die Hand über die Augen, um erkennen zu können, ob Edgar dabei ist. Die Flugbegleiterin taucht wieder auf, und diesmal bleibt sie in der Tür stehen. Hintereinander gehen die Männer und auch einige, wenige Frauen die Treppe hoch. Dann sieht sie ihn, da unten, er ist gerade aus der Tür gekommen, er hat sein Jackett ausgezogen und über den Arm gelegt. In der einen Hand hält er seinen

Aktenkoffer, in der anderen den Fotoapparat. Während er zur Maschine geht, unterhält er sich mit einem anderen Gast. Kurz darauf gibt er dem Mann die Kamera und lässt sich mit dem Flugzeug im Hintergrund fotografieren.

»Edgar, hier. Hier!«, ruft Mona und winkt, doch er scheint sie nicht zu hören. Das Getöse der anderen Maschinen ist zu laut. »Warum achtet er nicht auf uns, er weiß doch, dass wir hier warten«, sagt Mona enttäuscht.

Als einer der Letzten geht er nun die Treppe hoch, mittendrin bleibt er stehen. Endlich dreht er sich zu ihnen um. Als hätte er sich das genau so vorgenommen, ein letzter Blick, er winkt. Es wirkt, als würde er lachen, als wäre er gelöst, er sieht erleichtert, fröhlich aus. Aber vielleicht täuscht sie sich auch, genau kann sie sein Gesicht doch gar nicht erkennen. Schnell steigt er die letzten Stufen hoch, winkt ihnen noch einmal zu, dann ist er im Inneren des Flugzeugs verschwunden. Das war es, das war der Abschied, der Moment, den sie sich wochenlang, monatelang vorgestellt hatte. Gemüsebrühe, Tee und Cognac, sie saßen im Weinkeller an ihrem Tisch in der Ecke, ein halbes Jahr ist das jetzt her, sie hatte kalte Füße und freute sich auf Berlin, als Edgar zum ersten Mal von Hongkong sprach, und dann doch nichts mehr davon hören wollte. Wenige hundert Meter von ihr hat er sich im Flugzeug nun seinen Sitzplatz gesucht. Sie könnte jetzt noch den Weg durch die Halle schaffen, wenn sie sofort loslaufen würde. Sie könnte um eine Ausnahme bitten, an der Absperrung, sie könnte zur Maschine laufen, noch hat niemand die Treppe weggerollt, sie könnte Edgar suchen und ihm sagen, sie sollten jetzt aufhören damit und gemeinsam wieder nach Hause fahren. Die Flugbegleiterin schließt die Kabinentür. Edgar ist für sie so unerreichbar, als wäre er bereits in Asien. Erst jetzt bemerkt sie, dass sie den Atem angehalten hat, und lässt erschöpft los.

Das Flugzeug rollt langsam rückwärts, schlägt dann den Weg zur Startbahn ein. Ihre Lider schmerzen noch immer. Obwohl es so warm ist, friert sie. Eine Weile passiert nichts, doch dann setzt sich die Maschine wieder in Bewegung, sie fährt los, nimmt Tempo auf, wird schneller und schneller, die Räder lösen sich vom Boden. Sie spürt dieses Ziehen im Magen, das sie hatte, als sie selbst dort saß, die ersten Momente in der Luft, dieser betörende Schwindel hinter der Stirn.

Nur noch klein wie ein Spielzeug ist das Flugzeug am Himmel. Klein wie ein Vogel ist es nun, jetzt nur noch ein Punkt, ein winziges Korn am Himmel, mit Edgar darin. Dann ist es nicht mehr zu sehen, als hätte der Himmel es verschluckt. Sie starrt weiterhin ins Blau, mit vom Licht wunden Augen.

Er hatte genau dieses Alter, Mitte siebzig vielleicht. Er stand vor dem Schaufenster ein paar Häuser von unserem Eingang entfernt, ich hatte gerade mein Fahrrad aufgeschlossen, schob es ein Stück den Weg entlang. Ich konnte mir nicht vorstellen, dass er sich wirklich für die Auslage interessierte, das Geschäft verkaufte dekorativen Nippes, das meiste davon aus Plastik, es hatte vor zwei Monaten eröffnet, und ich hatte mich gefragt, wie lange es wohl durchhalten würde. Er warf mir einen flüchtigen Blick zu. Ich schaute ihm aufmerksam ins Gesicht, auf der Suche nach einem Hinweis, nach etwas, das mit mir zu tun hatte, einem Zeichen von Ähnlichkeit zwischen ihm und mir. Ich wusste, das war albern. Doch seit einigen Jahren passierte es mir hin und wieder, dass ich die Anwesenheit eines Mannes dieses Alters, der vor unserem Haus herumstand oder durch die Straße ging, der mich vielleicht einen Moment zu lang ansah, dass ich diese Anwesenheit auf mich bezog.

Für mich war Wolfgang mein echter Vater, aber er war nicht mein leiblicher, *leiblich*, das Wort hatte meine Mutter benutzt.

»Ich wusste schon von dir, als du noch in ihrem Bauch

warst«, hatte Wolfgang mir einmal gesagt. Er und meine Mutter hatten damals bei derselben Baufirma gearbeitet, in unterschiedlichen Abteilungen, doch sie waren sich fast jeden Tag begegnet. Er hatte sie in ihren weiten Kleidern mit indischem Muster, darunter der runde Bauch, gesehen, und er hatte sich da schon vorgestellt, wie es wäre, mit ihr zusammen zu sein. Nach meiner Geburt war meine Mutter für eine Weile förmlich untergetaucht. Sie war in eine kleine Wohnung auf einem Bauernhof gezogen, wo sie für den Landwirt, der auch eine Baumschule betrieb, mehrere Stunden pro Woche Büroarbeiten erledigte. Damit kam sie für eine Zeit recht gut über die Runden. Nach zwei Jahren zog sie zurück in die Stadt und bekam ihre Anstellung in der Baufirma zurück.

Es war im April, 1975, als meine Mutter mit ihrem Chef auf einen Kongress der Bauindustrie an den Bodensee fuhr, nach Friedrichshafen. Wolfgang war auch dort, aber davon wusste sie noch nichts, denn er arbeitete inzwischen für eine andere Firma. Mich hatte sie bei Carla untergebracht. Nach den ersten Terminen und Veranstaltungen hatte sie einen Tag frei. Ihr Chef überließ ihr seinen Firmenwagen, einen Mercedes-Benz Strich Acht in Dunkelblau, es gab ein Foto von ihr in dem Wagen.

Ich hatte diese Geschichte oft von ihr gehört. Am Morgen beschloss sie, die Gelegenheit zu nutzen, um mit dem Wagen allein den Bodensee zu umrunden. Mehrere Länder an einem Tag, der Gedanke gefiel ihr. Von Friedrichshafen fuhr sie nach Lindau, über die österreichische Grenze nach Bregenz, weiter in die Schweiz. Vielleicht hielt sie unterwegs, ging am See spazieren, vielleicht hatte sie auch ein Buch dabei und ging in ein Café; so stellte ich es mir vor. Sie war den ganzen Tag unterwegs, und vielleicht bekam sie nicht mit, dass eine Gruppe der RAF die deutsche Botschaft in Stockholm gestürmt hatte. Vielleicht aber hörte sie die Nachricht im Radio, hatte aber trotzdem nicht das Gefühl, dass die Grenzbeamten womöglich nicht zu Scherzen aufgelegt sein würden. Es war früher Abend, das letzte Stück hatte sie sich schöner vorgestellt, die Straße hatte immer weiter vom See weggeführt. Schließlich erreichte sie den Grenzübergang in Schaffhausen. Eine Frau in einem schwarzen Trenchcoat, die Sonnenbrille mit Gläsern groß wie Apfelsinen im kurzen, dunklen Haar, allein in einer dunkelblauen Mercedes-Limousine. Der Grenzbeamte winkte sie sofort aus der Reihe der Wartenden. Ein anderer machte ihr ein Zeichen, sie solle die Scheibe runterkurbeln. Sie zeigte ihre Papiere, der Fahrzeugschein hatte im Handschuhfach gelegen, alles war in Ordnung, doch der Beamte schien sie nicht durchwinken zu wollen.

»Wo soll es hingehen?«

»Nach Friedrichshafen.«

»Wo kommen Sie her?«

»Aus Friedrichshafen«, sagte sie wieder.

Er stutzte kurz, »Haben Sie etwas getrunken?«, fragte er dann.

»Ja, habe ich«, antwortete meine Mutter mit gespieltem Ernst.

»Was haben Sie getrunken? Und wie viel?«

»Milch. Ein Glas«, sagte sie.

Damit war es entschieden. Der Beamte war brüskiert und schien dieser Frau in dem großen Wagen alles Mögliche zuzutrauen. Er wies sie an, das Auto zu parken und auszusteigen. »Danach haben sie alles durchsucht. Sie haben dabei alles, was beweglich war, angehoben oder herausgeholt. Sie ließen sich Zeit und redeten kein Wort mit mir«, hatte sie mir erzählt. Auch Wolfgang hatte an diesem Tag einen Ausflug gemacht, er war, nur etwas zeitversetzt, ungefähr dieselbe Strecke gefahren, und stand in der Schlange der wartenden Autos. Nachdem er kontrolliert worden war, entdeckte er meine Mutter, wie sie neben dem Wagen ihres Chefs stand, während zwei Beamte immer noch mit den Teppichen aus Fußraum und Kofferraum beschäftigt waren. Er stieg aus und beschloss, zusammen mit ihr zu warten. Ein halbes Jahr später, an meinem dritten Geburtstag, wurden wir zu einer Familie.

Der ältere Mann stand noch immer am Schaufenster mit den Plastiktellern, bunten Bechern und Glitzerkugelschreibern. Er hatte weißes, dichtes Haar, trug eine Jeans und einen weiten Strickpullover, einen Stoffbeutel hielt er in der Hand, mit dem Schriftzug einer Bioladenkette. Ich ging an ihm vorbei, doch er beachtete mich nicht. Dann stieg ich aufs Fahrrad und fuhr los.

»Du hast nämlich zwei Väter, einen leiblichen, und Wolfgang«, so hatte meine Mutter es mir erklärt, als ich fünf oder sechs Jahre alt gewesen war. Zwei, einen leiblichen, den ich in Gedanken später anfing L. zu nennen, obwohl ich seinen Namen kannte, L. wie leiblich, L., weil ich so wenig über ihn wusste, und einen echten, Wolfgang. Ich war als Kind nie unzufrieden mit der Situation gewesen, zwei Väter, zwei waren besser als einer. Meine Mutter hatte aus der Sache nichts Kompliziertes gemacht, kein Geheimnis, das sie später hätte lüften müssen. Sie hatte L. Anfang der Siebzigerjahre kennengelernt, beim Einkaufen im Supermarkt, an der Kasse. Er war vor ihr an der Reihe gewesen. Danach hatte er beobachtet, wie sie ihre Lebensmittel in ihre Korbtasche legte, und dann sprach er sie an. Allein die Art, wie sie ihre Sachen einpacken würde, wäre schon so elegant, ob sie das eigentlich wüsste? Sie gingen einen Kaffee trinken. Seine Haare waren fast kinnlang, er trug eine enge Lederjacke und erzählte ihr, dass er als Physiker eine Zeit lang in Australien gearbeitet hätte, er wäre erst vor einigen Wochen zurück nach Deutschland gekommen. Es würde ihm noch schwerfallen, in den Alltag zurückzufinden. Das wäre der Moment gewesen, hatte sie mir später erzählt. Sie hätte sich nicht in ihn, sondern in die Tatsache verliebt, dass er aus dem Ausland zurückgekommen war. Wenige Monate später heiratete sie ihn schon, ein Jahr später wurde sie schwanger, und noch vor meiner Geburt trennte sie sich wieder von L. Er selbst hatte wahrscheinlich keine Ahnung gehabt, dass er ein Nachfolger gewesen war. Dass sie ihm eine Rolle zugeteilt hatte, die er nur für kurze Zeit würde erfüllen können. Später willigte er ein, dass Wolfgang mich adoptierte, und meine Mutter hörte nichts mehr von ihm.

Ich besaß ein einziges Foto von L., es war das Hochzeitsfoto. Meine Mutter trug ein weißes, sehr kurzes Kleid. Er einen flaschengrünen Cordanzug und eine getönte Brille. Es muss ein verregneter Tag gewesen sein, der Asphalt glänzte, sie standen vor dem Rathaus. Ich konnte erkennen, dass ich L.s Gesichtsform hatte, herzförmig, das Kinn ein wenig spitz. Auch Hanna hatte seine Gesichtsform. Vor einiger Zeit hatte ich das Hochzeitsfoto mit meinem Telefon abfotografiert, um mir L. vergrößert ansehen zu können. Es hatte nicht funktioniert, schon das Original war zu körnig, die Gesichter zu klein. Vor etwas über einem Jahr hatte ich meine Mutter nach ihm gefragt, sie hatte daraufhin seine Telefonnummer herausgefunden und bei ihm angerufen. Es wäre ein freundliches, unverkrampftes Gespräch gewesen, hatte sie mir danach erzählt. Er hätte sie zum Essen eingeladen, aber das hätte sie abgelehnt. Nicht neugierig zu sein auf ihn, auf ein Wiedersehen, auf ein Gespräch, das passte eigentlich nicht zu meiner Mutter. Doch wahrscheinlich wollte sie nicht, dass er mitbekam, wie schwer es ihr fiel, Treppen zu steigen oder einen Spaziergang zu machen. Sie wollte es womöglich dabei belassen, dass er ihre junge Stimme am Telefon hörte. Um den Kontakt zwischen ihm und mir herzustellen, fragte sie ihn nach seiner E-Mailadresse, einige Tage später schrieb sie ihm und setzte mich in Kopie. Sie bedankte sich noch einmal für das Telefonat, schrieb, es wäre schön gewesen zu erfahren, dass es ihm gut ging. Dann gab sie ihm meine E-Mailadresse, für den Fall, dass er sich melden wolle. Es hatte keine Stunde gedauert, da kam schon eine Antwort.

Falsche Adresse!!!!!!!

Darunter die Kurzform *MfG*, dann sein Nachname, der Vorname nur mit dem ersten Buchstaben abgekürzt. Ich habe diese Nachricht aufbewahrt, hin und wieder in den vergangenen Monaten habe ich sie aufgerufen; *Falsche Adresse*, und dann diese dramatische Reihe von Ausrufezeichen.

Wenn ein älterer Mann mir in unserer Straße entgegenkam, schaute ich ihm ins Gesicht und stellte mir vor, es wäre L.; ich fragte mich zwar, ob ich ihn überhaupt erkennen würde, doch ich dachte jedes Mal an die Möglichkeit, es wäre L., der gekommen war, um sich die Straße und das Haus anzusehen, in dem ich lebte. Während ihres Telefonats mit ihm hatte meine Mutter nebenbei erfahren, dass er im Alter, genau wie sie, Diabetes entwickelt hatte. Seitdem bemühte ich mich, weniger Zucker zu essen.

15/1.67 Im Speisewagen findet sie einen freien Platz. Sie schiebt ihren kleinen blauen Koffer unter den Tisch und knöpft sich den Mantel auf, schon steht ein Kellner hinter ihr, »soll ich Ihnen den abnehmen?«, er streckt die Hände aus. Über den Bahnsteig geht langsam Herr Kröger und sucht die Fenster nach ihr ab, er scheint wissen zu wollen, ob sie gut untergekommen ist, der neue Liebhaber ihrer Mutter, die das Wort Liebhaber sicher nicht zulassen würde. Doch sie ist geradezu aufgeblüht, seitdem sie angerufen und besucht wird von Herrn Kröger, seitdem sie mit ihm ausgeht und danach in seinem Wagen nach Hause gebracht wird. Silvester sind die beiden im Strandhotel tanzen gegangen.

Sie klopft ans Fenster, Herr Kröger entdeckt sie und hebt den Hut, ruft etwas, doch es geht unter im Lärm, ein anderer Zug fährt ein. Sie ist ihm dankbar, dass er angeboten hatte, sie zu fahren, so ist ihr die einstündige Bummelfahrt mit dem Bus über die Dörfer nach Flensburg erspart geblieben. Wie oft hat sie früher in diesem Bus gesessen, nur, um in ein Kaufhaus zu gehen, oder ins Kino. Herr Kröger winkt noch einmal, dann geht er. Er scheint ihre Mutter wirklich zu mögen, und auch den Rest der Familie, sie und Carla nennt er manchmal »die Mädchen«, als wären sie seine Töchter, und gestern, am Tisch, hat er gefragt, welchen Film sie zuletzt im Kino gesehen hätten, und was sie eigentlich von Nana Gualdi halten würden, ob die nur was für die Älteren wäre oder auch bei den Jüngeren gut ankäme, sie haben ihn ein bisschen ausgelacht, ihm dann ein paar Namen zugeworfen, Herr Kröger war überhaupt nicht beleidigt, sondern lachte mit, notierte sich sogar einige der Namen, für den nächsten Besuch in der Schallplattenabteilung, sagte er. Hoffentlich bleibt er noch lange bei ihrer Mutter; hoffentlich darf er bleiben.

Der schrille Pfiff ertönt, kurz darauf setzt der Zug sich in Bewegung, der Bahnsteig gleitet an ihr vorbei, und sie empfindet wieder diese Mischung aus Erleichterung und Aufbruchsstimmung. Erleichterung, weil sie die kleine Stadt und ihre mürrischen Gesichter, den messerscharfen Wind und die unwirkliche Stille an Sonntagen wieder hinter sich lässt; der Neujahrsbesuch, den sie vor sich hergeschoben, aber versprochen hatte, weil ihre Mutter enttäuscht gewesen war, dass sie die Weihnachtstage bei Edgars Eltern verbracht hatte, dieser Besuch ist geschafft. Aufbruchsfreude, der Speisewagen ist wie eine behütete Zwischenwelt, sie fährt gern durch die Dunkelheit, es ist warm, die kleine Tischlampe spiegelt sich im Fenster. Der Kellner kommt vorbei, sie bestellt einen Tee und ein Stück Apfelkuchen. Aus dem Koffer holt sie ihre Zeitung, die sie schon vor der Hinfahrt gekauft hatte, und eine alte Illustrierte von Carla. Den Schreibblock und die beiden letzten Briefe von Edgar holt sie ebenfalls heraus. Vielleicht findet sie hier genug Ruhe, um ihm zu antworten. Am Küchentisch ihrer Mutter fand sie die nicht.

Wie es seine Art ist, hat er beide Briefe an einem Tag geschrieben und jeden in einem eigenen Umschlag verschickt. Klug und vorausschauend ist Edgar, jeder Umschlag ist nummeriert, denn der Briefträger bringt die Post nicht immer in der Reihenfolge, wie Edgar sie aufgegeben hat. Nummer *253/a* und *253/b* liegen vor ihr. Beide geschrieben einen Tag vor Heiligabend. Sie zieht den ersten aus dem Umschlag und überfliegt ihn noch einmal. Wie meistens, eine Art Protokoll seiner Tage, Arbeit, Termine, Begegnungen und Telefonate, Angst und auch Ernüchterung kann sie zwischen den Zeilen lesen, Edgar kann sich kaum über kleine Erfolge freuen, dazu neigt er nicht. Er hat ihr wieder ein Foto seines Zimmers geschickt, in dem er seit Monaten wohnt. Es ist klein und spärlich eingerichtet, ein Bett, ein Tisch mit Stuhl, ein Kleiderschrank. Er hat sich eine neue Vase gekauft, in der frische Blumen stehen. Er würde es noch einigermaßen in diesem Zimmer aushalten, doch vor den Weihnachtstagen würde er sich fürchten, hat er ihr vor einiger Zeit geschrieben. Jede Ausgabe, und sei es für eine Schachtel Zigaretten, müsse er sich gut überlegen, das sei an solchen Tagen dann etwas trostlos. Zusammen mit seinen Eltern hat sie ihm deshalb ein großes Paket geschickt, mit Büchern, einer Mappe neuem Briefpapier, Marzipan und Lebkuchen, Lakritz und zwei Päckchen gemahlenem Kaffee. Doch wahrscheinlich hat es ihn nicht mehr vor Weihnachten erreicht, denn in seinem Brief erwähnt er es nicht.

Man nennt mich hier wahrscheinlich Herr Niemand, Mr. Nobody, obwohl, dafür müßte man überhaupt bemerken, daß ich da bin. Ich hätte gedacht, es wäre einfa-

cher, eine Basis für uns zu schaffen. Fünf Monate liegt seine Abreise zurück, fünf lange Monate. Sie hätte ebenfalls gedacht, er würde schneller Fuß fassen. Seine Firma bezahlt ihn nicht gut, es sind Provisionen abgemacht, aber dafür bräuchte er Erfolge. Sie schlägt den Block auf, dieser Brief an ihn wird wichtig sein. Sie will Edgar Mut machen, will ihm sagen, dass er aufhören soll, sich Sorgen zu machen, dass er nur von Tag zu Tag denken soll, sie wünschte, er würde sie einfach bitten zu kommen. *Ich habe einen lukrativen Abschluß in Reichweite, nein, besser gesagt, in verschwommener Sicht, man braucht noch ein Fernglas, um ihn zu erkennen. Wenn diese Option platzt, gebe ich auf und komme zurück*, hat er geschrieben. Sie versucht sich das vorzustellen, Edgar beendet seine Arbeit in Hongkong, packt seine Sachen, kündigt das Zimmer und steigt in ein Flugzeug zurück. Sie wird in der Empfangshalle auf ihn warten, aufgeregt den Blick wandern lassen, um Edgar zwischen den anderen möglichst schnell zu entdecken, sie kann sich genau vorstellen, welches Bild sie dabei abgeben würde, das einer sehnsüchtigen, ungeduldigen Frau, die den Hals reckt, die ihm winkt, hier, hier bin ich. Während sie sich umarmen, würde sie spüren, dass Edgar gar nicht richtig bei ihr ist, und sie würde daran nichts ändern können, im Gegenteil, sie würde die Person sein, die ihn immer wieder daran erinnert, was er eigentlich gewollt hatte, weil sie seine Träume kennt. Käme Edgar wirklich zurück, würde etwas zerbrechen, auch zwischen ihnen. Bleibt er dort, bleibt auch ihre Zukunft, ihre gemeinsame. Es ist noch lange nicht an der Zeit aufzugeben, das muss sie ihm schreiben, und dann kann sie nur hoffen, dass der Brief ihn noch erreichen wird, bevor er eine Entscheidung getroffen hat. *Antonia, und bitte schreibe mir ein wenig darüber, was in Deutschland passiert. Du weißt ja, ich leiste mir die Times oder den Herald nur hin und wieder, und mein kleines Radio mit der schwachen Antenne nützt mir fast nichts.* Sie wird ihm wieder ein bisschen was von ihrer Zeitungslektüre erzählen.

Sie rechnet nach, heute ist der fünfzehnte Januar, vor zwei Tagen kamen Edgars Briefe, ganze drei Wochen waren sie unterwegs. Vierzehn Tage dauert es mindestens, bis ein Brief ankommt, vierzehn Tage oder älter werden die von ihr aufgeschriebenen Nachrichten aus der Zeitung sein, wenn sie bei ihm ankommen. Siebenunddreißig Tage oder länger wird dann sein Anflug von Mutlosigkeit kurz vor Heiligabend zurückliegen, wenn er ihre Zeilen dazu schließlich lesen kann. Sie kennt es ja umgekehrt, seine Reaktionen auf einen besonders schönen Abend, eine Party, einen Theaterbesuch, oder auf ein Ärgernis, einen Streit mit ihrer Mutter oder im Büro, manche seiner Ratschläge und Kommentare in Bezug auf diese alltäglichen Dinge, von denen sie ihm schreibt, liest sie manchmal mit Ungeduld. Denn das meiste, worauf er eingeht, ist längst überholt. Über schöne Ereignisse haben sich kleine Niederlagen gelegt, und über Sorgen schöne Ereignisse. Beim Lesen seiner Antwort ist sie schon längst wieder woanders. Für ihn wird es genauso sein. Alles, was sie haben, bleibt auf Papier. Doch das Papier ist schon Vergangenheit, wenn es in ihren Briefkästen liegt.

»Entschuldigen Sie, wie spät ist es?«, fragt sie den Kellner. Er schaut auf seine Armbanduhr, »Zwanzig Uhr fünfundvierzig.«

Sie rechnet wieder nach, bei Edgar ist es jetzt schon Viertel vor vier, tiefe Nacht, fast früher Morgen. Sie stellt ihn sich schlafend vor, in seinem schmalen Bett, draußen die Geräusche der erwachenden Straßen. Sie lebt mit zwei Uhrzeiten, geht sie abends um elf ins Bett, denkt sie daran, dass Edgar gleich aufwachen wird. Steht sie morgens um sieben auf, versucht sie, ihn sich in seinem Büro vorzustellen, in der kleinen Parzelle, die er gemietet hat.

Sein zweiter Brief liest sich wieder, als würde Edgar flüsternd neben ihr sitzen. *Vorhin mußte ich daran denken, wie wir bei Frau Larsson im Wohnzimmer Manche mögen's heiß guckten, Englisch mit den lustigen dänischen Untertiteln, wie wir uns amüsierten über Gamaschen-Columbo, Daphne und das Froschmaul, und wie wir süße Milchsuppe aßen*; und dann kommen seine Gedanken an ihren Körper, ihr Gesicht, ihre Haut, ein Liebesakt aus Worten.

Sie hat sich angewöhnt, immer erst den sachlichen Brief zu lesen, Brief a), und danach den sehnsuchtsvollen, Brief b). Sie faltet die dünnen, knisternden Luftpostblätter wieder zusammen und schiebt sie vorsichtig nacheinander in die Umschläge. Sie nimmt einen Schluck Tee und beginnt zu schreiben, versucht, ihn zu ermutigen, fragt nach den Weihnachtstagen, spürt schon wieder die Vergeblichkeit, weil sie ja doch nichts weiß darüber, wie er sich *jetzt* fühlt, wie sich die Dinge *jetzt* für ihn entwickelt haben.

Nach einer Weile blättert sie die Zeitung durch und beginnt, ein bisschen was von der Nachrichtenlage zu schreiben, obwohl sie keine große Lust dazu hat. Was für ein langweiliger Brief käme dabei heraus, würde sie es allzu ernst nehmen. *Du möchtest sicher etwas über die*

Große Koalition lesen, in den Zeitungen wird wieder und wieder die Frage gestellt, ob es sich um eine politische Krise handelt. Doch das Interessanteste an der ganzen Sache, finde ich, ist unser Außenminister. Soll ich Dich ein bißchen eifersüchtig machen und erzählen, wie ich Willy Brandt finde?

Sie blättert den Wirtschaftsteil durch und schreibt ihm auch dazu ein paar Zeilen, *Das Bankenjahr 1966 soll ein außerordentlich gutes gewesen sein, die Banken schwimmen im Geld, weil die Menschen nach der Konjunkturflaute nichts ausgegeben, sondern gespart haben – alle, außer mir, wie Du jetzt wahrscheinlich sagen würdest.*

Sie blättert durch den Auslandsteil und schreibt ihm von ihren Gedanken über Vietnam, das ist nicht vergeblich, auch in zwei Wochen wird nichts davon überholt sein, wird sich dort nichts verändert haben, sie kann sich nicht vorstellen, wie dort je wieder etwas gut werden soll, und sie bittet Edgar, ihr seine Sicht zu schreiben, er ist viel näher dran, er hat ihr von GIs erzählt, die nach Hongkong eingeflogen würden, die für zwei oder drei Tage Urlaub dorthin kämen, die alle Hemmungen verlieren würden, die Alkohol, Frauen, Schlaf, all das in diesen überschaubaren Stunden aufsaugen würden, um danach zurückgeflogen zu werden. Sie schreibt ihm von einem Diskussionsabend an der Universität, zu dem sie gehen wird, obwohl sie weiß, dass ihm das nicht so recht gefällt. Vielleicht befürchtet er, sie könne auf einmal eine Vorliebe für einen Jura- oder Philosophiestudenten entwickeln, wie es Mona getan hat.

Sie blättert weiter und findet einen Artikel über Moskau, nach einer Umfrage wird Moskau immer attraktiver als Reiseziel und macht New York Konkurrenz. *Edgar, wir treffen uns dort auf halbem Weg für ein romantisches Wochenende. Ja, Du hast natürlich recht, Moskau liegt nicht auf halber Strecke, Du bist weiter weg von dort als ich.* In der Straße ihrer Firma befindet sich ein Antikladen. Seit einigen Wochen steht dort ein Globus. Dreimal war sie in dem Geschäft, um sich diesen Globus anzusehen, ihn langsam zu drehen, die Entfernungen zu betrachten, um mit dem Finger von sich nach Hongkong zu gleiten, um es für einen Moment zu begreifen, zwei Punkte, zwei Orte, schon auf dieser kleinen Kugel ist es eine weite, weite Strecke von ihr zu ihm.

Sie schlägt die Zeitung zu und blättert durch die Illustrierte, auf der Suche nach einer amüsanten Geschichte, mit der sie Edgar erfreuen könnte. An einem Artikel über Anna Anderson bleibt sie hängen, die Frau, zahnlos und runzelig, lebt im Schwarzwald, von Hunden bewacht, und kämpft immer noch darum, Zarentochter sein zu dürfen. Wie oft haben ihre Mutter, Carla und sie früher gerätselt, ob diese Frau Anderson es nun ist oder nicht. Carla hatte sie mit ins Kino genommen, sie erinnert sich gut daran, sie war vierzehn Jahre alt, zusammen waren sie mit dem Bus gefahren, stumm und ergriffen hatten sie im Filmtheater gesessen, und später, als sie schon in ihren Betten lagen, konnten sie nicht einschlafen, konnten nicht aufhören zu flüstern, weil sie sich die Köpfe darüber zerbrachen, ob diese Frau nun die russische Großfürstin sein konnte oder nicht. Ingrid Bergmann, mit ihrem Diadem und dem langen Kleid mit der blauen Schärpe. Fotos von der echten Anna Anderson waren dagegen immer enttäuschend, die echte Anna Anderson konnte nicht Anastasia sein, dachten sie damals. Aber Ingrid Bergmann aus dem Film, die konnte es sein, so ihre kindliche Logik. *Die Klägerin hat nach wie vor zu beweisen, daß sie die jüngste Tochter des letzten Zaren ist. So lange die Beweisführung aussteht, dürfe sie sich nicht Großfürstin von Rußland nennen.* Der Artikel zitiert ein vorläufiges Gerichtsurteil, darin liegt eine Härte, die ihr ungerecht vorkommt. Sie schaut nach draußen, sieht die ersten Lichter der Stadt und schenkt sich den letzten kalten Schluck Tee ein. Sollen die Leute diese arme Frau doch in Ruhe lassen, soll sie sich Großfürstin von Russland nennen, so oft und lange sie möchte, wenn es sie glücklich macht, es tut doch niemandem weh, warum darf diese Frau auf ihre alten Tage nicht selbst entscheiden, wer sie sein will.

Draußen, vor dem Bahnhof, geht sie erst zum Taxistand, sie friert und würde gern sofort in einen Wagen steigen, doch stattdessen läuft sie weiter zur Straßenbahnstation. Sie wird ihn einhalten, den Vorsatz sparsam zu sein. Edgar, der sich nicht einmal erlaubt, Zigaretten zu kaufen, der vielleicht glaubt, alles falsch gemacht zu haben, der Gedanke bedrückt sie wieder. Zu Hause wird sie sich einen starken Kaffee kochen und noch einmal von vorn anfangen, ihm einen Brief schreiben, mit dem sie ihn aufbauen, ihn ermuntern wird, nicht aufzugeben, er ist kein »Herr Niemand«, er übertreibt mit seiner Schwarzmalerei. Eine Bahn fährt vor, fast leer, später Sonntagabend, und die Menschen sitzen in ihren Wohnungen, selbst hier. Sie löst eine Karte beim Fahrer und stellt den Koffer zwischen die Beine. Sie wird Edgar heute Nacht einen Brief schreiben, der ihn glücklich machen, der ihn spüren lassen wird, dass er nicht allein ist. Sie wird ihm beschreiben, wie sie sein Gesicht mit Küssen bedeckt, seine Wangen, seinen Mund, die empfindliche Stelle zwischen Nase und Oberlippe. Sie wird ihm einen Brief schreiben, der sich liest, als würde sie ihre Hand nach Edgar ausstrecken, ihn berühren und versichern, dass er sich vor nichts zu fürchten braucht.

Leichter Sprühregen liegt in der kalten Luft, als sie aus der Straßenbahn steigt. Sie biegt in die Straße und beginnt, in ihrer Handtasche nach dem Schlüssel zu suchen. Sie kann ihn nicht klimpern hören, bleibt sofort stehen, stellt den Koffer ab und wühlt ungeduldig in der Tasche, schiebt den Kleinkram, Umschläge, Puderdose, Portemonnaie hin und her, und sieht dabei den Schlüsselbund vor sich, wie er auf der Kommode ihrer Mutter im Flur liegt. Ihr Blick fällt auf die Telefonzelle gegenüber. Bei der Vorstellung, gleich ihre Mutter anzurufen und zu erfahren, dass sie wirklich ihren Schlüssel vergessen hat, fühlt sie sich auf einmal schrecklich müde. Sie legt die Tasche auf den Boden, holt nacheinander alles heraus und findet den Schlüssel eingeklemmt in ihrem Notizbuch. Erleichtert hebt sie alles auf, geht weiter, bevor sie die Stufen zur Haustür erreicht hat, steht schon ihre Nachbarin im Eingang.

»Guten Abend, ich habe Sie eben vom Fenster aus gesehen. Waren Sie wieder auf Reisen?«

»Ja, bei meiner Mutter, das Wochenende«, antwortet sie und ärgert sich sofort, dass sie der Neugier ihrer Nachbarin aus dem Hochparterre sofort nachgegeben hat.

»Bin ich froh, dass ich Sie heute Abend noch sehe. Ein Telegramm, Freitag schon!« Ihre Nachbarin hält einen

Umschlag in der Hand, macht aber keine Anstalten, ihn ihr zu geben. »Der Bote hat überall geklingelt. Und ich habe es dann in Empfang genommen. Aber dann wusste ich gar nicht, wo ich Sie erreichen kann. Ich hoffe, ich habe da jetzt nichts falsch gemacht.« Endlich gibt ihr die Nachbarin das Telegramm.

»Danke, dass Sie es für mich angenommen haben.« Sie lächelt, versucht, ausgeglichen und keinesfalls besorgt zu wirken. Ein Telegramm, das kann nur von Edgar kommen. Bei ihrer Familie war sie schließlich gerade.

»Kann ich Ihnen irgendwie behilflich sein? Sagen Sie, wenn Sie was brauchen.«

Ihre Nachbarin möchte offenbar auch gern wissen, ob etwas Schlimmes passiert ist, sie wäre wahrscheinlich noch gern dabei, wenn der Umschlag geöffnet und die Nachricht gelesen wird.

»Das ist sehr freundlich von Ihnen, vielen Dank.« Obwohl es ihr schwerfällt, geht sie ohne Eile durch das Treppenhaus und rührt den Umschlag nicht an. »Ich wünsche Ihnen eine gute Nacht.«

Langsam geht sie die ersten Stufen hoch, und erst nachdem sie gehört hat, wie ihre Nachbarin die Tür zugeklappt und den Schlüssel im Schloss gedreht hat, nimmt sie zwei Stufen auf einmal. Sie verbietet sich stehen zu bleiben und den Umschlag sofort, auf der Stelle aufzureißen.

Außer Atem kommt sie oben an, schließt leise schnaufend die Tür auf, betritt die Wohnung und stellt den Koffer ab. Sie verbietet sich noch immer, den Umschlag zu öffnen, sondern lässt den Mantel vom Körper gleiten, hängt ihn sogar ordentlich an den Garderobenhaken hinter der Tür und geht in die Küche. Ungeschickt reißt sie den Umschlag mit einem Finger auf. Kaum atmen kann sie vor Aufregung, was da jetzt kommen wird.

Bitte kuendige Wohnung und Arbeit — Loese Haushalt auf — Bereite alles vor fuer Abreise im Mai — Flugschein folgt — Alles Liebe Dein Edgar

20/1.67 Ihr Chef sitzt am Schreibtisch und bietet ihr den Platz gegenüber an. Sein dünnes, kurzes Haar glänzt nass gekämmt, gespannt schaut er sie an. Sie fühlt sich überreizt und wie auf Wolken, vier Tage hat sie das Gespräch vor sich hergeschoben, die ganze Woche über hat sie nachts wenig geschlafen, hat versucht zu begreifen, dass nun wirklich, endlich passiert war, worauf sie so lange gewartet hatte.

Sie trägt das Telegramm in der Handtasche bei sich, wieder und wieder hat sie das dünne, empfindliche Papier hervorgeholt, sie konnte nicht genug davon bekommen, diese drei Zeilen zu lesen. Eine Nachricht, eine kurze, direkte Nachricht, die nicht einem verhallten Echo gleicht, die nicht vierzehn oder zwanzig Tage unterwegs gewesen ist.

»Ich müsste zum Ende des Monats April kündigen.«

»Nein, das müssen Sie nicht, Herzchen.«

Sie lächelt, sie mag seinen Humor. So gut wie hier hatte sie es in keinem Büro. Angefangen bei dem schönen Platz am Fenster, mit diesem Blick über die Innenstadt. Dann die Bezahlung, die so überaus fair ist.

»Doch, ich muss, ich möchte aber auch.«

»Tun Sie mir das nicht an. Warum? Was habe ich verbrochen?«

Sie muss lachen, dann sagt sie es geradeaus. »Ich werde nach Asien gehen, nach Hongkong.« Da ist er, der Satz, den sie unendliche Male im Kopf durchgespielt hat. Hinter ihrem Chef hängt eine große Weltkarte, sie lässt einmal schnell den Blick nach Hongkong schweifen. Gestern hat sie das Schreiben mit der Kündigung für ihre Wohnung abgeschickt.

»Dann gehe ich in die Karibik«, antwortet er und zwinkert ihr zu. »Machen Sie sich einen Spaß mit mir?«

»Nein, im Mai geht es los.«

»Na, Donnerwetter. Sie meinen das ernst.«

Er lehnt sich zurück, kratzt sich im Nacken, dabei beobachtet er sie interessiert, als wäre er noch immer nicht sicher, ob sie nicht doch einen Scherz gemacht hat. »Dann erzählen Sie mir mal, was Sie nach Hongkong bringt. Haben Sie etwa einen Diplomaten geheiratet und vergessen, mir das zu sagen?«

»Nein«, sie zögert kurz, »mein Verlobter«, Verlobter, die Sache muss zuverlässig klingen, und nicht, als würde sie einer Fantasie nachjagen, »er hat sich in Hongkong als Kaufmann niedergelassen und wird auf längere Sicht dortbleiben.«

Verlobter, Kaufmann, alles hört sich nach einer großartigen Zukunft an, und es ist nicht einmal übertrieben, Edgar scheint in den letzten Wochen etwas erreicht zu haben, von dem er ihr noch nicht geschrieben hat, sonst hätte er nicht das Telegramm geschickt.

»Na, Gratulation«, sagt er, »Donnerwetter«, wiederholt er leise. »Sie wissen, dass Sie uns fehlen werden, oder? Was werden Sie dort den ganzen Tag tun? Wollen Sie einen Beruf ausüben?«

»Ja, an und für sich schon. Darum muss ich mich noch kümmern.«

»Wenn ich etwas für Sie tun kann, sagen Sie es gern.«

Sie nickt.

»Ach, Kleines. Der Ferne Osten, Sie machen Sachen.« Er schüttelt den Kopf und reibt sich über die Wange, wirkt ein wenig betrübt.

»Möchten Sie vielleicht einen Cognac?« Eigentlich hatten sie die Abmachung getroffen, dass sie ihn grundsätzlich erst nach sechzehn Uhr fragt.

»Immer.«

Ich betrachtete ein altes schwarzweißes Foto von ihr, *Winter 1944*, sie war zwei Jahre alt, hatte offenbar geweint, die runde Kinderstirn war in Falten gelegt, die Lider und Wangen geschwollen, die Augen funkelten wütend und feucht. Ich stellte mir vor, wie das kleine Mädchen vor mir stehen würde, stellte mir vor, wie ich mich zu ihm runterbeugte, es auf den Arm hob, seine nasse Wange an meiner spüren würde, wie ich ihm etwas Beruhigendes ins Ohr flüstern, es mit mir herumtragen, es zum Lächeln bringen würde. Ich betrachtete eine Aufnahme von ihr als Fünfzehnjährige, sie trug ein weißes Sommerkleid und saß im Gras, blickte schüchtern zur Seite, ein verträumtes Teenagermädchen; und dann betrachtete ich wieder das Foto von ihr als Vierundzwanzigjährige, eine Frau mit schlanken Armen und schmaler Taille, die in einem sehr kurzen schwarzen Kleid auf einem Schreibtisch saß, die Beine hochgezogen und angewinkelt, sie trug eine lange Perlenkette dazu, sie versuchte ein kokettes Lächeln, doch wirkte zerbrechlich dabei. *Edgars Zimmer, Abschiedsfotos*, hatte sie auf die Rückseite geschrieben. Ein antiker Schreibtisch aus dunklem Holz, aufgeräumt, fast leer. Das Bild war kurz vor Edgar Janssens Abreise entstanden. Ich wollte die junge Frau auf dem Foto beschützen, vor Enttäuschungen und Kummer, ich wollte sie beschützen, als wäre ich ihre Mutter.

Ich räusperte mich, es war nur ein kleines Kratzen im Hals, doch in der Stille der Wohnung nahm ich das Räuspern deutlich war. Meine Mutter hatte eine Art gehabt sich zu räuspern, die sich manchmal etwas gequält anhörte, als hätte sie einen zugeschnürten Hals, als wäre sie bedrückt, manchmal hatte der Klang auch etwas Vorwurfsvolles. Sie räuspert sich so beklommen und gequält, um mir ein schlechtes Gewissen zu machen, hatte ich manchmal gedacht, mit dem Gefühl, ich müsse sie jetzt fragen, ob es ihr nicht gut gehe, ob irgendetwas nicht in Ordnung sei. Doch nun hörte ich mein eigenes Räuspern, das genau wie ihres klang, hervorgepresst, angestrengt. Dabei hatte ich nur dieses leichte Kratzen loswerden wollen, ohne Bedeutung, und wahrscheinlich hatte es auch bei meiner Mutter nie eine Bedeutung gehabt; nebenbei fand ich es erstaunlich, dass der Klang eines Räusperns, dieses winzige physische und kaum wahrnehmbare Detail, so vererbbar war wie eine Nasenform oder eine Haarfarbe, und ich frage mich, ob Hanna mich je hatte räuspern hören, mit diesem Gedanken: Geht es ihr nicht gut, hat sie was, muss ich sie fragen?

8/4.67 »Alle bitte noch einmal stillhalten und zu mir schauen. Ja, lächeln!« Er drückt auf den Auslöser, dreht noch einmal etwas an der Schärfe und knipst ein weiteres Mal. »Danke, ihr seid erlöst.« Der Mann, ein Nachbar, der von Beruf Fotograf ist, baut seine Kamera vom Stativ. Einige von ihnen lösen sich wie Versteinerte nach einem Zauberspruch aus ihrer Haltung. Sie haben tatsächlich allesamt in den Teesalon gepasst. Edgars und ihre Familie, zusammen auf einem Foto.

Während ihre Mutter und Carla, Alexander und Ingrid sich ihre Plätze an der Tafel suchen, lässt sie den Blick in den Garten schweifen, zwischen den Zweigen flirrt das erste Hellgrün, zwei Ruderboote gleiten durch den Kanal. Sie nippt an ihrem Champagner, neben Carlas Mann am Ende der Tafel sitzt ihre Großmutter. Sie ist das erste Mal seit zehn oder mehr Jahren mit einem Zug gefahren. Durch ihr neues, dünnes Brillengestell schaut sie die Leute um sich herum wohlwollend, fast zärtlich an.

»Na, guuuuuut«, ruft Albert, blickt zur Tür und nickt jemandem zu, kurz darauf dreht er sich zum Plattenspieler und setzt vorsichtig die Nadel auf. Violinen, Violinen, Violinen, *Everybody loves Somebody*. Och, nöö, denkt sie, Dean Martin, der Mann mit der schweren Zunge. Das Lied klingt jedes Mal, als würde etwas mit der Geschwindigkeit des Plattenspielers nicht stimmen. Doch Edgars Bruder scheint sehr zufrieden zu sein, er dreht die Musik noch etwas lauter. Mona trägt mit ihrer älteren Schwester Gertrud eine Torte herein. Von mehreren Seiten ist Ah und Oh zu hören. Langsam gehen die beiden zum Tisch und stellen sie dort ab. Zwei Etagen, überzogen mit Marzipan, die Torte ist verschwenderisch geschmückt mit dunkelroten und schneeweißen Zuckerblüten. Albert lehnt am Schrank, eine Locke hat sich gelöst, hängt ihm in die Stirn, der obere Knopf seines Hemds ist offen, er schnippt leise zur Musik, er scheint schon etwas betrunken zu sein.

»Also«, sagt Mona laut, um Dean Martin zu übertönen, dabei wirft sie Albert einen Blick zu, doch er scheint es nicht zu bemerken. »Für alle, die sich nicht mit Botanik auskennen«, sie macht wieder eine Pause, um Albert noch mal die Gelegenheit zu geben, die Musik leiser zu drehen, und dann ergreift er sie auch endlich, »die Blüten auf der Torte wurden sorgsam ausgewählt. Es sind Bauhinien«, sie spricht deutlich, mit höflich vorgetragener Begeisterung, wie eine Kunstexpertin, die eine unruhige Gruppe Besucher durch ein Museum lotsen muss, »die Bauhinie ist die Symbolblume Hongkongs«, sie hebt ihr Glas, »denn wir haben Grund zu feiern. Toni und Edgar sind verlobt, und sie werden in Hongkong heiraten!« Einige klatschen, Mona umarmt sie, drückt ihr links und rechts Küsse auf die Wangen, auch ihre Mutter und Carla kommen und stoßen mit ihr an.

»Wer möchte kosten?«, fragt Gertrud und schaut auffordernd in die Runde.

»Toni muss erst anschneiden«, sagt Mona und hält auffordernd ein Messer hoch.

Sie muss an Hochzeitsszenen in Filmen denken, oder Fotos von frisch Verheirateten in Modejournalen. Das Paar nebeneinander hinter der Torte, beide eine Hand am Griff des Messers. Der Nachbar steht bereit, um Fotos zu machen, die sie später Edgar schicken werden, damit er nachträglich teilhaben kann an dem Ereignis. Sie setzt das Messer an, schaut hoch und lächelt.

»Auf die zukünftige Braut. Deren Glanz heute für zwei reicht!«, sagt Mona und hebt wieder ihr Glas. »Zum Wohl, auf die Braut«, rufen einige hinterher. Sie drückt, wie von ihr erwartet wird, das Messer vorsichtig in die Marzipanmasse und versucht, keine dieser unglaublichen Blüten zu verletzen. Bei Edgar ist es jetzt später Abend. Vielleicht sitzt er in seinem Zimmer, liest oder schreibt ihr, vielleicht macht er einen Spaziergang, womöglich schläft er aber auch schon. Oder er hatte ein Essen, mit Geschäftsleuten, und nun nehmen sie die letzten Drinks. Auch das wäre möglich. Sie schneidet ein Stück nach dem nächsten aus der Torte, hebt eines nach dem anderen auf die Teller, die ihr gereicht werden. Edgar hat ihr von der Wohnung geschrieben, die er für sie beide gefunden hat, sogar eine Zeichnung hat er gemacht. Zwei Zimmer in einem neuen Apartmenthaus, zehntes Stockwerk, unglaublich, und von einem Eckfenster werden sie sogar Blick aufs Wasser haben. Anfang Juni, spätestens Anfang Juli, wenn es bei der Fertigstellung nicht zu Verzögerungen kommt, werden sie einziehen, hat er geschrieben.

Wieder hat er alles so sorgfältig durchdacht. Acht oder neun Tage, nachdem das Telegramm gekommen war, rief ihre Mutter weinend bei ihr im Büro an. Sie hatte einen Brief von Edgar erhalten.

Sehr geehrte Frau Weber, hiermit möchte ich um die Hand Ihrer Tochter Antonia anhalten.

Dem Datum nach hatte er diesen Antrag schon vor dem Telegramm geschrieben und abgeschickt. Zwei Tage, nachdem ihre Mutter angerufen hatte, kam auch bei ihr ein Brief an, in dem Edgar sie fragte, ob sie seine Frau werden wolle. Zwei Sätze, mit blauer Tinte mittig auf den Bogen geschrieben, mehr nicht, dieser Brief sah wunderschön aus.

Edgars Mutter holt Cointreau und Sherry aus dem Schrank, dazu ein rundes Messingtablett mit Likörgläsern. Sie schenkt ein und reicht das Tablett herum. Carla und ihre Mutter zünden sich Zigaretten an und entgleiten der Gesellschaft fast zeitgleich durch ihren abwesenden, melancholischen Blick.

»Toni, komm doch mal, bitte.« Mona steht in der Tür und winkt sie heran, verschwindet danach sofort wieder im Flur. Sie schlängelt sich an den Stühlen vorbei zur Tür, Mona steht am Telefontisch im Flur und hält ihr den Hörer hin. »Für dich!«, sagt sie und tritt zur Seite.

Den Hörer am Ohr, wartet sie gespannt. Sie kann nur ein leises, rhythmisches Knacken hören, wie das einer Schallplatte, die sich weiterdreht, nachdem das letzte Lied verklungen ist.

»Entschuldigen Sie?«, fragt auf einmal eine Dame am anderen Ende der Leitung. »Sind Sie noch am Apparat? Hier Fernsprechamt Platz fünf. Eben ist ein Problem mit der Verbindung aufgetreten, die Sie angemeldet hatten. Ich versuche es jetzt noch einmal. Einen Augenblick, bitte.«

Sie wartet, noch etwas ungläubig, sie ahnt, mit wem sie verbunden werden soll. Einen Moment hält sie den Atem an und sieht den Globus aus dem Antikladen vor sich. Die Strecke, die sie mit dem Finger von sich zu Edgar zurücklegen muss. Unvorstellbar, diese Strecke soll jetzt, hier, überwunden werden, Meere, Gebirge, ganze Kontinente, sie hat nie verstanden, wie das möglich sein soll.

»Wir mussten das Telefonat vierundzwanzig Stunden vorher anmelden«, flüstert Mona, die selbst aufgeregt zu warten scheint. »Wehe, es klappt nicht.«

»Ihr Anruf kann jetzt durchgestellt werden«, die Stimme der Dame vom Fernsprechamt.

Sie nickt Mona zu, die lächelt zufrieden. »Dann lass ich euch mal in Ruhe sprechen«, flüstert sie, macht sich davon und schließt leise die Wohnzimmertür hinter sich.

Sie wartet, drückt den Hörer ans Ohr, kneift die Augen zusammen, um sich besser auf jedes kleine Geräusch konzentrieren zu können. Sie wird von einem lauten Rauschen überrascht, als würde jemand pusten, dann bricht es wieder ab.

»Toni!«, hört sie auf einmal Edgars Stimme, leise, wie die Stimme aus einem Radiosender, dessen Frequenz zu versiegen droht.

»Edgar, ich kann es kaum glauben.« Sie sagt es laut und deutlich, doch mehr als alles vernimmt sie ihren eigenen Atem, sie muss leiser sein, am besten gar nicht atmen.

Edgar sagt etwas, doch sie kann ihn nicht verstehen. Da ist ein Rauschen, wie ein Regenschauer.

»Edgar, wie geht es dir? Kannst du mich hören?«

»Ja, ich bin hier, ich kann dich gut verstehen.«

Sie hat seine Stimme so lange nicht mehr gehört. Der Klang seiner Stimme ist wie ein Wunder. Wie lange ist es her, dass sie diesen Klang im Überfluss hatte. Ein schneller Anruf von Büro zu Büro, ihre Stimmen, so viel davon, so viel wie sie wollten.

»Toni!«

»Ich bin noch dran.«

Edgar sagt nichts, und auch sie ist sprachlos, sie wartet, will nichts Banales erzählen, sie überlegt, was bedeutend genug für diese Minuten sein könnte, sie will so viel fragen, will so viel von ihm erfahren, doch weiß nicht, wo sie anfangen soll; die Zeit verrinnt, es ist kaum auszuhalten, sie wünschte, Edgar würde einfach erzählen, doch auch er bleibt stumm. Zusammen schweigen sie eine unendlich wertvolle Weile lang.

»Sind wir jetzt verlobt?«, sagt Edgar auf einmal.

»Ja«, bringt sie nur heraus.

»Toni, es ist schön, deine Stimme zu hören, aber es ist auch viel, sehr viel, ich weiß kaum, was ich sagen soll.«

»Ja, ja, das ist es. So geht es mir auch.«

»Was hast du gesagt?«

»Nichts. Nur, dass es mir auch so geht wie dir.«

»Kannst du mich gut verstehen?«

»Ja, und du?«

»Toni?«

»Ja, ich bin noch da.«

»Wie bitte?«

»Ich sagte, dass ich«, noch da bin, denkt sie, doch spürt, wie die Ungeduld sie packt, sie muss dieses Gefühl unterdrücken, um sich den Moment nicht zu verderben. Jedes Wort, ein verlorenes Wort, vielleicht sollten sie das

Sprechen aufgeben und nur gemeinsam dem Rauschen zuhören, mit dem Wissen, dass der andere da ist.

»Ich höre dich nicht mehr gut. Wir scheinen keine gute Leitung erwischt zu haben. Aber ich habe dich sehr lieb.«

»Ich dich auch, Edgar!«

Sie könnte das Telefon gegen die Wand knallen, das Hoffen, das Hören, das Warten, all das zusammen, es ist so anstrengend. Sie atmet einmal tief durch und presst den Hörer fester ans Ohr.

»Edgar, verstehst du mich?«

»Ja! Ja, es ist jetzt viel besser.«

Endlich ein klarer Moment. Sie überlegt, was sie sagen kann, schnell, sofort, bevor wieder etwas dazwischenkommt. »Es ist Nacht bei dir. Wo bist du gerade?«, fragt sie, um ihn sich vorstellen zu können.

»Ich sitze in meiner Büroparzelle. Sonst ist keiner mehr hier. Ich bin allein, mit dir.«

»Ja, mit mir.« Sie berührt mit den Lippen den Hörer, schließt die Augen und stellt sich vor, es wäre Edgars Mund.

»Geht es dir gut, Toni?«

»Ja, es geht mir gut, ich habe angefangen, Kisten zu packen, ich werde wenig mitnehmen, versprochen. Wir haben heute auf uns angestoßen. Im Wohnzimmer steht eine unglaubliche Torte. Alle sind hier, wir –«, ein lautes Knacken schneidet ihr das Wort ab, als hätte jemand mit Wucht die Telefongabel runtergedrückt.

»Entschuldigen Sie, Ihre ersten drei Minuten sind jetzt um. Möchten Sie die Sprechzeit verlängern? Dann entstehen weitere Gebühren.«

»Ja! Ja, unbedingt«, sie ruft es fast.

Wieder muss sie warten. Telefonate in Länder anderer Kontinente sind nichts für schwache Nerven. Sie kennt die Geschichten von ungeduldigen Chefs und ihren Tobsuchtsanfällen, ein Rauschen, ein Knacken, das vergebliche Tuten in der Leitung, sie hatte schon oft Mitleid mit den Fräuleins von den Fernsprechämtern, die sich beschimpfen lassen müssen, obwohl ausgerechnet sie nichts dafür können, wenn alle zur selben Zeit Gespräche nach London oder New York wollen.

»Verzeihen Sie, aber wir haben Ihre Verbindung verloren.«

»Bitte«, nein, denkt sie, nein. »Das Gespräch war ein Geschenk, eine Art Geschenk zu meiner Verlobung. Könnten Sie es nicht noch einmal versuchen? Er sitzt in seinem Büro. Er wartet bestimmt.«

»Ich bekomme leider so schnell keine freie Leitung nach Asien. Möchten Sie vielleicht ein neues Gespräch anmelden? Es mag aber sein, dass wir den Rückruf erst am frühen Morgen oder Vormittag bekommen würden.«

»Nein, nein, danke. Das wird nicht gehen.«

Sie legt auf und atmet erschöpft durch, fühlt sich, als wäre sie einem fahrenden Zug hinterhergelaufen, am Ende doch vergeblich. Sie ist sogar erleichtert, den Hörer nicht mehr länger angestrengt ans Ohr zu pressen, fest zu umklammern, als könne sie damit eine Überseeverbindung aufrechterhalten. Solche Telefonate bringen keine Nähe, sie lassen nur noch stärker spüren, wie groß die Entfernung ist. Mit dem Fingerknöchel wischt sie sich die Nässe aus dem Augenwinkel. Ein dunkler, großer Raum, darin eine einzige beleuchtete Parzelle. Sie stellt sich Edgar an seinem Schreibtisch vor. Bei ihm ist es jetzt Mitternacht. Sie hofft, dass er nicht enttäuscht ist, dass er sich nach diesem Telefonat nicht einsam fühlt, dass er nicht diese Vergeblichkeit gespürt hat wie sie. Sie sind verlobt, sie werden sich bald sehen, das allein zählt. Sie stellt sich vor, wie er gleich allein durch die Straßen gehen wird, vorbei an den Geschäften mit den Schildern, den kunstvollen Schriftzeichen, die sie beide nicht lesen können, doch die eines Tages alltäglich für sie sein werden. Sie stellt sich vor, wie er sein Zimmer aufschließt, wie er sich Hände und Gesicht wäscht, weil die feuchte, tropische Luft seine Haut benetzt hat. Sie stellt sich vor, wie er sich auszieht, wie er noch eine Weile am offenen Fenster sitzt, den Nachthimmel betrachtet, wie er dabei an sie denkt, an sein Elternhaus, seine Familie, und wie er sich ins Bett legen und einschlafen wird, sie schließt die Augen und legt sich dazu.

28/4.67 Die Morgensonne wirft rotes Licht über die Dächer, gegenüber sind zwei Fenster geöffnet, sie hört Stimmen und Klavierspiel, dann leise Streicher, jemand scheint Musik aufgelegt zu haben, eine Sinfonie am Morgen, es ist fast unwirklich schön, der Klang, dazu dieses Licht. Sie steht am Fenster, in Edgars Hemd, das er ihr dagelassen hatte, in dem sie oft geschlafen hat, und lässt den Blick noch einmal auf sich wirken. Die Mansardenfenster gegenüber, die Schornsteine und die Antennen, die dürr in den Himmel ragen. Ihr kleines Nest hier oben. Noch zwei Tage und Nächte, dann wird es nicht mehr ihres sein. Vorbei an den gepackten Kisten und Kartons geht sie hinüber in die Küche. Die Gladiolen haben endlich ihre Blüten geöffnet, sie leuchten in Gelb und Orange, übermorgen werden sie richtig schön sein, übermorgen, wenn sie auszieht; irgendjemand aus dem Haus wird sich über die Blumen freuen.

Etwas von dem Weißbrot ist noch da, ein Rest Butter, Orangenmarmelade. Sie füllt Wasser in den Kessel, stellt ihn auf die Kochplatte und deckt den Tisch mit einem Teller, einer Tasse. Den Küchentisch hat sie Frau Liebig aus dem Nebenhaus versprochen, ihr Mann wird ihn morgen abholen. Ihr Sofa, das Campari-rote, auf das sie so stolz gewesen ist, hat sie Mona geschenkt, die nach Tübingen gehen wird, ein eigenes Zimmer mieten wird, genau wie sie selbst vor einigen Jahren. »Meine erste große Anschaffung«, sie hatte Mona erzählt, was dieses Sofa ihr bedeutete, bei Mona wird es gut aufgehoben sein. Alexander hatte nach ihrer Stehlampe gefragt, die würde in sein neues Wohnzimmer passen, in sein neues Haus, das so gut wie fertig ist, in einem Monat werden Ingrid und er dort einziehen. Die Regale, die Kiste, auf der ihr Plattenspieler stand, und der wackelige Stuhl, auf den Edgar gestiegen ist, als er sie durch das Fenster in der Wand beobachtet hat, diese Kleinigkeiten wird ihr Hausmeister übernehmen. Sie befürchtet, dass er das meiste davon für Brennholz hält. Der Kessel haucht ein leises Pfeifen, sie gießt dampfendes Wasser auf das Kaffeepulver im Filter auf der Kanne.

Bald wird ihr Alltag ein anderer sein, ohne Arbeit, ohne Wohnung, ohne Bürozeiten, ohne eigene Adresse. Sie wird für eine Weile bei Paul und Eva ins Gästezimmer ziehen, sie arbeiten beide viel, Schichtdienste im Krankenhaus, und bis Eva ihr Kind bekommt, wird es noch fast drei Monate dauern. Zwei oder drei Wochen wird sie bei ihnen bleiben können, danach könnte sie bei Edgars Eltern unterkommen, falls es überhaupt nötig sein wird. Den kommenden Monat über wird sie mit ihrem Geld noch auskommen. Seit Edgars Telegramm ist sie so sparsam wie möglich gewesen, hat nach und nach kleine Summen zur Seite gelegt, für die Zeit bis zum Abflug, und für die Dinge, die Edgar sich gewünscht hatte; Leinentischwäsche, dreißig Stoffservietten wollte er unbedingt haben, und eine Kaffeekanne von WMF, die jetzt gut verpackt in einer der kleinen Seefrachtkisten liegt, die sie über ihre Firma hatte bestellen dürfen. Sechs Holzkisten, die sie verfrachten lassen wird, sobald sie ihren Abflugtermin kennt. Fast ihre gesamte Garderobe, außer dem, was sie für die nächsten Wochen brauchen wird, liegt in den Kisten.

Sie gießt den heißen Kaffee in die Tasse und bestreicht eine Scheibe Brot mit etwas Butter und Marmelade. Die Musik vom Innenhof dringt leise bis zu ihr in die Küche. Seit vielen Tagen befühlt sie jeden von Edgars Briefen, bevor sie ihn öffnet, ob ein Flugschein darin sein könnte, doch die Umschläge sind immer leicht und dünn, Luftpostpapier, drei Bögen, eng beschrieben. Inzwischen ertappt sie sich dabei, dass sie sich über Edgars Zeilen nicht mehr richtig freuen kann. Sie will nicht die Wartende sein, die Ungeduldige, aber was soll sie dagegen tun, sie wartet und ist ungeduldig. Sie versteht nicht, und er schreibt ihr ja auch nicht, was ihn davon abhält, ihr den Flugschein zu schicken. Damit sie endlich ihre Unterlagen für das Visum einreichen kann, damit sie weiß, wie es weitergeht. Ende März oder Anfang April hätte er die Mittel, ihn zu kaufen, doch in ein paar Tagen ist Mai. Sie hatte Edgar vorgeschlagen, ihre Familie um einen kleinen Zuschuss zu bitten, doch das wollte er nicht. Viel hätte sie womöglich ohnehin nicht bekommen, Alexander hat jeden Pfennig in sein Haus gesteckt, Carla verdient kein eigenes Geld, und ihre Mutter kommt gerade eben so zurecht.

Der Teller, die Tasse, das Messer, die Kaffeekanne, ansonsten sind alle Schränke und Regale in der Küche leer und ausgewischt. Sie drückt die Finger leicht auf die Lider, jetzt nicht müde werden, sie gießt sich eine weitere Tasse Kaffee ein. Herr Kröger wird morgen mit dem Wagen kommen, ihre Umzugskartons einladen und zu ihrer Mutter bringen, dort werden sie im Keller gelagert; Gläser und Geschirr, die meisten ihrer Bücher, alte Briefe und Karten, warme Pullover und zwei schwere Wintermäntel, die sie in Hongkong nicht brauchen wird. Ihre Kerzenleuchter aus Glas und die beiden Champagnerkelche, hat sie in eine der Seekisten gelegt, dazu einige Bücher und viele ihrer Schallplatten, an denen sie so hängt. Edgar würde sie ausschimpfen, der Transport koste mehr als die Platten selbst. Sie schaut hinüber ins Zimmer zu den sechs Sperrholzkisten. Der Hausmeister wird sie mitnehmen und im Schuppen für sie aufbewahren, bis sie verfrachtet werden können. Sie könnte jetzt sofort einen der Deckel öffnen, könnte eine der Leinenservietten in die Hand nehmen, die Edgar sich gewünscht hatte. Mit diesen Seekisten hat Edgar und ihr gemeinsames Leben längst begonnen. Sie muss aufhören, sich Angst machen zu lassen, von den bohrenden Fragen ihrer Mutter, von den dünnen Luftpostumschlägen aus Hongkong, von den bevorstehenden Wochen, ohne Wohnung, ohne Arbeit; wenn das Warten zu schwer wird, kann sie an diese Kisten denken, die dort stehen wie ein kleines, stabiles Monument.

19/5.67 Andächtig faltet die Gesellin die Sommerkleider zusammen, legt den Kopf ein wenig schräg, macht ein zufriedenes Gesicht. Die Kleider haben alle den gleichen Schnitt, ärmellos, etwas weniger als knielang, eines in Gelb, eines in Dunkelgrün, das dritte in Korallenrot, sie sind für einen Tag im Büro so passend wie für ein Essen am Abend oder einen Ausflug ans Meer. Kleider, mit denen sie nichts falsch machen wird in einem Alltag, über den sie so gut wie nichts weiß.

»Und das hier, das kommt in den hübschen Karton, gut verpackt, bis zum großen Tag«, sagt die Gesellin, legt die zusammengefaltete Jacke und den Rock auf einen Bogen Seidenpapier, streicht noch einmal langsam über den Stoff, ihre Fingerspitzen sind gerötet.

Das Hochzeitskleid, so nennt sie es für sich, auch wenn es, genau genommen, kein Kleid ist. Eine schmal geschnittene, taillenkurze Jacke, ein kurzer, dazu passender Rock, eine ärmellose Bluse aus Seide. Mit einer Ausgabe der *Madame* ist sie zur Schneiderin gegangen und zeigte ihr das Foto mit dem Zweiteiler von Chanel. Für die Hochzeit, die sie und Edgar ohne viel Wirbel allein feiern werden, stellte sie sich nichts mit Tüll, Rüschen oder Spitze vor.

Ein gut sitzendes Kostüm wünschte sie sich, die Jacke mit dreiviertellangen Ärmeln, der Rock ein gutes Stück kürzer, als ihn das Mannequin auf dem Foto trug, Chanel und ein bisschen Mary Quant dazu. Wichtig war außerdem der Stoff, die Schneiderin hat einen ähnlichen wie auf dem Foto gefunden, ein perlmuttweißer melierter Tweed, durchzogen mit dünnen Goldfäden. Auch nach der Hochzeit wird sie das Kostüm noch lange tragen können.

»Oder möchten Sie es zur Sicherheit noch einmal anprobieren?«, fragt die Gesellin.

»Nein, das ist nicht nötig«, antwortet sie, schon vor einer Woche war sie zur Anprobe hier, das Kostüm saß gut. Nur an einem der Kleider hatte ein Reißverschluss geklemmt, der musste noch ausgetauscht werden. Die Türglocke bimmelt, eine Frau kommt herein, sie trägt ein Bündel Röcke und Blusen über dem Arm, die sie wahrscheinlich geändert haben möchte, sie grüßt und setzt sich etwas schwerfällig in einen der Samtsessel, die vor dem Paravent mit dem barocken Blumenmuster stehen.

Die Gesellin schließt den flachen, rechteckigen Karton, und sie holt ihr Portemonnaie aus der Tasche, dies hier wird die letzte große Summe sein, die sie ausgeben kann. Auch das Zimmer von Paul und Eva hat sie lange genug beansprucht, sie möchten es wieder an Handlungsreisende und Messebesucher vermieten, sie brauchen die Einkünfte, besonders nun, da Eva bald ihr Kind bekommen wird. Sie wird in Edgars Zimmer ziehen, in seinem Bett schlafen, doch sie weiß, dass sie sich bei seinen Eltern befangen fühlen wird. Seit sie nicht mehr arbeitet, zieht sich jeder Tag in die Länge, sie wird sich von Edgars Mutter beim Warten zusehen lassen müssen. Vor ein paar Tagen, als sie bei ihnen zum Abendessen eingeladen war, wurde seine Mutter am Tisch auf einmal ungehalten, was mit ihrem Sohn überhaupt los sei, ob sie sich Sorgen machen müssten, ob es nicht angebracht wäre, ein Ferngespräch anzumelden, um ihn direkt zu fragen. Doch sie selbst, sie wollte das nicht, ein Telefonat, in dem er sich rechtfertigen muss. Er wird seine Gründe haben, was würden schon ein paar Wochen mehr oder weniger bedeuten, das sagte sie, und die Sache war erst einmal erledigt. Die Gesellin geht um den Tisch herum und übergibt ihr die weiß glänzende Tragetasche, »wir wünschen Ihnen viel Freude mit den Kleidern«. Sie bedankt sich und verlässt den Laden.

Ein paar Häuser weiter bleibt sie vor der Buchhandlung stehen. Das Schaufenster ist dekoriert mit Reiseliteratur und Fotobänden. Südafrika, Neuseeland, Brasilien. Daneben praktische, handliche Reiseführer, Frankreich, Italien, Spanien. Sie schiebt die Ladentür auf. Vor ein paar Wochen schenkte Carla ihr einen Band mit Fotos von China und Hongkong, ausgerechnet Carla, die sonst mürrisch reagierte auf alles, was mit Hongkong und Edgar zu tun hatte. Während sie das Buch auspackte und durchblätterte, ließ Carla sie nicht aus den Augen und wirkte sogar, als müsste sie Tränen zurückhalten.

Sie schlendert langsam zu den Regalen mit der Reiseliteratur und sucht nach dem Bereich für die asiatischen Länder. Sie überfliegt die Buchrücken, holte einzelne Bände hervor, und entdeckt ein schlichtes Büchlein; *Asienfibel: Zum Verständnis östlicher Wesensart.* Sie blättert zum Inhaltsverzeichnis. *Lässt Asien sich verstehen?; Wir sind nicht »weiter« als Asien*; eine Sammlung von Essays und Reportagen eines Kultursoziologen, vielleicht genau das, wonach sie gesucht hat, anders als die Reiseführer für Touristen. *Unvergangene Vergangenheit: Der Händler in Hongkong*; unvergangene Vergangenheit, wiederholt sie still für sich, es klingt umständlich, widersprüchlich, und doch gefällt es ihr. Sie geht zur Kasse und kauft die kleine Fibel. Lesen, um sich vorzubereiten, lesen, um die Zeit zu vertreiben, um sinnvoll beschäftigt zu sein, um auch in den Augen der anderen sinnvoll beschäftigt zu sein.

Draußen vor der Buchhandlung weht ein Windstoß Mandelblüten von den Bäumen, viele auf einmal, dicht an dicht wie Schneeflocken wirbeln sie durch die Luft. Sie bleibt stehen, zupft sich eine Blüte vom Arm, dünn und weich ist sie, wie augenblicklich verwelkt. Sie rollt das Blütenblatt zu einer kleinen Kugel und schnippt sie mit Daumen und Zeigefinger weg.

Im Briefkasten liegt Post für sie, zwei Briefe, einer von Edgar, nur einer, sie wiegt ihn in der Hand, befühlt ihn, es scheint kein Flugschein darin zu sein. Sie fühlt sich augenblicklich kraftlos, müde. Nichts, wirklich nichts kann sie tun, außer ruhig zu bleiben und nicht zu viel Geld auszugeben. *Antonia Weber c/o Paul Albrecht*, mit Schreibmaschine getippt, sie schaut auf den Absender des zweiten Briefs, *Deutsch-Asiatische Bank*. Mehrere Bewerbungen bei Firmen mit Niederlassungen in Hongkong hatte sie im vergangenen Monat geschrieben. Zwei Gespräche hatte sie geführt, eines davon bei der Bank. Man hatte dort wenig Zeit für sie gehabt, sie verließ den Vorstellungstermin mit dem Eindruck, ihre Pläne, nach Hongkong zu gehen, wären von den Herren nicht richtig ernst genommen worden. Doch womöglich hat sie sich getäuscht, Absagen kommen meistens in großen Umschlägen, samt Lebenslauf und Zeugnissen, aber ein Brief, der kann vielversprechend sein. Eilig schließt sie die Wohnungstür auf, Evas Katze streicht ihr lautlos um die Beine, sie stellt die Tragetasche ab.

Sehr geehrtes Fräulein Weber!

Wir bestätigen noch einmal dankend den Empfang Ihres an unseren Herrn Wolff gerichtetes Schreibens vom 2. d.M. nebst beiliegendem Lebenslauf. Auch bedanken wir uns nochmals für das persönliche Gespräch mit Ihnen. Inzwischen haben wir Herrn Dr. Winter von Ihrem Eintreffen in Hongkong im Laufe des Monats unterrichtet und bitten Sie nunmehr, sich nach Ihrer Ankunft mit unserem Herrn Dr. Winter unter folgender Adresse in Verbindung zu setzen.

Sie räuspert sich, Aufregung, ein Kratzen im Hals, überfliegt den Brief noch einmal hastig. Eine erste Adresse in Hongkong, eine gute Adresse, ein verbindlicher Kontakt. Wie schön es klingt, dass Herr Doktor Winter von ihrem Eintreffen in Kenntnis gesetzt wurde, *Wir wünschen Ihnen eine angenehme Reise*, steht am Ende des Schreibens, ja, sie wird reisen, daran gibt es keinen Zweifel, und dann wird sie sich bei Herrn Winter melden. Sie greift nach der Tragetasche und geht langsam durch den Flur in das Gästezimmer. »Guten Tag, mein Name ist Antonia Weber, ich gehe nach Hongkong, dort werde ich heiraten und für die Deutsch-Asiatische Bank arbeiten«, sie stellt sich vor, wie sie es ausspricht, wie sie es allen sagen wird, die sich über sie wundern, die sie für eine Träumerin halten, die sich fragen, worauf sie hier eigentlich Tag für Tag wartet.

Vorsichtig holt sie den Karton aus der Tasche, hebt den Deckel, faltet das Seidenpapier auf und betrachtet den cremeweißen Tweed. Aus dem Hinterhof dringen Stimmen zu ihr, eine Frau und ein Mann, sie hört eine Weile hin, worüber die beiden so aufgeregt sprechen, sie scheinen sich zu streiten. Neugierig geht sie zum Fenster. Mit gedämpften Stimmen reden sie aufeinander ein, stehen dicht voreinander. Die Frau trägt Blue Jeans, ihr dunkles Haar ist zu einem Zopf gebunden, der bei jedem Satz, bei jedem Kopfschütteln wippt und zuckt. Der Mann streckt sein Gesicht angespannt nach vorn, er scheint nicht wütend, sondern verzweifelt, dann ergreift er ihr Handgelenk, sie lässt es zu, einen Moment stehen die beiden stumm voreinander, dann flüstert die Frau etwas, und der Mann nimmt auch ihre andere Hand; und in diesem Moment beneidet sie die beiden da unten, dafür, dass sie sich gegenüberstehen und ansehen können, dafür, dass sie sich zuhören und berühren können. Dafür, dass sie zusammen wütend sein, leiden und sich versöhnen können, und auf einmal liebt sie diese beiden Menschen geradezu, wünscht ihnen, dass sie sich nicht verlieren, dass sie ein fantastisches Leben miteinander teilen können. Sie wartet so lange, bis die Frau und der Mann zusammen im Haus verschwinden, dann geht sie zurück zum Bett.

Sie stellt sich vor, Edgar würde neben ihr sitzen, sie sieht ihn genau vor sich, er trägt ein weißes Hemd, hochgekrempelte Ärmel, seine schönen Unterarme, seine feinen Hände. Sie schließt die Augen und hält den Atem an. Das Warten, in der Stille des Zimmers kann sie es förmlich spüren. Dieses schmerzhafte Warten, es ist wie kurz vor einer Berührung, eine Berührung, die lang ersehnt war und nun endlich, sicher kommen wird. Der Moment ganz kurz, der Moment direkt davor, wenn die Berührung eigentlich schon spürbar, aber noch nicht eingelöst ist. Das, das ist alles, was sie hat, für jetzt.

Sie öffnet wieder die Augen, ihr Blick fällt auf Edgars Brief. Sie nimmt den Umschlag und sucht nach der üblichen Nummerierung, die kleine Ziffer unten links, doch Edgar scheint diesem einen Brief keine gegeben zu haben. Vorsichtig zupft sie das hellblaue, dünne Papier auf, sie faltet die Bögen auseinander und beginnt zu lesen.

Schließlich räumte ich den Bücherschrank aus, nahm dieses Gebäude aus Gedanken und Erinnerungen, aus den vielen kleinen Indizien gelebter Momente auseinander. Eine Ausgabe der *Asienfibel* von 1966. Ein Paris-Reiseführer aus dem Jahr 1969. Eine Ausgabe von *Hiroshima Mon Amour*, 1973. Ich legte die Bücher in einen der Kartons, die ich mit nach Hause nehmen würde. Der Trödelhändler hatte zugesagt, morgen hier vorbeizukommen, um alles einzupacken, was ich nicht behalten wollte.

Sie hatte ihre Bücher nie geschont, hatte keine Lesezeichen benutzt, sondern einen Knick in die Seitenecken gemacht, auf manchen Einbänden zeichneten sich die runden Umrisse von Tee- oder Kaffeetassen ab, auf den Innenseiten mancher Romane waren Namen und Telefonnummern, Termine oder Kontonummern notiert. In einem Gedichtband, Bachmann, *Die gestundete Zeit*, hatte sie eine Widmung an sich selbst geschrieben. *Für Antonia von Antonia… Ich wünsche mir ein gesundes, fröhliches 1984*. Datum: 24. Dezember 1983. Das Jahr, in dem sie sich von Wolfgang getrennt hatte und wir das erste Mal ohne ihn Weihnachten gefeiert hatten. Ich nahm den dünnen Band und fächerte die Seiten mit dem Daumen einmal so auf, dass mir die Luft leicht ins Gesicht wehte, ich atmete diese Luft ein, als könne darin noch der Geruch des Jahres 1983 zu finden sein, der Geruch dieses Heilig Abends, ich allein mit meiner Mutter, Kerzenwachs, ihr Parfum, ein Tannenbaum, gerade eben so groß, dass meine Mutter ihn allein die Treppen hatte hochtragen können. Ich sog die Luft ein, den herben Geruch von Papier, das in die Jahre gekommen war.

Über den Feldern hinterm Haus hatten sich die Wolken verdichtet, ich öffnete die Balkontür, es war stickig und schwül draußen, leises Gewittergrollen war aus der Ferne zu hören. Ich hatte mir einen Korb mit Wasser, Aprikosen und Himbeeren mitgebracht. In der Küche wusch ich das Obst und ging zurück zum Balkon. In der warmen, unbeweglichen Luft lag der Geruch der trockenen Wiese, ich klappte den Sonnenstuhl meiner Mutter auf und setzte mich.

Ihr Blick über die Felder.

Danach sortierte ich weiter die Bücher, fast mechanisch, aufklappen, durchblättern, zuklappen, behalten oder zum Stapel für den Trödler legen. Dann stieß ich auf ein kleines Buch mit einem violetten, abgenutzten Umschlag. Die Seiten waren übersät mit Markierungen. Fahrig gesetzte Striche, zack, zack, zack, als wäre meine Mutter beim Lesen aufgewühlt gewesen. Mal waren einzelne Worte und Sätze angestrichen, mal ganze Absätze, fast auf jeder Seite. Als hätte meine Mutter beim Lesen wieder und wieder diesen Moment gehabt, Ja, genau so, *das* ist es, *so* fühle ich, *so* denke ich. Jemand hatte für sie offenbar die treffenden Worte gefunden. *Fast ganz die Deine*; es war der innere Monolog einer jungen, lungenkranken Französin, die einige Zeit in einem Sanatorium verbringen musste, die dort einen Brief erhielt, von dem Mann, den sie liebte, den sie heiraten wollte, der ihr nun mitteilte, er würde sich von ihr trennen.

Es ist zu Ende: Man hat nichts mehr zu erwarten und bleibt doch noch endlos so stehen, wohl wissend, daß nichts mehr kommen wird.

Der Text war Anfang der Dreißigerjahre geschrieben und danach mehrmals verlegt worden. Die Ausgabe, die ich in der Hand hielt, war 2004 erschienen. Ich begann zu lesen, hangelte mich entlang der Spuren meiner Mutter, der teils flüchtig, teils mit Vehemenz gesetzten, deutlichen, teilweise verschmierten Markierungen. Eindeutige Pfade ihrer Empfindungen.

Wird die Vergangenheit so schnell zu etwas altem?, fragte die Französin, es war, als würde sie sich direkt an Edgar Janssen richten.

Meine Mutter hatte sich noch ein einziges Mal mit ihm getroffen, 2006, im September. »Ich bin mit ihm verabredet, übernächste Woche. Ich habe ihn um das Treffen gebeten.« Ich erinnerte mich, Florian und ich waren gerade in unsere neue Wohnung gezogen, hatten eine kleine Party gegeben, Carla hatte noch gelebt, sie hatte mit hochgelegtem Fuß, ein verstauchter Knöchel, auf dem Sofa gesessen. Es war ihr letzter Besuch bei uns gewesen, was wir damals natürlich nicht hatten wissen können. Ich hatte in der Küche gestanden, Kaffee aufgegossen und für alle Kinder Crêpes gemacht, da hatte meine Mutter mir leise davon erzählt. Sie hatte geklungen, als würde in dieser Verabredung eine Art von Erlösung liegen. Als würde sich etwas Wichtiges, etwas sehr Bedeutendes für sie entscheiden.

Ein Wiedersehen, nach fast vierzig Jahren. Ich konnte ihre Aufregung verstehen, reagierte aber auch skeptisch. »Was erwartest du von ihm? Von dieser Begegnung?«, wollte ich von ihr wissen.

Sie hatte sofort verletzt gewirkt. »Nichts. Nichts, nur ein abschließendes Gespräch.«

Ich war mir sicher, dass sie sich keinen Gefallen damit tat. »Du machst dich so verletzbar. Vielleicht wird es dir hinterher schlecht gehen, vielleicht wirst du sehr lange brauchen, um dich von diesem Wiedersehen zu erholen. Oder ihr werdet euch gar nichts zu sagen haben, und du wirst enttäuscht sein.«

Einige Tage vor dem Treffen rief Edgar Janssen bei ihr an, um die Verabredung wieder abzusagen. Womöglich hatte er Angst bekommen, ihr gegenüberzusitzen, mit ihr in die Vergangenheit zu blicken. Eine Zumutung, eine Überforderung, der er sich lieber doch nicht stellen wollte. Dann, im Laufe des Telefonats, nahm er die Absage wieder zurück. Ein Hin und Her, doch die Rollen schienen verteilt. Meine Mutter suchte Nähe, Edgar Janssen würde sich nur widerwillig darauf einlassen.

Mach dich nicht so verwundbar, lerne endlich, dich zu schützen, das hatte ich damals gedacht. Doch die Stimme der Erzählerin aus dem kleinen violetten Band, sie konnte meiner Mutter tiefes Verständnis entgegenbringen.

Nun haben Sie meinem Herzen so lange die bedingungslose Liebe abverlangt … daß es mir schwierig erscheint, diese Sehnsüchte, Wünsche, die ich angenommen, geliebt, gewollt habe, mit einem Schnippen auszulöschen. Sie wollen nichts mehr als Güte; meinen Sie, es genügt, das übrige zu leugnen, um es aus der Welt zu schaffen?

Sie hatte 1967 darauf gewartet, von ihm nach Hongkong geholt zu werden, doch er hatte sie immer wieder um Geduld gebeten, erst berufliche Gründe, dann die Unruhen im Sommer des Jahres, Arbeiterkämpfe, Ausschreitungen auf den Straßen, doch auch danach verging die Zeit, ohne dass sich etwas änderte. Sie war zu ihrer Mutter gezogen, hatte viele Monate mit Aushilfsjobs im Strandrestaurant und beim Friseur überbrückt, immer bereit abzureisen. Doch nach fast einem Jahr hatte sie diesen Zustand offenbar nicht mehr ausgehalten und die Verlobung gelöst. Womöglich wäre sie noch immer sofort in ein Flugzeug gestiegen, wenn Edgar Janssen sie gebeten hätte. Womöglich auch fünf oder sechs Jahre danach noch, mit mir auf dem Schoß. Oder selbst zwanzig Jahre später noch. Warum Edgar Janssen sie hatte warten lassen, warum er es hingenommen hatte, dass sie die Verlobung löste, warum er sich auch dann nicht um sie bemüht hatte, als es ihm beruflich anfing gut zu gehen, auf diese Fragen hatte ich keine Antwort. Zwischen all dem, was meine Mutter mir von Edgar Janssen erzählt hatte, war das der blinde Fleck geblieben.

Ich blätterte weiter durch das Buch, die Stimme der Erzählerin hatte deutliche Worte gefunden, für den Mann, der sich zurückgezogen hatte, der ihr Erklärungen schuldete, *ich sehe den kleinen Krämer vor mir, der sich aus einem Geschäft herauszieht, das er nicht mehr abschließen will*, es war, als würde die Stimme Edgar Janssen konfrontieren, als würde sie ihn provozieren wollen, ihn angreifen, damit er endlich etwas Wahres erwiderte. Damit er den blinden Fleck verschwinden lassen würde.

Sie haben meine Fehler gesucht und nur von ihnen ge-

redet; mußten Sie sich vergewissern, daß Sie recht hatten, mich nicht mehr zu lieben? Nach dem Wiedersehen war meine Mutter verletzt und ermüdet gewesen, niedergeschlagen, als wäre sie noch einmal verlassen worden. Nichts hatte sich geklärt für sie, außer der Tatsache, dass Edgar Janssen sie kein weiteres Mal treffen wollte, das hatte er sich ausdrücklich von ihr erbeten. *Sie sind fort, doch ich finde mich wieder und bin weniger allein als in jenen vergangenen Tagen, da ich Sie suchte.* Auch diesen Satz hatte meine Mutter unterstrichen.

Einen nach dem anderen schob ich die Kartons aus ihrer Wohnung zum Fahrstuhl und fuhr nach unten. Sie waren zu schwer für mich, ich hatte den Fehler gemacht, zu viele Bücher hineinzupacken. Ich holte den Wagen, parkte ihn direkt vor dem Haus, hob stapelweise Bücher aus den Kartons, legte sie auf die Rückbank, dann lud ich den Rest ein. Es hatte angefangen zu regnen, die Luft hatte sich ein wenig abgekühlt. Morgen würde ich noch einmal wiederkommen, ich würde die Zimmer durchfegen, die Tür abschließen, den Schlüssel unten in den Briefkasten werfen.

Protokoll

16. September 2006
Treffen mit Edgar Janssen im Teesalon unseres Hotels.

Ich war schon da. E erkannte mich sofort + war aufgeregt, war vorher durch die Stadt gelaufen, sagte sofort zu mir: Toni, ich möchte mich nur dieses eine Mal mit Dir treffen. Wir werden uns danach nicht wiedersehen.

Wir bestellten Rauchtee + Gebäck.

E: Ich wollte eigentlich nicht kommen, das weißt Du.
Ich: Du musst hier nicht sein. Du kannst gehen, ohne Kummer, ohne Vorwurf.
Er blieb, wir schwiegen.

Wir gingen tief in die Vergangenheit. Er meinte, in seine. Ich meinte, in unsere.
E beschrieb seinen Weg als gerade. Meiner war es nicht, sagte er.

Ich: Wenn Wege überhaupt gerade sein können.
Er still mit verkniffenem Mund.
Ich: Ich hab geheiratet, ja, zweimal. Dann hab ich mich für mich entschieden + für mein Kind.

Wir schwiegen wieder.

E (plötzlich mit weicher Stimme): Wir hatten wenig, keinen Streit, wir lebten miteinander wie in einer anderen Welt.

Er hatte sich früher in meinem ruhigen Gesicht verlieren können. Er hatte mein Gesicht noch jahrelang vor sich, sagte er. Der Akt, immer nur aus Liebe (E benutzte ein anderes Wort als Liebe).

E: Aber wir hätten es nie zusammen geschafft in H. K. – – In Deutschland vielleicht.
Ich: Ja! – – – Wir hätten es zusammen geschafft.
E: Du hättest nie Arbeit gefunden. Es war aussichtslos. Aber ich hatte mich entschlossen zu bleiben.

Ich: Hast Du mich geliebt?
E (unentschieden): Ja, das müsstest Du doch wissen. Du hast mir ein schönes Leben gezeigt.

Er erinnerte sich daran, was er früher einmal gesagt hatte: Natürlich können wir Zukunftspläne schmieden, aber wir dürfen uns nicht in Tagträumen verlieren. Wir müssen fest in der Gegenwart stehen, denn die Gegenwart ist das Rohmaterial für die Zukunft.

Ich: Wo liegt der Unterschied zwischen einem Traum + einem Ziel? Es gibt keinen, für mich.
E: Geh Du zurück in Deine rosarote Welt.
Ich sagte nichts. Früher war er gern in meiner Welt gewesen.

Wir zahlten + gingen zu meinem Auto, verabschiedeten uns.
Er gab mir Küsse auf die Wangen, einen auf die Stirn. Nicht auf den Mund. Ich erlaubte mir zu weinen, nur leise, wenig.

Wir blieben so stehen. Keiner wollte gehen. Es war noch nicht alles gesagt.
Ich bot an, ihn nach Hause zu fahren. Er lehnte ab, sagte: In meinem kleinen Auto wolle er nicht sitzen.
Ich ging zur Fahrertür, wir winkten kurz.
Ich stieg ein + fuhr los.

25.9. Fuhr nachts am Haus vorbei. In seinem alten Zimmer brannte Licht. Die selbst gebaute Lampe, die ich ihm geschenkt hatte.

28.9. Am Haus vorbeigefahren, die Vorhänge sind zugezogen.

2.10. Noch einmal vorbeigefahren. Alles ist zugezogen. Er ist wirklich abgereist.

Sie hatte keinen von den Hunderten Briefen, die Edgar Janssen ihr aus dem Ausland geschickt haben musste, aufbewahrt, sie hatte alle bei ihrer Mutter in den Ofen gesteckt. »Um ein neues Leben zu beginnen, um es zu versuchen. Aber nun wünschte ich, ich hätte sie behalten«, hatte sie mir einmal gesagt. Nur einige Postkarten, Zettelchen und Briefe aus der Zeit vor seiner Abreise nach Hongkong waren geblieben, als kleines Bündel mit Bändchen umwickelt. Außerdem hatte ich in diesem Bündel die letzten zwei Briefe gefunden, die meine Mutter je von Edgar Janssen bekommen hatte.

Der eine, auf hellblauem Papier der Lufthansa geschrieben. Er war an die Adresse meiner Großmutter geschickt worden, dort hatte meine Mutter zu jener Zeit ja vorübergehend gewohnt. Edgar Janssen, der im Jahr 1968 in einem Flugzeug saß, auf dem Weg nach Deutschland, das erste Mal seit seiner Abreise vor über zwei Jahren. Die Studentenunruhen und die Anfänge der neuen Frauenbewegung, die Proteste gegen den Krieg in Vietnam, die Rebellion der jungen Generation gegen die alte, alle diese hervorbrechenden Kämpfe hatte er sicher aus der Ferne wahrgenommen, doch mit seinem eigenen Leben, seiner Entwicklung und seiner Zukunft hatten diese Umbrüche nichts zu tun. Er war ein Fremder, zu Besuch. Er würde endlich ein Zimmer in dem Grandhotel bewohnen, in dem er sich früher zum Mittagessen mit meiner Mutter getroffen hatte. Die Tatsache, dort ein Zimmer nehmen zu können, würde ihm das sichere Gefühl geben, alles richtig gemacht zu haben. Er würde an Antonia denken, vielleicht würde er sich nach ihr sehnen, sich vorstellen, sie auf sein Zimmer einzuladen, mit ihr dort sogar diese Tage zu verbringen, wie Reisende, wie sie es sich einmal zusammen erträumt hatten. So stellte ich ihn mir vor, im Spätsommer 1968.

Liebe Antonia,
recht überraschend musste ich in die so genannte Heimat reisen. Ich werde nicht lange bleiben können, in einer Woche werde ich schon wieder weg sein. Alles ging etwas überstürzt, und ich hatte nur wenig Zeit, vorher zu planen und zu schreiben.
Toni, ich habe den Anschluß an das Leben hier verloren! Ja, vielleicht wäre es gut, wenn wir uns sehen. Wenn Du es möchtest! Doch ehrlich gesagt, weiß ich es nicht. Ich weiß einfach nicht, was richtig und was weniger richtig ist.
Mach's gut, liebe Toni!
Herzliche Grüße
Dein Edgar
2/9.1968

Meine Mutter und Edgar Janssen hatten sich tatsächlich getroffen, um miteinander zu reden, vielleicht, um herauszufinden, was sie noch miteinander verband, was sie empfanden, nach dieser langen Zeit aus Briefen, Warten, Verzweiflung und schließlich Schweigen. Doch das Wiedersehen musste anders verlaufen sein, als er und auch sie gehofft oder erwartet hatten, wenn überhaupt klare Erwartungen möglich gewesen waren.

Sie hätten voreinander gestanden, er hätte ihr zur Begrüßung vorsichtig einen Kuss auf die Wange gegeben und leise ihren Namen gesagt; von da an hatte sie sich an nicht mehr viel erinnern können, außer dass sie auf der Bettkante gesessen, dass sie kein Wort herausgebracht, keine Berührung ertragen hatte und in Tränen ausgebrochen war, mit einem hilflosen Edgar an der Seite.

Der andere Brief folgte zwei Tage später, Hotelpapier, wenige Zeilen, das Letzte, was sie von ihm erhalten würde.

Liebe Toni,
es war schön, Dich wiederzusehen. Auch wenn wir erkennen mußten, welche Schwere doch auf uns liegt. Im Laufe der kommenden Woche werde ich wieder nach H. K. fliegen. Meine Familie rief ich gestern an, werde dort am Sonntag sein. Ansonsten werde ich keine weiteren Pläne machen.
Nach allem, was geschehen ist, will ich Dich mit süßen Worten verschonen. Aber es wäre schön, wenn wir uns eines Tages wiedersehen könnten. Tonilein, ich werde Dich immer lieb haben. Vielleicht gelingt es uns, das, was wir hatten, in unseren Erinnerungen zu bewahren, und in Verbindung zu bleiben.
Herzliche Grüße – und see you again,
Edgar
6/9.68

See you again, ich stellte mir vor, wie meine Mutter, wie Antonia, Toni, mit dem Brief in der Hand zur Toilette rannte, weil sie sich übergeben musste.

Doch das, was das Hotel einmal für sie bedeutet hatte, holte sie sich Jahre später auf ihre Weise zurück. Ich war fünfzehn Jahre alt, meine Mutter hatte über Silvester dort ein Zimmer für uns beide gebucht, ein Festmenü mit Tanz, eine Übernachtung, ein Neujahrsfrühstück. »Hier wird einem jeder Wunsch erfüllt. Und sei es, dass man nachts um drei ein Porridge mit Erdbeeren aufs Zimmer haben möchte«, hatte sie gesagt. Sie trug am Abend einen nachtblauen Hosenanzug aus Seide, weich fallende Hosen, ein schmal sitzendes Jackett, ich hatte für den Anlass ein neues Kleid bekommen, ein kleines Schwarzes, kurz mit gewagtem Rückenausschnitt. An jenem Abend trank ich meinen ersten Champagner, aß zum ersten Mal eine Auster. Während meine Mutter zum Tanzen aufgefordert wurde, saß ich mit einem Jungen auf den Stufen der Empore, wo die Musiker spielten. Gegen zwei Uhr nachts gingen meine Mutter und ich auf unser Zimmer, vor dem Fenster die Lichter der Stadt. Jemand hatte für uns die Bettdecken aufgeschlagen, Täfelchen Schokolade auf die Kissen gelegt. Meine Mutter schlüpfte aus den Schuhen. »Jetzt rufe ich den Zimmerservice an und bestelle uns ein Porridge«, sagte sie.

Der Abend vor Hannas Abreise. Ich hatte kalte Tomatensuppe in Schalen gefüllt, Florian hatte Linsensalat und Brot auf den Tisch gestellt. Hanna würde morgen für zehn Wochen oder länger verreisen, das erste Mal, ein Sommer ohne sie. Sie und ihre Freundin hatten sich Interrail-Tickets gekauft.

»Wisst ihr inzwischen, ob ihr nach Südfrankreich wollt?«, fragte ich.

Vor Wochen hatte ich versucht, Hanna zu überreden, Südfrankreich einzuplanen. Florian und ich hatten dort für vierzehn Tage ein Haus gemietet. Ich hatte es ausgesucht, es war viel zu groß für uns beide, es hatte drei Schlafzimmer, sogar einen kleinen Pool, ich hatte gedacht, ein Pool könnte Hanna und ihre Freundin locken.

»Mal sehen, Mama«, sagte sie.

Ich nickte und ließ sie in Ruhe. Sie hatte schon ein Jahr vor dem Abitur angefangen, sich über Universitäten zu informieren, alle, für die sie sich interessierte, lagen mindestens fünfhundert Kilometer von uns entfernt, einige im Ausland. Niemand hatte mich gewarnt, wie schwer es sein würde, ein Kind loszulassen, und welche Anstrengung es kostete, sich das nicht anmerken zu lassen. Mal sehen, Mama. Sie saß mir gegenüber auf der Küchenbank, gebräunt von den Nachmittagen im Park und im Freibad. Sie löffelte ihre Suppe, und jedes Mal, bevor sie den Löffel in den Mund schob, schürzte sie die Lippen auf eine Weise, wie sie es auch als Einjährige getan hatte, als ich sie noch hatte füttern müssen. Diese winzigen Momente, vielleicht würde ich solche Kleinigkeiten noch in fünfundzwanzig Jahren an Hanna wahrnehmen können; sie wäre dann über vierzig, und ich über siebzig.

Florian sah zu mir und deutete ein Lächeln an, er wusste sicher genau, was ich gerade empfand. Morgen würden wir Hanna zum Bahnhof bringen, ich würde ihr ein Paket mit Obst, Keksen und Wasser in die Hand drücken, sie würde verschämt lachen und die Stirn in Falten legen. Und dann würden Florian und ich nach Hause fahren, wir würden durch nichts und niemanden voneinander abgelenkt werden, wir würden wieder zu zweit sein, wie jene zwei Studenten, die wir gewesen waren, die den ersten Sommer miteinander verbracht hatten, nein, nicht wie jene Studenten, oder doch, vielleicht ein wenig. Niemand hatte mich gewarnt, wie schnell ein Kind zu einer Erwachsenen werden würde. Niemand hatte mir gesagt, dass diese Jahre im Rückblick wie eine erstaunlich überschaubare, verwirrend kurze Episode erscheinen würden.

»Habt ihr endgültig eure Route festgelegt?«, fragte Florian, und ich war ihm dankbar, er klang in solchen Momenten nicht, als würde etwas auf dem Spiel stehen. Hanna argwöhnte bei mir sofort, dass ich eine Frage nur stellte, weil ich mir Sorgen machte oder nach einem Zeichen der Zuneigung suchte, womit sie ja häufig auch richtiglag. Anders war es bei Florian, er fragte, weil er etwas wissen wollte.

»Hat sich nicht verändert. Wir fahren nach Berlin, danach Prag und Wien, dann wollen wir nach Kroatien«, sagte sie.

»Und was kommt nach Kroatien?«, fragte Florian.

»Wissen wir noch nicht. Wir haben eine Adresse in Griechenland, wo wir bei der Olivenernte helfen können. Vielleicht machen wir das.«

Hanna hatte sich den größten Teil der Reise selbst zusammensparen müssen, mit einem Job im Café, danach in einer Boutique und schließlich in einem Wildpark, der erste Job, der ihr wirklich gefiel, auch wenn sie eine lange Fahrt dorthin hatte und die Arbeit an der Seite der Tierpfleger morgens um sieben begann.

»Ihr fragt uns aber, wenn ihr Hilfe braucht«, sagte ich. Ich wusste, ich würde täglich auf eine Textnachricht von ihr warten. Ich zwang mich, nicht schon wieder zu erwähnen, sie sollten auf keinen Fall zu fremden Männern ins Boot oder auf eine Yacht steigen, und sich nicht von Fremden in Autos oder auf Motorräder locken lassen; dabei wusste ich eigentlich, dass Hanna sich kein bisschen für Männer in großen Autos, auf Yachten oder Motorrädern interessierte. Konzentriert kaute ich auf einem Stück Brot herum und schaffte es, nichts zu sagen. Florian legte seinen Arm um mich, dann berührte er mit dem Mund meine Wange, ließ seine Lippen einen Moment dort. Ich warf Hanna einen Blick zu, sie wirkte nicht peinlich berührt, im Gegenteil, sie hatte einen zufriedenen Ausdruck im Gesicht. Sie trank den letzten Rest Suppe aus der Schale, dann stand sie auf und wusch sich das Gesicht an der

Spüle, sich zwischendurch das Gesicht mit kaltem Wasser zu waschen, nach dem Essen, kurz bevor sie irgendwohin ging, das war eine Gewohnheit von ihr.

»Soll ich helfen abzuräumen?«, fragte sie.

»Nein, wir essen vielleicht noch ein bisschen«, sagte ich.

Sie stellte ihr benutztes Geschirr in die Spülmaschine und verschwand mit dem Telefon in der Hand in ihrem Zimmer.

Auf Hannas Platz hatte immer meine Mutter gesessen, wenn sie zu Besuch gewesen war. An einem Abend, Hanna und Florian waren schon aufgestanden, hatte sie leise zu mir gesagt: »Bei euch gibt es keine angespannten Zwischentöne, keine unterdrückten Vorwürfe. Ihr seid einfach gut zueinander. So was habe ich mir immer gewünscht. Doch eigentlich habe ich mir nicht mehr vorstellen können, dass es möglich ist.«

Ich erinnerte mich, dass ich ihr widersprochen hatte, »würdest du morgens um sieben mit uns hier sitzen, würdest du das nicht mehr sagen.« Doch das war eine oberflächliche Antwort gewesen, eine Beziehung über Jahre, über Jahrzehnte zu wollen, immer wieder aufs Neue zu wollen, ich kannte niemanden, für den das leicht war; doch besonders schwer war es vielleicht mit einem weiteren Menschen im Hintergrund, schemenhaft, geformt aus Erinnerungen und Sehnsüchten, der immer dabei war, vielleicht war es dann sogar unmöglich, und schließlich nur konsequent und ehrlich, allein zu bleiben, mit den Gedanken an diesen Menschen.

Mut + Schuld, daran musste ich wieder denken. Ich hatte nicht herausgefunden, worauf sich die Notiz meiner

Mutter bezog, aber diese beiden Begriffe, im Paar, waren für mich wie eine Aufforderung, eine Aufforderung, mich nicht mehr davor zu fürchten, verwundbar zu sein.

Eine hatte Freiheit gesucht.

Ihre Tochter hatte sich nach Beständigkeit gesehnt.

Und deren Tochter sehnte sich wieder nach Freiheit.

Das Rauschen und Prasseln eines heftigen Regenschauers wehte kühle Luft durchs Fenster, die angelehnte Tür war laut zugeklappt. Der Spätsommer ist vorbei, war mein Gedanke. Die Zweige vor dem Wohnzimmerfenster waren schwarz vor Regennässe. Ich sollte meinen Besuch nicht länger aufschieben.

Vormittags, im Büro, hatte es nicht viel zu tun gegeben, die Vorbereitungen für die Schjerfbeck-Ausstellung waren abgeschlossen, ich hatte den Nachmittag frei. Das war er also, das würde er sein, der Tag, an dem ich zu Edgar Janssen ging. Schnell putzte ich mir noch einmal die Zähne, band die Haare zu einem Knoten im Nacken zusammen. Ich sah meiner Mutter nicht sehr ähnlich. Er würde mir nicht gegenübersitzen und Antonia Weber vor sich sehen.

Wen würde ich vor mir haben? Ein Foto von ihm als junger Mann, aus heutiger, aus meiner Sicht eigentlich fast noch ein Kind. Anfang, Mitte zwanzig, ein unsicheres Lächeln, fragender Blick. So sitzt er hinter einem Schreibtisch eines dunklen, kleinen Büros. Zwischen den alten Bildern ein neueres, in Farbe, Edgar Janssen, Mitte vierzig, mit Frau und Kindern. Auf der Rückseite der Stempel des Fotolabors, *Nov./87* war das Bild entwickelt worden, er hatte offenbar sehr viel später geheiratet als meine Mutter. Wie sie an dieses Foto gekommen war, wusste ich nicht. Womöglich hatte Mona es ihr gegeben, denn die beiden hatten sich über die Jahre hinweg hin und wieder getroffen, soweit ich wusste, war der Kontakt nach der Herzoperation meiner Mutter abgerissen.

Das Foto war in einem Studio aufgenommen worden, eines dieser Porträts, auf denen Familien nach einem bestimmten Schema in Szene gesetzt wurden. Edgar Janssen saß in der Mitte auf einem imposanten Mahagonistuhl mit geschwungenen Armlehnen. Links hinter ihm stand seine Frau, sie war Engländerin, wusste ich, in Hongkong aufgewachsen, sie hatte als Englischlehrerin gearbeitet. Ich sah einen amüsierten Zug um ihren Mund, fast so, als hätte sie sich konzentrieren müssen, ein Lachen zu unterdrücken, ihre rotblonden Haare waren zu schulterlangen Wellen geformt, sie trug eine dunkelgrüne Bluse mit opulentem Kragen. Zu beiden Seiten von Edgar Janssen standen die Mädchen, Zwillinge, fünf oder sechs Jahre alt, in identischen Kleidern, weiß, mit Blumenmuster. Das eine Mädchen trug eine Brille, das andere nicht. Beide schauten mit etwas erstaunten Gesichtern in die Kamera, vielleicht hatte der Fotograf einen Scherz gemacht, um ihre Aufmerksamkeit auf sich zu lenken. Hinten rechts stand ein Mann, der als ein jüngerer Bruder von Edgar Janssen hätte durchgehen können. Das war Alexander, sein Sohn, ich rechnete nach, er musste auf dem Foto etwa sechsundzwanzig Jahre alt sein. Wie sein Vater trug er einen Anzug. Edgar Janssen selbst sah angespannt aus, er lächelte nicht.

Ich zog meinen Mantel über, nahm einen Schirm mit und beschloss zu Fuß zu gehen. Ich stellte mir vor, wie er die Tür öffnete, und hatte dieses ernste, unnahbare Gesicht vor Augen. Ich fürchtete mich davor, dass er meinen Besuch als Zumutung empfinden würde. Ich wollte ihn dazu bringen, sich an meine Mutter, an Antonia Weber, an Toni zu erinnern. Ich wünschte mir, ihn dazu zu bringen, von meiner Mutter zu erzählen, und womöglich, wenigstens für einen kleinen heimlichen Moment, dabei Sehnsucht nach ihr zu empfinden.

Geh zurück in deine rosarote Welt.

Ich nahm mir vor, Edgar Janssen zu fragen, wie er darauf kommen würde, die Welt meiner Mutter sei rosarot gewesen, wie er glauben konnte, die Welt einer Frau, die ihre Anstellung und ihre Wohnung gekündigt hatte, die Kisten gepackt und sich ein Hochzeitskleid besorgt hatte, die mehr als zwölf Monate bei ihrer Mutter gewohnt und gewartet hatte, die mit ihren sechsundzwanzig Jahren nach einer gelösten Verlobung damals als gescheiterte Frau gegolten hatte, während ihre Schwester Kinder im Schulalter und ihr Bruder ein Haus gebaut hatte, die sich von ihrer Familie hatte anhören müssen, ihre Träume wären zu groß gewesen, sie würde nun den Preis dafür zahlen, ich wollte ihn fragen, wie er darauf hatte kommen können, die Welt dieser Frau wäre rosarot gewesen?

Ich stellte mir vor, wie ich ihn fragte, als was er im Gegenzug seine eigene Welt bezeichnete? Als die reale, die richtige, die von Erfolg gekrönte?

Ich nahm mir vor, ihn zu fragen, was überhaupt mit ihm los war, dass er es nicht hatte aushalten können, neben dieser Frau in ihrem *kleinen* Auto zu sitzen, dem ungewaschenen französischen Wagen mit den moosbewachsenen Fensterdichtungen. War ihm das Auto zu schäbig, oder war ihm der kleine Raum zu eng für die Vergangenheit?

Ich wollte ihn fragen, ob er je darüber nachgedacht hatte, dass diese Frau einmal alles für ihn auf eine Karte gesetzt hatte, für ihn allein, dass sie verloren hatte, in einer Zeit, in der Frauen dieser Mut nicht verziehen wurde; und dass sie danach keine andere Wahl gehabt hatte, als sich eine neue Welt zusammenzubauen.

Ich wollte ihn fragen, ob er eine Vorstellung davon hatte, wie anmaßend es war, dass ausgerechnet er dieser Frau sagte, sie solle zurückgehen in ihre rosarote Welt.

Doch ich wünschte mir auch Nähe, ich wollte, dass er mich nicht nach zehn Minuten höflich wieder zur Tür bringen und *Alles Gute* sagen würde.

Ich hoffte, dass er mir von der Frau erzählen würde, mit der er zusammen gewesen war, mit der er in einem kleinen Zimmer Schallplatten gehört hatte, der er in einer Bar ein Glas Rotwein auf den Rock geschüttet hatte, mit der er in seinem VW durch die Stadt gefahren war, mit der er beinahe ein Kind bekommen hätte, die er hatte heiraten wollen, der er Hunderte von Briefen geschrieben hatte.

Ich wollte ihn fragen, warum er ihr das Telegramm geschickt hatte, doch nicht den Flugschein.

Ich ging am Kanalufer entlang, es hatte aufgehört zu regnen, ich klappte meinen Schirm zusammen, die Luft war frisch und klar, es roch nach feuchten Blättern. Ein paar Meter weiter führte ein schmaler Pfad nach links, hoch zur Straße.

Von Weitem sah ich das kleine hellblaue Haus. An der Pforte zum Vorgarten blieb ich stehen, sie war verschlossen. Die Vorhänge an den Fenstern waren nicht mehr zugezogen. Ich zögerte, dann klingelte ich, kurz darauf knisterte es in der Gegensprechanlage.

Zwei Tage vor der Eröffnung bekam ich die Gelegenheit, allein einen Rundgang zu machen. Die Wände waren in einem kühlen, bläulichen Weiß gestrichen, das an Schnee erinnerte, die Farbe von Schnee, wenn es angefangen hatte zu dämmern. Der Auftakt war ein frühes Selbstporträt der Künstlerin, auf dem sie etwas Kindliches hatte, rote Wangen, ein rundes Kinn, in dem weichen Gesicht lag Entschlossenheit; die junge Frau, die Ende des neunzehnten Jahrhunderts allein von Helsinki nach Paris aufgebrochen war, die allein in die Bretagne und nach Cornwall gereist war.

Mitten im Raum hatten wir eine etwa zwei Meter breite Wand bauen lassen, die man rechts und links passieren konnte. Sie diente als Fläche für eine Projektion. Zu sehen war das bretonische Dorf Pont-Aven, in dem Helene Schjerfbeck als Anfang Zwanzigjährige eine Zeit lang gelebt hatte, um zu malen, um das französische Licht zu malen, nach dem sie sich auch im Alter oft gesehnt hatte. Wir hatten das Video für die Projektion im späten Frühjahr aufzeichnen lassen. Das flirrende Licht, die leichten Bewegungen der Blätter im Wind und die tanzenden Spiegelungen im Wasser des Kanals gaben dem Ganzen eine flüchtige Unschärfe. Dahinter waren die graubraunen, zerklüfteten Mauern der Häuser zu sehen. Die Wärme eines hellen Tages war spürbar.

Über die Wand am anderen Ende des langen Raums zog sich die schwarzweiße Aufnahme des Hauses, in dem sie sich später, mit über vierzig Jahren, eine Wohnung mit ihrer Mutter geteilt hatte. Der winterliche Garten war zu sehen, Schnee lag zentimeterdick auf den Ästen und Zweigen der alten, kräftigen Bäume, man meinte hineingehen zu können in diesen Garten, so groß war die Aufnahme. Die finnische Kleinstadt Hyvinkää. Die wandgroße Fotografie erzählte von der Stimmung dieses Lebens in der Zurückgezogenheit, für das die Malerin sich entschieden hatte.

Die Monate, Wochen, Stunden, was hatte sie in all den Stunden gemacht, den zäh dahinfließenden Minuten, denen niemand eine Form geben konnte, nur sie selbst? Ich hatte in den vergangenen Jahren mit angesehen, wie der Handlungsradius meiner Mutter langsam, aber unaufhaltsam geschrumpft war. Nach der Herzoperation eine Reise anzutreten wäre zu einem unwägbaren Abenteuer geworden, also hatte es keine Reisen mehr gegeben. Beschädigte Nerven, die Füße schmerzten oder fühlten sich taub an, eine Fahrt im Auto wurde zu einer Gefahr für sich und andere, also hatte es bald keine Fahrten im eigenen Auto mehr gegeben. Sie hatte das leise Fortschreiten ihrer Herzschwäche ignoriert, verdrängt. Eines Tages war auch ein Spaziergang anstrengend und beschwerlich, also hatte es keine Spaziergänge mehr gegeben. Ein Theaterbesuch wurde zu einer zu großen Herausforderung, also hatte es keine Theaterbesuche mehr gegeben. Schließlich wurde ein alltäglicher Gang durch den Supermarkt zu einer körperlichen Qual, also hatte es keine Einkäufe im Supermarkt mehr gegeben. Manchmal hatte ich sie abgeholt, damit sie eine Woche bei uns verbringen konnte, weil ich dachte, ihr würde die Abwechslung gefallen. Doch nach spätestens drei Tagen hatte sie wieder nach Hause gewollt, zurück in ihren eigenen Rhythmus. Sie hatte den immer kleiner werdenden Kreis, der sie nach und nach von so vielen Gewohnheiten trennte, hingenommen. Sie hatte mir von ihren Tagen zwar erzählt, davon, was sie gerade las, was sie gekocht hatte, was sie von der politischen Nachrichtenlage hielt, wie lange sie draußen in der Sonne gesessen oder welche Dokumentation sie sich nachts angeschaut hatte, doch woraus die Zeit dazwischen bestand, zwischen allem, was benannt werden konnte, aber nicht die Stunden, die langen Stunden ausfüllen konnte, darüber hatten wir nicht gesprochen.

Womit verbringst du deine Zeit? Allein, in deiner Wohnung? Allein, in diesem immer kleiner werdenden Radius, innerhalb der zählbaren Quadratmeter deiner Zimmer? Der immer gleichen Welt aus Büchern, Fotos, Filmen, Musik, Zeitungen, aus Telefonaten und E-Mails, dem Blick vom Balkon auf die Felder. Den immer gleichen Geräuschen, dem Summen des Kühlschranks, dem Gluckern der Heizung, den Schritten der Nachbarn. Den Geräuschen der eigenen Handgriffe. Dem Horchen auf das eigene Herz.

Was macht ein Mensch in all diesen Stunden?

So lange sie lebte, hatte ich diese Frage verdrängt.

Die Genesende, das Mädchen, noch etwas schläfrig, mit den zerzausten Haaren, nur zwei Schritte von mir entfernt. Ich betrachtete das Gemälde und empfand wieder dieses Erstaunen. Ein naives Staunen darüber, dass dieses Bild wirklich *existierte*, dass ich seine fein strukturierte, unebene, unruhige Oberfläche, den Verlauf der Farben, seine vielen Eigenheiten jetzt tatsächlich vor mir hatte. Ich hatte mich über Monate mit diesen Werken beschäftigt, konnte von einigen die Maße auswendig im Schlaf aufsagen. Manche Bilder waren für mich wie Persönlichkeiten, und die Begegnung mit ihnen war ein Ereignis. Während ich *Die Genesende* betrachtete, sah ich wieder Hanna, drei oder vier Jahre alt, vor mir. Das Bild erzählte von meinem Blick auf mein eigenes Kind, nach einer Zeit der durchwachten Nächte mit Fieber, Durst und Schlafliedern. Es erzählte von der Erleichterung über die ersten Zeichen der Besserung, von der hellen Kinderstimme kurz nach dem Aufwachen, noch verträumt im Selbstgespräch, von Zwieback, der hungrig gegessen wurde, von einem Bilderbuch, das energisch durchgeblättert wurde. Ich sah in dem Bild auch die dreißigjährige Frau, die ihr anhängliches Kind durch die Wohnung getragen hatte, die sich manchmal zurück in ihr Büro gesehnt hatte, die angenommen hatte, die innigen Tage und durchwachten Nächte kämen aus einem unerschöpflichen Vorrat.

Ich ging bis zum Ende des Raums, las den biografischen Text an der Wand mit dem winterlichen Garten. *Hyvinkää*, auf dem zweiten *ä* fehlte einer der Punkte. Ich schrieb einen Hinweis in mein Notizbuch, um es nicht zu vergessen, um es später auszubessern.

Wie immer, wenn ich einen Rundgang allein machte, kurz vor einer Eröffnung, stellte ich mir die Besucher vor. Jene, die langsam durch die Räume gingen, die sich von der Dramaturgie tragen ließen, die alles aufsogen, die minutenlang vor einem Gemälde oder einer Projektion stehenblieben. Und jene, die sich schnell und zielstrebig bewegten, die zwischendurch ein Bild oder einen Text ausließen, die sich nur für bestimmte Werke interessierten. Ich dachte an das abschließende Kapitel, den Raum, den wir für die drei letzten Selbstporträts von Helene Schjerfbeck geschaffen hatten.

Sie hatte sich dieses Ei gekocht, es nicht mehr gegessen. Sie hatte sich ein Glas Wasser eingeschenkt, es nur halb getrunken. Der letzte Tag meiner Mutter. Sie hatte in ihrem Korbstuhl neben dem kleinen Sofatisch gesessen, rote Weintrauben gegessen, hatte den Stiel in einen Becher gelegt, den Becher stehen lassen. Sie hatte sich zwei Fotoalben angesehen. Zwei von diesen kleinen Alben, die in Handtaschen passten. Mit Bildern von Hanna. Darunter eines kurz nach der Geburt, eines von einem Ausflug des Kindergartens in den Tierpark, eines von der Einschulung. Mit Bildern von mir, als Fünfjährige am Strand während eines Urlaubs auf einer kroatischen Insel, in einem roten Bikini an meinem mageren Körper.

Und dann ein Sommernachmittag in unserem Garten, Kinder, die um eine Kiste mit alten Röcken, Hüten und Blusen herumstehen und sich verkleiden. Ich in einem perlmuttweißen Kostüm aus Tweed, feine Goldfäden im Stoff, die Jacke noch zu groß für Schultern und Arme, den Rock mit einem Gürtel um die dünne Taille befestigt.

Das zweite Album mit Bildern aus der eigenen Kindheit, ein schwarzweißes, zerknittertes Foto, Antonia, Carla und Alexander, alle drei mit Wollmützen, im Hintergrund ein Gemüsebeet mit riesigen, groben Kohlblättern. Eines von ihrer Mutter in einem Mantel, tailliert mit Fellkragen, vor ihrer Haustür, dunkelbraunes Haar, ich hatte sie nie mit dunkelbraunem Haar gesehen. Eines von Edgar Janssen, vor einem Flugzeug, das Jackett über den Arm gelegt, einen Aktenkoffer in der Hand. Eines von ihr selbst, Sommer, sie trug T-Shirt und Schlaghosen, *Montmartre, 1969*, stand auf der Rückseite, meine Mutter hatte sich damals wieder eine feste Anstellung gesucht, hatte den Führerschein gemacht, sich einen VW gekauft und war allein nach Paris gefahren.

Die Auswahl in den beiden Alben schien wie eine Essenz aller Fotos zu sein, die sie besessen hatte. Die Alben hatten auf dem langen Holztisch gelegen, am Kopfende, an dem Platz, an dem meine Mutter oft gesessen hatte, wenn sie telefonierte, wenn sie am Laptop Nachrichten schrieb, wenn sie Notizen machte. Sie hatte sich die Fotos offenbar noch einmal angesehen. Anschließend hatte sie die beiden Alben akkurat, wirklich Kante an Kante, nebeneinander vor sich hingelegt. Als wollte sie sagen: Das hier, das war es. Das war wichtig. Als wollte sie es auch mir sagen.

Ihr kleines, abgenutztes Adressbuch hatte ich ebenfalls dort gefunden, direkt neben dem Telefon. Aufgeschlagen die Seite mit Florians und meiner Nummer. Ich hatte mich gewundert, denn sie hatte unsere Nummer auswendig gewusst. Die aufgeschlagene Seite schien beiläufig, unwichtig. Doch für mich war sie es nicht.

Ich habe es gespürt, aber ich habe es trotzdem nicht für möglich halten wollen. Und dann passiert es. Ist das nicht erstaunlich?

Das aufgeschlagene Adressbuch war wie eine vorsorgliche Maßnahme, die meine Mutter getroffen hatte, als hätte sie sagen wollen: »Falls Sie mich finden, gehen Sie wahrscheinlich zum Telefon, Sie entdecken das Adressbuch und die Nummer meiner Tochter, Sie rufen dort an.« Als wollte sie es der Person, wer es auch sein würde, so leicht wie möglich machen. Es hätte die Nachbarin aus dem Erdgeschoss sein können, die manchmal beim Putzen geholfen hatte oder für meine Mutter zur Bank gefahren war, um Geld abzuheben. Es hätte der Apotheker sein können, der ihr hin und wieder Medikamente hochgebracht und einen Tee mit ihr getrunken hatte. Neben mir und meinem Onkel hatten die beiden einen Wohnungsschlüssel besessen, und sogar eine Angestellte der Bäckerei hatte mir Wochen nach der Beisetzung noch einen Schlüssel in die Hand gedrückt.

Wer hat mich gefunden?

In meiner Vorstellung waren diese letzten Tage und Stunden mit einer Stille verbunden, die tief und undurchdringlich war. Diese Stille war für mich wie ein Zwischenraum. Eine unsichtbare Kapsel, die meine Mutter samt ihren Erinnerungen umschlossen hatte. Die alltäglichen Dinge, die kleinen Spuren ihrer Tage ergaben auf einmal eine Ordnung, bekamen eine Bedeutung. Alles, was ich sah, gehörte in diesen Zwischenraum, in die unerreichbare Kapsel, in der meine Mutter sich befunden hatte. Vor ihrer letzten Nacht hatte sie sich die Fotoalben angesehen, hatte ihr Adressbuch mit meiner Telefonnummer aufgeschlagen, zog sich dann aus, legte ihre schwarze Hose, ihre Bluse, ihre weiche, neue Strickjacke über die Stuhllehne im Schlafzimmer, schlüpfte in ihr Nachthemd, legte sich ins Bett. Die unsichtbare Kapsel war ein einsamer

Übergangsort. Dieser Ort war so intim, er hatte nur ihr gehört, ihr allein, sie hatte ihn weder mit jemandem teilen noch verlassen können, ob sie gewollt hätte oder nicht. So stellte ich es mir vor.

Mitten in den dritten großen Raum hatten wir einen kleinen hineingebaut. Nur von einer Seite konnte man hineingehen, die drei letzten Selbstporträts hingen dort, eines von 1942, die beiden anderen von 1945, dem letzten Lebensjahr der Malerin. Mit jedem Porträt war das Gesicht weniger geworden, verschwommener, am Ende geisterhaft. Ein Ausdruck von schwermütigem Erstaunen in den Gesichtszügen. *Selbstporträt (eine alte Malerin)*, hieß eines von ihnen; *Selbst, Licht und Schatten*, ein anderes. Helene Schjerfbecks Blick auf das eigene Verschwinden war schonungslos. Es war, als wollte sie sagen: Seht hin, ich beschönige nichts, ich nehme die Gegebenheiten an, und ich erzähle, wie es ist, in diesem stillen Zwischenraum. Ihre Selbstporträts hatten für mich etwas Tröstliches.

Einsamkeit und Malen – daran will ich glauben, links neben dem Eingang zu dem kleinen Raum war dieses Zitat von ihr zu lesen.

Ich begann, auf die Geräusche zu achten. Ich war gespannt, wie sie auf mich wirken würden. Sie schienen beiläufig, so war es geplant. Viele Besucher würden sie erst einmal nicht wahrnehmen, sie womöglich, ohne groß darüber nachzudenken, auf andere Besucher schieben, Menschen, die rücksichtsvoll, leise umhergingen, miteinander flüsterten, sich räusperten. Doch nach und nach würden einige vielleicht doch bemerken, dass die Geräusche nicht von außen, sondern nur aus diesem Raum kamen, dass es sich um eine dezente Toninstallation handelte. Es war das zaghafte Wischen von Pinselstrichen. Das Rascheln einer Buchseite, eine Hand, die über diese Seite strich. Das Kratzen einer Feder auf Papier. Ein verärgert klingendes Seufzen. Ein tiefes, entspannendes Ausatmen. Leises Umhergehen in einem kleinen Zimmer. Eine Tasse, die auf einem Tisch abgestellt wurde. All die leicht überhörbaren Zeichen der Anwesenheit eines einzelnen Menschen. Manche Besucher würden nichts bemerken, manche aber würden irritiert stehen bleiben, sich konzentrieren, um dem Seufzen, Wischen und Rascheln auf die Spur zu kommen.

Ich las das zweite Zitat der Malerin, an der Wand im kleinen Raum.

Ich möchte an meiner Straße am Fenster sitzen und glauben, dass jeder, der vorbeigeht, ein Leben lebt, glücklich oder unglücklich, aber tief.

Ich stellte mir vor, wie Helene Schjerfbeck am Fenster saß und auf die winterliche Straße sah, und eine junge Frau, die Handtasche voller Briefe aus Hongkong, ging vorbei. Eine junge Frau, die wartete, die dieses Warten vor ihrer Familie verteidigen musste. Die ohne eigene Wohnung, ohne Einkommen, ohne Mann an der Seite für ihr Umfeld die Verkörperung des Nutzlosen war. Mit ihrer Liebe, die ebenso nutzlos schien, weil sie wahrscheinlich nicht mehr erwidert wurde, weil sie nicht zu einer respektablen, funktionierenden, ordentlichen Ehe geführt hatte. Eine eigensinnige Frau, die diese Situation aushielt, lange, ohne eine Garantie für irgendetwas. Die weiter daran glaubte, dass es keinen Unterschied gab zwischen Zukunft und Traum. Und dann war meine Mutter es, die am

Fenster saß, alt, ein wenig müde, die hinaussah auf die Jüngeren, die zurückblickte auf ihr eigenes Leben, die sich bis zum Schluss von niemandem ihre Liebe hatte abwerten lassen, ihre angeblich so unheilbare, zwecklose, vergebliche und verschwendete Liebe.

Eines unserer letzten langen Telefonate. Ich hatte auf dem Sofa gelegen, allein zu Hause, hatte mir Zeit genommen. Am Ende des Gesprächs sagte ich ihr, ich würde anfangen, mich vor dem Alter zu fürchten, vor dem Alleinsein. Ich rückte damit raus, dass es mir schwerfiel zu sehen, wie sie an ihre Wohnung gebunden war, dass es mich bedrückte und mir Angst machte.

»Du musst dir keine Sorgen machen«, hatte sie zu mir gesagt, mit ihrer jungen, zuversichtlichen Stimme. »Du wirst den Reichtum deiner Gedanken haben.«

Sie sitzt wieder auf der alten Küchenbank, mir gegenüber, ich kann sie mir genau vorstellen, aufrecht, angespannt sitzt sie da und rührt ihren Tee nicht an. Leise würde sie durchatmen und versuchen zu verbergen, wie aufgewühlt sie ist. Sie würde nicht fragen: Wie hat er reagiert? Was hat er gesagt? Wie sah er aus? Ging es ihm gut? Sie würde nichts fragen oder sagen. Weil sie nicht wüsste, wo sie überhaupt anfangen sollte.

»Ja, bitte«, hörte ich die Stimme aus der Gegensprechanlage. Ich sagte meinen Namen, und auch ihren, ich sei die Tochter, sagte ich. Ein älterer Mann öffnete die Haustür und kam mir entgegen. Ich achtete auf sein Gesicht und war mir nicht sicher. Selbst das Familienporträt, das neueste Foto, das ich von ihm besaß, war vor dreißig Jahren aufgenommen worden. Wir standen an der Gartenpforte, und ich fragte vorsichtig, höflich, mit wem der Familie ich zu tun hätte.

»Ich nehme an, mit der Person, mit der Sie zu tun haben möchten«, antwortete er, danach ein Lächeln. Mit einer kleinen Handbewegung ließ er mich vorgehen; Spätsommer, er war also tatsächlich gekommen, wie in all den Jahrzehnten. Er war ein Mann Mitte siebzig, der offenbar nicht mit dem Alter zu kämpfen hatte. Vielleicht wäre meine Mutter an seiner Seite jetzt eine Frau Mitte siebzig, die nicht mit dem Alter zu kämpfen hatte, eine Frau ohne beschädigtes Herzmuskelgewebe; doch säße sie jetzt vor mir, was sollte sie mit dieser Überlegung anfangen?

Er fragte nach ihr, noch bevor wir die Haustür erreicht hatten. Als wir im Flur standen, wollte er wissen, wie sie gestorben war. »Wir glauben, im Schlaf«, sagte ich.

Im Haus roch es nach Kalk und ein wenig nach Lack. Er entschuldigte sich dafür, dass die Zimmer nicht wohnlich wären, die Wände wären neu verputzt worden. Er ließe das Haus nach und nach renovieren, sagte er und öffnete die Tür zum Wohnzimmer, damit ich einen Blick hineinwerfen konnte, ich sah Möbel unter dünnen Plastikplanen, weiße Wände, der Boden ausgelegt mit schützendem Filz.

Er bat mich in die Küche, sie war groß und sah aus, als wäre seit Jahrzehnten nichts verändert worden. Die hellgelben Einbauschränke schienen aus den Fünfzigerjahren zu sein, die schwarzweißen Fliesen und die Kacheln mit dem blauen, verschnörkelten Muster waren sicher so alt wie das Haus selbst. Das war die Küche, wie meine Mutter sie als junge Frau gesehen hatte.

»Wollen Sie die Kacheln erhalten?«

»Ich weiß es noch nicht«, sagte er.

»Sie sind in sehr gutem Zustand.«

»Aber sehr alt.«

»Ja, das sind sie.«

»Finden Sie das schön?«, fragte er interessiert, als wäre daran etwas Besonderes.

»Ja, sehr. Sie mögen das nicht?«

»Mögen? Nein, sie waren halt immer da.«

Ich dachte an die erste Wohnung von Florian und mir, sie war in einem schlechten Zustand gewesen, als wir sie für eine sehr kleine Miete übernehmen konnten. Meine Mutter kam vorbei, sie sah hoch zu den rissigen Ornamenten an der Decke, vielfach übermalt, in der Küche blickte sie erstaunt auf den gusseisernen Herd und die Wände mit den halb heruntergerissenen Tapeten. Wir hatten Estrich von den Holzdielen gekratzt, wir fanden all das wundervoll. Doch meine Mutter schaute mich ungläubig, beklommen an, sie konnte unsere Freude nicht teilen. Das Alte, das wir so liebten, schien für sie weder schön noch wertvoll zu sein, im Gegenteil, es hatte zu ihrer Kindheit gehört, es war nichts, woran sich lohnte festzuhalten; daran musste ich denken.

Edgar Janssen bot mir einen Platz am Tisch an, er goss Kaffee für uns auf, dann setzte er sich ebenfalls, mir gegenüber. Wir unterhielten uns über allgemeine Dinge, über meine Arbeit, die bevorstehende Ausstellung, über seine Arbeit, seinen Ruhestand, über meine Tochter und seine Kinder und Enkelkinder; ich war noch immer nervös. Dann entschuldigte er sich, die Marmelade müsse jetzt in die vorbereiteten Gläser, eingekochte Brombeeren, damit wäre er gerade beschäftigt gewesen, als ich geklingelt hatte. Auf der Arbeitsfläche einer Anrichte war ein weißes Geschirrtuch ausgebreitet, darauf standen sechs kleine Einmachgläser in einer Reihe.

Mehr als ein halbes Jahr lang hatte ich an diese Begegnung gedacht, hier saß ich und beobachtete Edgar Janssen dabei, wie er die eingekochten Brombeeren nach und nach in die Gläser füllte, langsam und sorgfältig.

»So«, sagte er, drehte sich zu mir und bot mir ein Butterbrot mit warmer Marmelade an. »Oder lieber erst später?«, fragte er freundlich.

»Ja«, antwortete ich, etwas überrascht, »gern später.«

Er blickte an sich herab, er trug eine dunkelgrüne Cordhose, ein weißes Hemd und einen dünnen Wollschal in Hellgrau. Neben der Knopfleiste auf seinem Hemd entdeckte er einen Fleck und entschuldigte sich auch dafür, das müsse beim Einkochen passiert sein. »Wissen Sie, es ist gut, dass Sie vorher nicht angerufen haben, dass Sie einfach so hier aufgetaucht sind. Sie haben das genau richtig gemacht. So hatte ich keine Zeit, vorher darüber nachzudenken. Das wäre ja furchtbar anstrengend geworden. Ich hätte vielleicht noch angefangen zu überlegen, was ich für Sie anziehen soll.«

Er sah mich an, Edgar Janssen, der verlegen lächelte; und in dem Moment konnte ich mir den Edgar vorstellen, mit dem meine Mutter zusammen gewesen war, es gab ihn wirklich, er stand dort, vor mir.

Dann fing er an von dir zu erzählen. Seine Erinnerungen deckten sich mit deinen. Er sprach von deinem kleinen Zimmer zur Untermiete, der Musik, die er mit dir gehört hatte, dem Kerzenlicht, das du so mochtest, und auch von der Zimmerwirtin, deren Namen er nicht mehr wusste.

»Sie hieß Frau Konrad«, sagte ich.

Einen kurzen Moment sah er mich irritiert, dann ein wenig beschämt an. Frau Konrad, wiederholte er den Namen, als könne er sich noch immer nicht erinnern.

Er begann von den ersten Jahren in Hongkong zu erzählen, davon, wie lange es gedauert hatte, bis der Erfolg gekommen war. »Geld ist ein kulturelles Gut«, sagte er. Auch später dachte ich noch über diesen Satz nach und fragte mich, ob meine Mutter Edgar Janssen darin zugestimmt oder ob sie widersprochen hätte. Ich fragte mich, ob sie wirklich ein Leben, ein alltägliches Leben lang an seiner Seite geblieben wäre; ob sie sich durch ihn verändert hätte, ob er sich durch sie verändert hätte, ob sie es geschafft hätten, immer wieder zueinanderzufinden.

»Aber nun würde ich Sie gern fragen, wenn Sie erlauben: Was geht in Ihnen vor, während Sie hier mit mir sitzen?«, er sah mich neugierig an.

Ich war mit den Geschichten von meiner Mutter und ihm aufgewachsen, ich hatte diese Geschichten gern gehört. Ich hatte viel an Toni und Edgar gedacht. Das sagte ich ihm.

Ich wünschte mir ein Ineinander der Zeiten. Er und ich, wir würden über Toni und Edgar reden, und während wir über sie redeten, würden Toni und Edgar in ihrem kleinen VW herumfahren, und alles, was sie sich zusammen erhofften, würde wieder möglich sein, auch das sagte ich ihm.

Er schüttelte ganz leicht den Kopf. »Ihnen ist schon klar, wenn Sie gehen, wird es nicht vorbei sein. Welche Erinnerungen da hochkommen, das wird in mir arbeiten«, sagte er. »Es ist erstaunlich, aber mit Ihnen ist dieses Gespräch möglich. Auch, um einen wirklichen Abschluss zu finden«, fügte er hinzu.

Ich dachte an das Treffen von ihm und meiner Mutter im Hotel, das letzte, vor über zehn Jahren, bei dem kein Abschluss gefunden worden war. Abschluss, er verwendete das Wort, als gäbe es auch für ihn keinen Zweifel daran, dass vierzig, fünfzig Jahre lang etwas in der Schwebe geblieben war.

»Ihre Mutter hat mir ein schönes Leben gezeigt. Das mag vielleicht seltsam für Sie klingen. Aber ein schönes Leben, das war etwas Besonderes.«

Er erzählte mir, wie er nach einer anstrengenden Reise für seine Firma am Abend zu ihr gefahren wäre. Müde und schlecht gelaunt hätte er auf ihrem Sofa gesessen. Sie wäre nach nebenan in ihre kleine Küche gegangen. »Nach einer Weile kam sie mit zwei Kristallschalen wieder. – ›Orange im Glas?‹, sagte sie. In den Schalen lagen frische Orangenscheiben, so schön drapiert wie in einem Restaurant. Orange im Glas? Und alles war gut. Verstehen Sie?«

Er konnte nicht ahnen, was er mir in dem Moment gegeben hatte, das Detail dieser Geschichte, an das ich mich nicht mehr hatte erinnern können. »Orange im Glas«, konnte ich die junge Stimme meiner Mutter hören.

»Aber in Hongkong hätten wir es zusammen nicht geschafft. Sie wusste nicht, sie konnte nicht wissen, wie es dort wirklich war. Sie hatte keine Ahnung. Ich konnte mir nicht vorstellen, mit ihr dort zu leben. Aber ich wollte auch nicht zurück.«

Das dünne, fast brüchige Papier des Telegramms. Es hatte in einem zerknitterten, aufgerissenen Umschlag gelegen, ich hatte es in dem Bündel seiner Briefe gefunden, hatte es auseinandergefaltet und versucht mir vorzustellen, was in ihr vorgegangen sein mochte, in jenem Moment, als sie las, sie solle sich auf die Abreise vorbereiten, sie solle all ihre Bindungen lösen, um nach Hongkong zu gehen.

»Trotzdem haben Sie ihr das Telegramm geschickt«,

sagte ich ruhig und freundlich, ich wollte nicht, dass er vor mir zurückwich, doch ich wollte ihn wissen lassen, dass ich das Telegramm kannte.

Er sagte nichts, sah mich auch nicht an, sondern stand auf, nahm die leere Porzellankanne vom Tisch und stellte sie auf die Anrichte. Vielleicht hoffte er, ich würde das als Zeichen nehmen, dass es nun doch an der Zeit wäre aufzubrechen. Ich blieb sitzen und wartete, er sagte noch immer nichts.

»Wussten Sie, dass sie nach dem Abschied am Flughafen, als sie Ihnen dabei zusah, wie Sie zur Maschine gingen, in ihre Handtasche erbrochen hat?« Ihre Eigenart, mit Übelkeit zu reagieren, wenn sie aufgewühlt gewesen war. Ich hatte keine Ahnung, warum ich ausgerechnet dieses Detail erwähnte.

»Nein«, sagte er leise, dabei drehte er sich zu mir um, »aber wozu eine Handtasche so alles gut ist.«

Er überlegte eine Weile. »Ich weiß, was Sie sich fragen«, sagte er dann.

»Ja«, sagte ich nur, warum ein Telegramm, aber kein Flugschein, warum die Trennung, warum kein Bemühen, auch nach Jahren nicht.

»Aber die Wahrheit ist, dass ich Ihnen dafür keine Erklärung geben kann«, er klang traurig.

Meiner Mutter hatte er das Eingeständnis nicht gegeben, dieses Eingeständnis, dass etwas zerronnen, vergangen war, einfach so, ohne eine eindeutige klare Antwort auf diese schmerzhafte Frage, die sie sich vielleicht oft gestellt hatte: Wurde ich geliebt? Wurde ich nicht genug geliebt? Diese drängendste aller Fragen, von der sie sich am Ende allein, ganz allein befreit hatte.

»Darf ich Ihnen jetzt vielleicht ein Butterbrot anbieten?«, fragte er, und ich nickte. Er deckte den Tisch für uns, ich aß zwei Scheiben mit der selbst gekochten Marmelade, er selbst aß auch etwas und goss uns Milch in zwei Gläser.

»Wären Ihre Mutter und ich zusammengeblieben, dann wären Sie unsere Tochter«, sagte er auf einmal. Ich fühlte mich aufgehoben, in jenem Moment, dort, in seiner Gegenwart, er konnte nicht ahnen, wie sehr. Er und ich, wir waren die beiden wichtigsten Menschen im Leben meiner Mutter gewesen.

Um mich selbst zu schützen, ich konnte nicht anders, wiegelte ich ab. »Biologisch gesehen, wäre das schwer möglich«, sagte ich, es sollte wie eine nicht allzu ernst gemeinte, unbekümmerte Antwort klingen.

»Nein, nein«, er wedelte mit den Händen, »lassen Sie das jetzt bitte so stehen«, sagte er. Ich dachte an Wolfgang, an L., an die verschiedenen Väter.

Als er mich zur Gartenpforte brachte, war es Abend.

»Wir werden uns nicht wiedersehen«, sagte er zum Abschied. Dann zögerte er. »Aber darf ich Sie noch etwas fragen?«

Ich nickte.

»Was für ein Leben hatte Ihre Mutter? Ich weiß, es ist sicher viel verlangt, das in wenigen Worten zu beschreiben, aber ich würde es gern wissen.«

»Sie meinen, ein glückliches, ein zufriedenes zum Beispiel?« Ich lächelte, »zufrieden, das würden Sie jetzt wahrscheinlich gern hören, oder?«

»Ja, da haben Sie recht. Das wollte ich wahrscheinlich nur hören.«

Ich überlegte, wie ich das Leben meiner Mutter zusammenfassen konnte. Ich hatte versucht, mir vorzustellen, wer sie als junge Frau gewesen war, wer sie geworden war, doch es konnte ja immer nur ein Ausschnitt bleiben, Geschichten, von mir erdacht. Wie nah ich der Frau von damals und der Frau, die sie geworden war, hatte kommen können, das würde ich nie wissen.

»Ich kann es Ihnen nicht wirklich beantworten.« Ich versuchte trotzdem, für ihre Hoffnungen, ihre Entscheidungen und Niederlagen, ihre Zuversicht, alles, was sie ausgemacht hatte, passende Worte zu finden. »Ich kann Ihnen nur sagen, dass sie sich nicht vor Intensität gefürchtet hat. Aber das wissen Sie ja wahrscheinlich selbst.«

Einige Tage später gingen Florian und ich zur Ausstellungseröffnung, es war ein Sonntagvormittag. Es würde Reden und Vorträge geben, Wein und Kaffee und skandinavische Häppchen. Alle Plätze waren besetzt, Florian und ich standen an der Seite, wir hörten dem Vortrag der Kuratorin zu, und da entdeckte ich ihn auf einmal. Er saß in der vorletzten Reihe, auf einem Platz ganz am Rand. Ich hatte die Ausstellung vor ihm nur kurz erwähnt, den Termin musste er sich selbst herausgesucht haben. Ungläubig sah ich ihn an, eigentlich starrte ich fast. *Wir werden uns nicht wiedersehen.* Ich hatte das von ihm als eindeutige Bitte, als Forderung verstanden. Er entdeckte mich und nickte mir zu, als wollte er sagen, Ja, Sie täuschen sich nicht, ich bin es.

Zwischen zwei Vorträgen ging ich zu ihm, ich begrüßte ihn und bot ihm an, ich könne ihn später herumführen und ihm etwas zu den Bildern erzählen, wenn er möchte. Er bedankte sich, wirkte verlegen, ich war wieder nervös und freute mich über sein Kommen, seine Neugier.

Während das Publikum nach dem letzten Vortrag applaudierte, sah ich wieder nach hinten, ins Publikum, doch Edgar Janssens Stuhl war leer. Ich blickte mich suchend um, überlegte, ob ich in den anderen Räumen nachsehen sollte, vielleicht hatte er allein einen Rundgang begonnen, doch eigentlich wusste ich schon: Er war nicht mehr da. Es versetzte mir einen Stich, brachte mich aus dem Gleichgewicht, darauf war ich nicht gefasst gewesen, darauf, dass sich jemand auf den Weg gemacht hatte, um sich dann doch wieder zu entfernen. Nun war es mir passiert, ich hatte Nähe gesucht und einen leeren Platz vorgefunden. Irgendetwas musste zu viel für Edgar Janssen gewesen sein. Ich kann meine Mutter auf unserer Küchenbank vor mir sehen, ihr ruhiges, wissendes Gesicht.

Als Florian und ich nach Hause kamen, hatten in unserer Straße die Restaurants noch einmal ihre Tische draußen eingedeckt, die Sonne schien, gelbe Blätter wirbelten durch die Luft. Kinder malten mit Kreide Bilder auf den Gehweg. Vor unserem Haus stand eine Frau, ungefähr in dem Alter meiner Mutter. Sie hatte ähnlich dunkles, kurzes Haar und ein gebräuntes Gesicht. Über der Schulter trug sie eine große Korbtasche, aus der ein eingewickelter Blumenstrauß ragte. Sie musterte ein kleines weißes Auto vor sich. Der Wagen stand in der Nische, knapp neben der Einfahrt zu unserem Hinterhof. Florian und ich freuten uns jedes Mal, wenn wir mit dem Auto nach Hause kamen und diese Lücke noch frei war.

»Keine Ausfahrt, oder?«, sagte die Frau, mehr zu sich selbst. »Ist doch ein Parkplatz, oder?« Dann sah sie zu mir. »Oder?«, fragte sie mich.

»Ja, das ist ein Parkplatz.«

Die Frau war vielleicht in einem der Restaurants in der Nähe verabredet, oder sie besuchte jemanden aus dem

Viertel. Ich dachte an meine Mutter, die hier an den unmöglichsten Ecken ihr Auto abgestellt hatte.

Du würdest jetzt klingeln, die Treppen mühelos hochsteigen, ein wenig außer Atem vielleicht würdest du durch die Tür kommen und mit uns den Tag verbringen. Du und ich, wir würden glauben, wir hätten Zeit im Überfluss.

»Das ist sogar ein sehr guter Parkplatz«, sagte ich und lächelte die Frau an. Sie nickte, erfreut sah sie mich einen Moment aufmerksam an, dann ging sie.

Das Motto auf Seite 5 stammt aus Marcelle Sauvageot: »Fast ganz die Deine«.
Aus dem Französischen von Claudia Kalscheuer. 2005 Nagel & Kimche
im Carl Hanser Verlag München Wien, S. 32/33, aus dieser Ausgabe stammen
auch die anderen Zitate Sauvageots. Helene Schjerfbeck wird zitiert
nach Barbara Beuys' Biographie »Helene Schjerfbeck.
Die Malerin aus Finnland« © 2016 Insel Verlag Berlin.

Dieses Buch ist auch als E-Book erhältlich.

MIX
Papier aus verantwortungsvollen Quellen
FSC® C014496

Verlagsgruppe Random House FSC® N001967

1. Auflage

Satz: Greiner & Reichel, Köln
Druck und Bindung: GGP Media GmbH, Pößneck
ISBN 978-3-630-87518-7

www.luchterhand-literaturverlag.de
www.facebook.com/luchterhandverlag
www.twitter.com/luchterhandlit